不可能死去的人

鲁敏 著

人民文学出版社

图书在版编目（CIP）数据

不可能死去的人 / 鲁敏著. -- 北京：人民文学出版社，2025. -- ISBN 978-7-02-019277-9

Ⅰ. I247.7

中国国家版本馆CIP数据核字第2025MQ4043号

责任编辑　王　璿
装帧设计　黄云香
责任印制　张　娜

出版发行　人民文学出版社
社　　址　北京市朝内大街166号
邮政编码　100705

印　　刷　三河市中晟雅豪印务有限公司
经　　销　全国新华书店等

字　　数　162千字
开　　本　850毫米×1168毫米　1/32
印　　张　9.25　插页1
版　　次　2025年6月北京第1版
印　　次　2025年6月第1次印刷

书　　号　978-7-02-019277-9
定　　价　63.00元

如有印装质量问题，请与本社图书销售中心调换。电话：010-65233595

目录

灵异者及其友人　001

味甘微苦　033

暮色与跳舞熊　079

知名不具　107

不可能死去的人　127

镶金乌云　153

寻烬　185

临湖的茶室　207

无主题拜访　243

灵异者及其友人

又有朋友跟我说起了小神仙，第几次了？得有十回了我想。小神仙，你肯定也听说过，大概每一个基数单位的人群里，比方说，两万人左右吧，就会有这么一位，也有的叫大师、巫婆、预言者，类似的。人们总会在口耳相传中，交换他（她）的各种灵验案例。你们当中的那个是什么名号？我们这个叫千容，据说是朋友圈昵称，就都这样叫开来，虽然大部分人并没有加她为好友的运气。

"听名字是个女的？"虚假地，显示我对她一无所知，以听到更为详尽的其人其事。

"哦！你！"朋友满意地摇头，"居然都不知道，真正的小神仙哎。"显出蓬勃的讲演欲。她学工艺设计的，在新西兰念过一年研究生。她一直对这些感兴趣，并且强调，外国大学或机构里，专门研究转世记忆、巫术原理、灵异事件的，多着呢，也算人类学的一个小切口。

"多大了？长得好看吗？"

"哦！"这回是责怪地摇头。对一个神仙，怎么能关切她是否漂亮呢？但朋友还是迁就了我，认真想了想，像回忆一个太过熟悉的老友，"以前很苗条，结婚生小孩后胖了点，胖点更好看。"

"结婚了，都。生小孩了，都。"我喃喃重复。也一样的程序啊。婚姻、工作、学区房、车牌摇号、婆媳相处、双语幼儿园。她会比平常人笃定和幸运吧，最起码会很顺利。

"她前面还离过一次婚呢。"朋友也若有所思，语调随即上扬，"预言者从来都不算自己的。见过理发师自己剃头吗，医生自个儿开刀吗，送葬人自己入殓吗？再说，也许她命里头，就该着离一两次婚的。"

"也是也是。你接着讲。"懊恼不该打岔。纯粹的"信"，会使讲述更加动人。就前面若干次听闻千容的经验来看，有讲得特别投入的，双目圆睁起来，听得我汗毛为之倒竖，十分痛快，也有一边讲，一边哂笑着自嘲或解构，这就十分不好玩了。

其时，我们正从屋里走到南阳台，正事已经谈完，随意寒暄到花花草草。朋友窗台上一溜排装置般的草木，配有山石沙地，皆极为袖珍，没一个大过巴掌的，品种我一个也叫不上来。"你可真讲究，我只会水培绿萝，那玩意儿好伺候，从桌子爬到空调，从空调顺着晾衣架，能把半片窗户都绕得绿油油一大圈。也挺热闹。"我其实带点自夸。

"你绿萝下面的水里，有鱼没？"朋友打断，语气像抓住什么要害。

"鱼？"从没想过，能惦记着换换水就不错了。

"绿萝还好，要别的爬藤类，可不能养在屋子里。那个，最是吸人精气。所以要放点活物，回去买几条小金鱼丢进去吧，游来游去的就好了。真的，千容说过。"她就是这样说起千容的。

为了进一步奉劝，她随即神色凝重地讲到她一个朋友。律师，自己开事务所，精干得不得了，以前专门做经济案子，这几年迷上传统文化，也顺带做些版权保护之类。有天，她正跟一位书法家在事务所谈事情，书法家途中接个手机，谁的呢，就是千容的。千容一通手机，马上就对书法家说，哎哟，你现在待的地方不大好啊，赶紧的，叫你身边那位朋友，把房间里的大株植物统统都移走。一株不留，快快地。可惜了可惜。

我显得愚蠢地摇头："这可怎么讲呢。不都说植物净化空气吗，人与自然的和谐。"

"我那律师朋友跟你想法一样。再说，隔个电话，都不认识，平白无故的，可惜个啥，她可什么都好得很。听之不理。好了，两个月后，查出乳腺癌，晚期。赶紧地再求教千容，千容也是老实，说她并没有办法解救或挽回，她只是可以'看到'必将发生之事。至于爬藤，是她看到事情的一个通道或信号，爬藤与病症是关联的。我那律师朋友现在胸前空空，装了逼真的义乳也没用，还是得了抑郁症，成天地瞅人不注意，要扒窗户往外跳。"

"千容,她替你看过什么吗?"我听她谈起千容的口气,很是随意。

"哦,我还不认识她呢。"朋友扭开头。"那你怎么说她胖点儿好看?""我是一直觉得吧,女人,还是稍微胖点耐看。反正我从此就不再养大株植物,体质本来就寒,再给吸了气,还了得?小盆景也好的,你凑近点,定住了往深里看,有点日式小庭院的意思吧。"

最早听到千容的神异预言,是一桩好姻缘,十多年前了。也是听一个朋友所说。"朋友"是个泛指,但也对,大家每天出门,碰上的、彼此说话的,不都是朋友吗?这个朋友,跟千容是真的认识,故而讲得要详细些。

千容啊,她有一双好唇,圆圆的,微嘟。她喜欢松松地扭一根辫子,系一条复古的艳绿色丝带,拖过来搭在一侧肩膀上,搞得小年轻们挺爱慕呢。可一听说她有那本事,嗬,全跑了。你想,谁能接受枕边躺个巫婆啊?其实她挺能干的,一直在外头自己做事,给各处的网站做客服外包,旅行社、培训班、连锁酒店、小剧场、茶庄,什么活儿都接。第一次嫁人的时候,辞了工回家。离了就又出来做。再嫁,就又回家,专心备孕带小孩,算是贤惠型的吧。

那她帮人看这看那的,收费吗?才不,从不,连谢礼都不要。千容也从不有意地拿腔拿调,给人家看个高考或大买卖什么的。我感觉着,她做这事是要有灵感的,碰巧看到了,晓得了,就自然会告诉对方。硬赶着问,似乎不成。

她替你看过啥呢? 记得我当时多次追问,朋友也是多次地避而不答,反倒更紧地抿起嘴巴,似乎牙齿里漏一道风,也会走漏命运的信息。碍于我们的交情,她会略做解释。这么跟你说吧,你在外面按摩过吧 —— 打个不恰当的比方,跟那个一样的 —— 她按得我哪里痛,哪里酸,只我自己才有数。讲给你也是白讲,你听不出窍门的。

她倒是愿意讲讲别人的事。下面是她说的,那桩姻缘 ——

我有位朋友,算是老师兄,86届的复旦中文系,出名的书痴书疯子,出来后分到古籍社,一头扎进去,万事不管,慢慢做成古书上的头块牌子。他太太呢,研究宋词,比他还要呆上十倍,从不社交,只给学生上课,可她的讲义,整理出来,卖得很好,也是著名学者了。他们有个宝贝儿子,不负书香子弟之谓,一门心思专攻古代戏曲研究,也是三记大棍敲不出一个闷屁。有什么与众不同吗? 哦,他特别耐寒,一件厚衬衣就能过冬。千容不知是什么场合见到这孩子一回,远远看了一眼,便对我那老师兄断言道,你家公子啊,27岁上结婚,会娶个演员,小演员,不是太红。

师兄掰开指头数数,儿子那时已虚岁27了,时至年底,他生日是五月,满打满算也就还有半年,他连初恋都不曾有过,就能结婚? 再说,演艺圈,怎么可能! 他们全家人就是分三批次绕地球跑上一圈，也遇不上那个圈子的呀。不用说，师兄跟我们转述时，口气是大大地发笑的，也带点骄傲。

千容不可能看错。半个月后，我这师兄被邀参加地产公司的一个年度庆典。这家地产公司的所有楼书，都喜欢做成线装古籍的样子，摘引起文乎乎的断篇，跟社里算是有些合作，这且不讲。碰巧那几天师兄患上风寒感冒，西药汤剂齐下，也不见效果，只落得个昏昏欲睡，不敢开车，便让儿子接送他往返。地产界都是活络的人，哪里肯让他公子回家呢，留下来一起参加庆典吧。而这庆典上的蓝色水钻短礼服的主持人，便是他儿子当晚将一见钟情的明日娇妻。

确实是小演员，排不上号的过路角色，三四集之后就不知所终，是闹热娱乐圈的寂寥人。可能正因为如此，他们互相感知并爱慕了。当晚所有能同时看到他们两个的人，都会看出来，有爱降临了，端庄庞大，空气都在颤动。独我那师兄后知后觉，他被安排在主桌，因药物缘故，总是倦眼蒙眬，只靠拼命喝水提神。晚宴过后的回家路上，他从一上车就开始让儿子找公厕要撒尿。直到他第二回放空膀胱，坐到车上，猛然发现，后排坐着一个亮闪闪的蓝衣少女。他惊骇地询问驾驶室里同样脸颊带光的儿子，后座传来细丝丝但毫无怯意的抢答：我是他女朋友，可以叫你爸爸吗？

三个月后，他们在民政局排起短短的队伍，怀揣旁若无人的甜蜜。

这朋友的讲述大头小尾，把老师兄夫妇介绍得挺详细，对新人的终身之定只草草带过。但在当时听来，反显得更加可信。毕竟，一对年轻人，如何结识，如何闪电相爱，并不重要，比这更离奇的姻缘可有的是。厉害之处在于千容，是真的提前知道，她"掐"出来了呀。我都能够想象到，那一对老书虫夫妇，面对这戏剧化的飞来横喜，回想千容半年前的预言，会是什么反应呀。跌落海底，还是升入高天，就此修正笃行大半生的辩证唯物主义？

那个时候我就有点动心了。我想，得结识千容，让她也给我看看。当时我正好陷入一段荒谬的恋爱，是一个诗歌论坛上的宿敌，我们观点相异，势不两立，总是鼓捣着各自的队伍大吵，有一天被坛主拉着，在线下结识，并……强烈地互相吸引。他太年轻，一无所有，脾气很暴，所有理性可及的现实主义条目，都不符合婚配中最起码的杠杠。我对他而言，恐怕也一样。我们像拙劣的对子，明显不工整不对仗。可他妈的，激情又像大江大海似的在奔涌啊。

我这情况，不是比她师兄的儿子那根本无影无踪的缘分有更多线索吗？假如千容也能远远地看我一眼，肯定就会提前"看到"，我这场恋爱到底有没有结果了。然后给个暗示也行啊，是否要继续纠缠和犹疑下去。我这人从小被家里教育得，对"珍惜时间"很有执念，替自己想，也替别人想着，别瞎耽误工夫。

而搞恋爱，免不了要看苦月亮，没完没了地谈话，幻想或辩论将来的可能性。多浪费时间啊，等于慢性自杀或谋财害命，鲁迅先生都这样说的呀。当时我真太急于解决此事了。

可我没有吭声。我这位朋友是因为别的事情认识千容的。就算认识了，她也从来不问千容任何事情，只等千容无意中看到了，才会得到忠告。总之，要结识到千容，并得到其指教，这简直比恋爱本身还要微妙，连介绍认识都不被允许的——因为你先自就存着主动的想法，而千容的天眼，得在全然"空无目的"的状态下，才会开，其预言才有如神算。

这些，都是我这个老朋友很早就警告过我的。确实，我完全同意。命啊，多么玄虚，哪能那么容易识破呢？故我始终压制着请她引见的渴求，只茫然等待"无意中"结识千容。

好在我总还是能继续听朋友讲到千容。

那之后隔了大概有三年吧，有天我在街上拐进一家假发店——我想剪掉长发，那瞧上去太温顺了，又土。换个爆炸头可以？得找一顶类似的假发试试，看是否合适——带着伪装的购买意愿，一看二问三试，在导购员的帮助下，终于套上了一顶八十年代港味的满头细卷。正对着镜子照前照后，突然感到有人使劲拧了一把我的大腿。什么情况，有这么笨拙的性骚扰吗？我忍痛扭头寻觅，那家伙影子一晃，已出了店门，却隔着透明橱窗跟我直招手。眯眼一瞧，认出来，老朋友啊，毕业那年，我们在同一家报社实习过，当时处得很好。

她仍在招手，幅度更大，是叫我出去的意思。我只得匆匆又照了几眼镜中的自己，确定了我跟这种发型是不相宜的，摇摇头放下假发就出来。

"好好讲不行啊，拧得我，恐怕腿上都青了。"我亲热地抱怨。多年不见，正好斜对过有家西点坊，进去要了两个甜品。

"我不好讲的，怕店员打我。镜子！假发店的镜子，是千万不能照的。"

"镜子？"我盯着她，几年不见，她脸上跟我一样，留下了时间的印痕，可以看到一连串跌爬过去的障碍与栏杆。做过人流。还在换工作。三人合租并且是最小的那间。开了双眼皮但很不自然。与最近一个男朋友分手了。

"知道什么人买假发最多吗？除了一小部分爱臭美的，大部分都是各种原因秃顶的，或者做化疗的。"她用明显偏见的口气，"外头的镜子，真不能随便照。对你不好。"

我没吭声。谁有资格嫌弃谁啊？她以前可不这样，当年在报社，我们被版面编辑派着，跟一家国企跑戒毒所，拍中秋节送温暖的照片，她还拼命争取着，要给照片里的戒毒人员打马赛克。

"这并不是我本人的认识论。"她看出来我的态度，立即补充，"也是听以前公司的一个副总讲的。他认识一个，怎么讲呢，巫婆吧可以这么说，懂这方面的门道。关于镜子，讲究可多了。"

"叫什么？"嘴唇沾了一大块奶油，不及拭去。我有预感。

"千容。反正我听他们都这样叫她。"朋友面带敬意，压低声音。多么熟悉的腔调啊，我心里也立即升起了那股子熟悉的贪婪感。

店里进来一对搞早恋的学生党，挨得很近共同挖舀一桶冰激凌。这毫不影响我们的交谈。

"千容对镜子特别有研究。她有次跟着一帮人到我那位副总家里玩，他爱收老玩意儿，旧铁壶旧烛台旧花瓶什么的，啥都捡回家。老婆早已离婚，儿子在澳大利亚留学，所以甩开膀子来，到处瞎收，家里堆得满地。这可好，那千容一进门，脸色就变了，副总又跟她不熟，问怎么了，哪里不舒服。她只说需要歇一下，也不跟众人四处看东西，只在沙发上喝烫茶，一杯接一杯。等到聚会散了，她却磨蹭着留下一步，私下问副总，你是不是收了什么老镜子？镜子，没有啊。副总想半天。哦哦，有个带镜子的老梳妆台，算吗？有点残破，我放在楼上小阁楼里了。

"千容点头。你这镜子，起码三个女人死在里面。一个是小脚，她抽烟袋，脖子挂一长串珠子，穿得倒是气派，就是老得不成样子。再一个，又小得不成样子，都没照到二十岁，白衣黑裙的学生样。镜子里照到她最后出门那天，手里还挺神气地举着小标语。还有一个，镜子里模糊些，但一看是见过世面的样子，经常关起门在家对镜子穿各种洋装，出门却换上灰蓝工装。有天被拉出去开会,回来一照,头发被剃掉一半。就开了柜子把所有洋装统统剪碎,然后系上绳子把自己吊起。千容逐一地说,好像面前有本影集,她在翻看那三个女人。

"你想那位副总,搞收藏的嘛,倒是乐坏了。你刚才说的长珠子,是不是朝珠啊,那没准是个诰命夫人呢。她后面的女学生,搞运动的吧,时间对得上。嗬,这可是捡着了!我收来时一个角被砍,破相了,价格很便宜。走,带你上楼近了瞧瞧,你要能看出来那老太太身上衣服的纹样,我就能推出来,她大概是几品……男人啊,也真是心大,也不想想,千容一进门,可是给镜子里三个女人给惊着的呀。千容又捧起茶杯来喝,呷了一口,凉了,换上滚烫的,喝那烫茶。不了。她不要看。她只是说,这老镜子啊,孤单了,还是要喊个女人来照。你家要有个女人了。副总想着,这是暗示他会再婚,无所谓地大笑。他为人有趣,确实也有一二亲密女友,这事儿,还用老镜子来呼唤吗?"

朋友讲到这里,定睛瞧我,我也瞧她,足够的停顿过去,她嘘一口气:"过了没两个月,副总的儿子从澳大利亚回来,已做完变性手术,上面下面,相关的器官各有增减。退掉两年的学费做的,还加上两年打工所赚,还借了一点点钱,总之是没要老爹出钱。能说什么呢,副总于是把老梳妆台送给变成女儿的儿子了。"

挺叫人唏嘘的,可得承认,听着很满足,千容从来不会让我失望。

朋友用小叉子戳起最后一口甜品:"千容说,每个人就最好用自己的镜子。镜子啊,特别能藏,所有照过的那些人,不管死的活的,魂魄精气都留在里面,时间久了,就要出来人间瞧瞧转转,可能啥事不碍,也可能要闹一闹,兴风作浪的。所以,你推推这个道理,假发店镜子里藏着的,可全是焦虑症忧郁症工作狂绝症之类的呀。"

她后面的说法有些生硬,算是她的创造性发挥,但无论如何,这显示了她对我的关切。能有人关切,多好。我当即郑重点头:再也不照假发店的镜子了。其实我心里更高兴的是,又听到千容了,她还在我的朋友们口中流传,总在为朋友、朋友的朋友们显现出她的灵异之力。这不能不让我重燃某种希冀,也许,我正在以不可知的弯弯绕的轨道向着她那个方向缓慢靠近,并将在某日,达成"不期然"的相遇。

不过当时,那场令我纠结无比的激情恋爱,早已安然作古,无疾而终还是恶病发作,都想不起来了。但我对千容的向往依然强烈,因我正陷身一个更难的抉择——对,在考虑换工作,有一个很不错的机会,但不是简单的跳槽涨薪,是完全地连根拔起,到一个偏远的北方城市。北方,对我到底意味着什么呢?面食、干燥、儿化音、暖气。当然不止这些,甚至不是这些。橘生淮南则为橘,生于淮北则为枳。连橘子都会变种,何况人呢?心里可真是不踏实,午夜梦醒,想到故土难离,远地未卜,实在辗转难安。

"你呢，现在咋样？"久别重逢，必然会聊到这一步。她刚刚说了她的情况，跟我第一眼从她脸上看到的信息差不多。于是我也说了我的，这不丢人，谁不是一串瞎扑腾总摔跤的冰糖葫芦？尤其说到我南北之移的为难，顺便想听听她的意见。我又问店员要了两杯饮料。

朋友直摇头："我能有啥见识，要有千容替你看看就好了。她可不光懂镜子。"那对学生情侣走了，又来了一对可能刚刚吵完架的母女，她们仇怨地彼此错开视线，要了不同口味的大杯奶茶，分得较远地默然坐下。朋友过渡性地观察了一会儿她们，又讲起千容的另一个故事。

是那位爱收旧玩意儿的副总讲的。不用说，儿子变性之后，他成了千容的铁杆追随者，四处搜集和传颂她的预言故事。为了减少转述中的损耗，我把朋友的这一层转述去掉，好比是直接听那位副总讲吧——

千容可看得远了，前因后果，三生三世。生人就不讲了，讲了你们也对不上号。就讲带她来我家的那位朋友吧，我起先就是找他打听的。他做药材生意，天南海北地跑深山老林，收各种草木藤根，回头加工一番，就成了名贵中药材，赚得可狠。他有时在乡下看到老家什老物件，三文两文也替我收了带回来。我们也算是铁交情。见我打听千容，他马上就端正身子，抹一把脸，用眼睛盯着窗外。我也跟他盯着窗外，外面空空的呀。

盯了一会儿，他才说，还记得我媳妇不？能不记得吗，那可是个标致人，陕北妹子，做一手好吃食，我因为孤家寡人，常去他家蹭饭。

可他媳妇后来不见了，挺突然的。那一回，我听闻他长途收货回来，便像从前一样，拎着几包熟食，径直踩着饭点过去。一见门却发现家里冷锅冷灶，四壁颓然，黑灯冷影里，我兄弟一人枯坐着呢。大半月没见，瘦缩了一圈。怎么回事啊这？我咋呼着，开了各处的灯，唤找他媳妇出来收拾吃食。这四处一转，发现他家里跟地震了似的，墙上画、案上瓶、地上凳、房里床，各样东西或是移了位，或是颠了倒，都瞧着不顺了。关键是，少了一个大活人呀。他媳妇人呢？好在也算熟门熟路，我到厨房找出碗碟筷子，又翻出上次没喝完的老酒，摆好，拉小兄弟坐下。他压着胡子连喝几口，才缓过劲，从嗓子里拖出一团湿棉絮来：我没去山里收货。就在家里，花了半个月，好不容易才把她给赶走了。

这是什么话呀。我惊得酒都洒了半盏。他又连喝几杯，我强夹给他几片猪耳朵，让他慢慢说。他却又什么也不肯说了，只管摇头。反正打那以后，我就再没见过他媳妇。算算也是三年前的事了，要不是他这会儿自己提起，这谜底恐怕还一直不会揭开。既然，你还记得我媳妇，又问起千容，该着的，我是可以讲了。再保密下去也没意义了。他看着窗外跟我讲。

起先是病，他媳妇患上疑难女症，有大半年了，下红淋漓不止，四处求看，药汤喝下去能有半条河，仍是只见重不转好。虽说不是立时三刻致命，但怎是多强壮的身子，也经不住这样的流泻。有天他在小区里烦恼地瞎转，脚上踢到一只野猫，全身通黑，一对绿莹莹眼眸，喵呜嚷他一声。他不管，继续闷头走，哪晓得小东西竟蹿到前头，绕在脚前不去。他想起媳妇一直好猫，身上常年揣着鸡肉肠，院子里的野猫她认得十有八九。可能这一只，也是她一向喂熟的呢，他心里一软，慢下步子。黑猫真跟带路似的，一步两回头，带着他曲曲折折地走。不过，这就是小区嘛，还能走到哪里，走到头就是西侧门，侧门外就是水果铺子。黑猫把我兄弟给带到水果铺子，绿眼睛一眯，就跑不见了。行，都到这儿了，那就，称一把香蕉，买五斤苹果呗。他挑拣起水果。

你呀，恐怕得买梨子，回家跟你媳妇分着吃。他刚要付钱，给人拦下了，让他换成梨子。是个不认识的女人，也是买水果的，一边挑她的桃子，一边瞅我兄弟的脸色。她把他拉到边上，两句话切中要害，全是媳妇的内中症候，然后不轻不重地指点了几句：她不能跟你一起待家里了，要往西南方向，一千公里，在那边正经住下来，调理半年。我能同去吗？不行，你得老死此地。并且你还要回去，把家里的东西，如此这般地做一番颠倒与挪移——那便是我当时去他家所看到的局面。当时连他自己也觉得此事太过离奇，所以不肯跟我细讲，怕万一不灵，反落个大笑话。

他给我讲到这里,吁一口气,把眼光从窗外转到我脸上。是灵的。他媳妇一到西南某小城,一个星期不到,身上就清爽了,两个月下来,肉长回来了,脸上又有颜色了,等住到半年,月事恢复正常,发来的照片,简直大姑娘似的。这当中,一有媳妇好转的消息,小兄弟便千恩万谢地向那水果摊上偶遇的女人报告。他跟千容从那时起,就算是有了交道。可千容总是半点喜色也无,也不要他的谢谢,只说不要恨她便好。你们想想这话啥意思?我这时其实也回过神来了,对啊,这都过去了三年了,他媳妇身子是早就好了,可人也回不来了,身子和心皆已生根在西南边了。连这个,千容也是知道的,或者说,她真正所提前预知的,就是他媳妇在西南边的另有归属。所谓病症的调治与家具的颠倒,不过是一种过渡与形式。他跟我回顾到这里,平静地补充道,怎么可能气恨千容,服气还来不及呢,到底是救了媳妇儿一命,是恩人。

朋友转述了她从副总那里听说的,他那位小兄弟千里逐妻的救命之事,然后跟我总结道:"看,千容就能知道,这人,跟哪里哪里的水土,是合的。合才能养人,才能安人,也才能久居。可惜我离开那公司久了,跟那帮子人来往少了。要不要我试试看,这位副总人挺热心,叫他替你跟千容拉个线?你这毕竟,也是大事啊。"

我心里一动,还是忍着,摇头谢绝了。并带着一丝丝优越感想着,她也是只知其一不知其二啊。怎么能主动去结识千容呢？要也能有只全身黑的绿眼睛野猫给我带路还差不多。

不过人的想法会变。尤其最近这几年，这事那事的一层层覆盖，每到难处险处跌跤处，便多次为当时的拒绝而感到懊悔。她都那样说了，就嘴边上的事，我点个头就行的呀，那现在又何至于这样，凌乱中抓瞎。痛中反思，我在心里反复给自己叮嘱，假若再能听到"千容"二字，别再一根筋了。世界上哪有什么纯粹"不期而至"的相遇，还是得努力，得事在人为吧。

好在千容毕竟是大家的，月亮或星星一样，或是这里那里升起，或是这里那里闪烁。那天我带果果去打针，就又听说到她。果果，对，是我胖儿子，两岁了，那周该着打乙脑疫苗。

那两年，我有几样事，是串在一起发生的。当时我差不多已决定去北方了，还有些细节想去人社局打听一下，同学群里有人说，有位高一级的校友应当在那里做事，几个话头一捎，便联系上。原来是他呀，我们都在校广播站干过。他颇热情，替我考虑到伴侣跟随政策、购房、医保接续、人才流动等各种政策细节，连两地工资水平，甚至未来的养老金发放标准等都打听到了。前后有一个月，他带着我东跑西跑。有天正好碰到大雨，我们给困在一家小面店，对着桌上只有残汤与菜叶的大碗，他突然开起玩笑，说在校广播站的"共事"，他那时还暗恋过我呢。

玩笑还是真话？但这话，能说出口来，就是个意思与信号吧。再说我真挺谢谢他的，那一阵子，我是太飘忽了，抓个浮枝都能当铁锚的。当晚就跟着去了他的住处。他跟我讲了他突然逃婚的前女友，语气甚是悲凉，这让我意识到，他还没走出那一段儿。随后，我继续准备有关调动的琐事，同时等待北方那个城市的各种回复，一边麻木地继续与他同睡，不顾前路。

然后就发现自己开始呕吐。两人都太粗心了，准确地说，是对自己和彼此都浑不在乎。那怎么弄呢？沉默地看了一会儿验孕棒上的两道杠，他斟字酌句：要是你舍不得打掉，就别去北方了。我心里一块石头轰隆隆滚落，突然放松了，这个宝宝就算是留我这里的吧。至于跟什么人结婚，也没那么重要。总之，就那两个月，去留问题、婚姻问题连带着怀孕一并解决了。

果果打疫苗有个特点，人多必然长号大哭，人少则软绵绵哼唧，若只母子二人面对医生，说不定还笑嘻嘻。所以我尽可能地磨蹭着，很不积极地排队。然后就发现，有一位妈妈，似乎跟我是一样的想法，我们像两个"慢车比赛"选手，只等着大批的哭闹主力军过去。无聊之中，两个孩子在我们手边就近玩了起来，无法，我们也只能相就着一起打发时间。而这种两个妈妈抱着孩子在疫苗接种区的聊天，恐怕是世上最乏味，也是最奔放的聊天，三分钟之内，就能从小孩一天大便几次到乳房缩小与下垂程度，聊到盆底肌恢复情况以及是否漏尿等隐私话题。

"你知道人类平均每年应当做多少次爱吗？"瞥了一眼正彼

此吐泡泡与口水的孩子，园园妈妈突然抛出这个问题，我一怔，还真没想过。她马上灵活地从微信收藏夹调出一篇公众号，伸手到我眼前，标题上就有显示：104次。

"园园爸爸是达标了，他一直在外面乱搞。要是什么有情有义的小三，那也还能讲得通。可是他，全是刷的约炮软件。"明白了，怪不得她眉目间总有点忧色，讲起性的话题来好像别有一种亢奋，"可笑就可笑在，这还是千容跟我说的。"她很随意地提到千容。我不敢相信，可能是名字相近的人名？

"谁？你朋友吗？"

"才不是，公司网站的客服。你想，连个外包客服都能看出来，说明我这是呆到什么程度，说不定办公室所有同事都知道了。我就说呢，他跟我，连人类平均次数的十分之一都没有，另外十分之九，全都在外头哪。"她露出这种情况下常见的怨愤。想到以前听说千容是做客服的，看来应当就是她。我露出愿闻其详的同情之情，心里不敢惊动地轻声喟叹：来了，千容又出现了。不过，听说她再次结婚后，好像不工作了呀。

相对我以前听到的千容故事，尤其是讲述者那种有意的起承转合、节奏和因果上的拿捏，园园妈妈这个就显得太过平常了。她只是因为在公司里负责跟网站客服对接，所以两人打交道比较多。你们见过吗？没有，她客服呀，就微信上聊聊的。园园妈妈显然把千容看成一个有点多嘴的八卦婆，从别的某处听说，按捺不住，告诉了她而已。

园园妈妈兀自沉浸在她的痛苦中:"关键两边老人都很烦,几个老家伙一条心,整天盯着我要二胎,说既然政策放开了,当然得用足啊,正好换个品种,要个女孩。以为这是点菜吗?点什么就有什么。关键是,没有人给我撒种啊。我都三十五了,高龄产妇了。"她的忧虑显然还包括生育。

"你,听听千容怎么讲呢?"我想把话题往千容身上引,她只是一带而过。

"她能知道什么,自己也是个单身妈妈呢,搞得一塌糊涂。"虽然我知道卜者不自占的道理,可她的口气让我很是不安。"不过,你这一说,我想起来了,"园园妈妈沉吟道,"她当时跟我讲了两个消息,一个是园园爸爸的事。还有一个是讲我,说能看到我后面有一条大河。说大河主富贵,我过几年就要发大财了。你说怎么可能呢,就这指甲盖大的微信头像,她还能看出条大河来?真要能发大财,妈的我这家里一样不拿,连手机都不要。"她作势要把须臾不可分的手机都扔掉,表示弃绝之烈,"带上园园就走,我他妈的也找男人去,一年搞104次。"她使劲儿地笑,苦中作乐、绝无可能地笑。

我颇为羡慕地看着她。我知道,千容"看到"的肯定能成真,她多么有福啊,眼下这根本不算个什么。可她,也太不拿千容当回事了,实在叫我看不下去。膀子里两个小孩不知啥时都睡着了,打针的队伍还是臃肿着,保姆、爷爷、爸爸、外婆、小姨,一个小孩起码两个大人跟着。我们两对母子倒像一个小小的岛屿。我突然一阵冲动。

"你啊,是真不晓得千容?她可是顶顶出名的小神仙哪。"我把果果在手里换一边胳膊,把从前打各个朋友那里听到的案例全都讲了一通。可能有些地方比较含糊,或转折过于凶猛,毕竟时间久了,记不清,得边想边说。即便如此,我满意地看到,她把她儿子也换了一边胳膊,向我这里靠得更紧,梦魇似的,眼皮半睁,眼珠快速转动。她这模样加剧了我转述的愉悦程度,也增添了我转述中的华彩,我甚至编造了些更有趣的细节。比如,对那个在澳大利亚变性的孩子,千容甚至从镜子里看到了她(他)回国后初次揽镜自照的模样:一套红蓝条纹的连身工装女裤,唇膏和眼影都是银色的。诸如此类。这并没有改变事情的本质,不是吗?

偶尔,在停下来喝水时,我一闪念中也会想到,以前听朋友们讲述时,我也是这样迷醉的梦魇之状吗?而她们,也同样地会不由自主地添油加醋吗?但我咕咚咕咚地喝水,并把这样的念头一并咽下。不管这些,毕竟,这个过程太有成就感了,我简直把园园妈妈给换了一个人。

她的样子慢慢恭敬和拘谨起来,在我提到千容时,会小声跟一句:"我们该叫千容大师吧。"但对我,反倒有点倨傲和防备了。她现在也知道了,不日,她将要大富贵了,哪怕就是三年五载之后,那依然是显见之事,必将到来的呀。

"介绍我认识一下千容吧。"我直截了当地说。铺垫得够多了,也许太多了。打针的队伍已到尾部,再过半小时,上午的门诊都要结束了。

"这个,她又不是我朋友,只是外包客服呀。对客服这一块,我们公司有规定,我不好私下里……"她支吾着,好像千容反过来成了她必须尽力维护的什么宝藏,当然,她也有点不好意思,伸手到包里乱翻,又慌张地摇怀里的儿子,想喊醒他,"这样,我给你指个路子,你呢,就直接到我们公司网站下面去留言,反映问题,客服就会出来跟你沟通的。千容,不,千容大师就跟你直接会话了……"她一扭腰抱着儿子站起来,快步往队伍后面走去。

"你什么公司啊?"我也一把抱起果果,腿都差点一软,不依不饶地也挨着她排上去。

"弗兰卡厨具,华东大区。"她匆匆作答,拿出她的号码条,跟前面两个人说了什么,一下子就插到最前面,刚好里面有两个老人合抱着一个哭得直打挺的娃娃出来,她便一大步挤将进去了。

谁叫我跟园园妈妈只是这种偶然的闲聊关系呢,就是刚刚谈过乳房下垂和性交频率又怎么样?我也没太伤心。只在心里默念那个厨具品牌,有些不情愿地想着,真去售后客服那边留言吗?或者当真给家里换一套整体水槽?这是合理程度的努力吗?还是有点过头?关键是我不太喜欢售后客服这个背景,千容那是在工作之中吧,总觉得氛围不对。

可惜刚才没问清楚，千容是真的又离婚了吗，她过得不怎么样吗，她就不能找另一个小神仙（同行之间也会有联系的吧）给她自己也把一把吗？我拉拉杂杂地想着，心里倒替她感到有些纷乱不安。我自己这边，其实最近还好，虽小烦小恼不断，但到底一家三口算安定下来了。就算前面可能埋伏着什么，正淌着哈喇子打算吞我下去，我也没必要提前操心。就这么着，暂时搁一下吧。只要千容还在我们当中就行了。

"记住啦，回家路上你拐到菜场去，买两条小鱼。你要信！可别也整出个什么毛病出来。"再次叮嘱一番之后，我朋友左右交替挪动双腿，右手无意识地抓捏，这是急于要送我出门的架势。可能是因为刚刚承认了她并不认识千容，有点儿不自在。可更多的是，我能看出来，我太熟悉这感觉了——这些年，她显然也都是从不同的朋友那里听说千容，并跟我一样惦记着，有着求而不得的憾恨。

Two heads are better than one. 想起初中时学过的这句英语谚语。我们不如合力把各方面信息碰一碰，不是更能接近渴慕之人吗？我们是从业务关系慢慢变成好朋友的，知道对方的为人和生活情况，也足够地信任彼此。

前年，我儿子果果被两家大医院和一个研究所诊判为智力发育障碍，也就是大家骂人时常讲的"弱智"，果果爸爸崩溃得很彻底，第二天就离家出走，切断所有联系，一个半月后托人捎话，说再也不回来了。曾宣称暗恋我也娶了我的高中广播站成员就此成了前夫。能怎么办呢，他先抬了腿，不要讲出走，我连寻死也轮不到了，总得有人把果果给拖大，还得挣下我死了之后他的养老钱。

想想一个小文科生，除了敲打键盘，能干什么呢？长夜苦思，看几眼痴睡的果果，我开始挨个儿给淘宝上的小破店留言，尤其是那些一看就没有策划包装的店铺，提出我的全套文案服务，诸如广告词、产品描述与解说、创意命名之类。比如，卖干花的，我会替它搞一个"紫色心情"或"窗外"系列，类似这样："时间驻留往昔芬芳，化为颊边的恋人絮语。"卖百香果或紫薯的，则是："我们采撷大地深处的精华，穿越千山万水，纯正原香只为换取你的每日维 C 一笑。"而卖棉服饰的，则需要给那些皱巴巴的裙子取出名字来，叫"湖畔相遇""庆历四年春分"等等。三四流的土味诗意，正好够用。这一谋生的想法，多少也算来自千容吧，我相当于她的上游产业，负责勾起购买欲，她那里则是跟进售后。既然她一个人能单干，我干吗不试下？

没有料到，这还真做出点名堂，需求之大、收入之易超乎意料，后来我索性辞掉小文员差使，找了一个肯吃苦的姑娘做帮手，全心全意做起这无本生意来。而我眼前这位朋友，手上开了五家淘宝店，不排除还要扩大，全都是我替她从无到有一手托举起来的。她起先卖女包，小作坊流水，好在皮子还可以，我给她的定位就是意大利风格的小众品牌，价格立刻翻了两倍。后来她卖贝壳饰品，成本很低，有时就是残损边角料，我给她所有的文案和页面配乐等都指向跨性别与多元文化，黑酷范儿，卖得可好。生意上，她确也离不开我的。

所以也没多想，我把意思跟她说了出来："不如一起找找人，跟这个千容结识下。明面儿上，我们可以说是请她做你的售后客服，这很自然……"

不等我说完，她用手势打断，把我从阳台引回室内："假如真能认识，就太好了。我正碰到……"她停住，毫无过渡地突然抽泣起来。她戴着用深海贝壳做成的异形项链，随着她肩部的抖动，它们散发出蓝绿色的深海荧光，一点也看不出廉价。我所有朋友中，她留过学，父母不用她养，丈夫很顾家，女儿找人上到双语幼儿园，生意很可以，定期健身，真是什么都好的呀。可那怎么也控制不住的抽泣，又表明她绝对碰到大事情，远大于我以前或眼下碰到的任何事儿。"我实在扛不住了。有一个多月了，得不断增加药片，才能勉强睡一会儿。快说吧，我们怎么能认识她？"她那口气，像急等汤药入口救命。

"你真的，相信她能帮到你？"不知怎的，我问出这愚蠢的问题。可能是她表现得太急切了，让我十分忧心，万一千容解决不了呢，那种完全扑上去却一脚踏空的破灭，我是不敢想象的。她是我流水额最大的旺铺客户，跟我的结算是佣金式的，她生意好，我的收入才能多些，果果将来便更多几分保障。她闭着眼睛抽泣,所答非所问:"需要,我需要的呀。"

我们于是有商有量地,从所有讲过千容的那些朋友里,各自分头打听起来。事实上,这工程并没想象中的庞大或曲折,知道她的人比预想中还要多。没费太久,千容的喜好、工作、生活、社交圈等皆已了然 —— 确实是又离了,自己带孩子;年前出过一起车祸,断了三根肋骨,但恢复很好,基本无碍;工作不再是单干了,给一家公司收编过去,而今只负责家用电器方向的客户;她性格偏内向,但朋友倒是不少;喜欢看电影,尤其动画片等一大堆有用无用的细碎情况。

最终,找什么人来引荐,大家约在哪里一边吃饭一边聊聊,也全部敲定:就这个周六中午,粤式茶餐厅,据说那里的海鲜粉丝煲和招牌腊味饭口味甚好,是千容惯吃的。看看,这就搞定了嘛。我与朋友击掌相庆。这会儿,就是叫我们去结识我们都喜欢的布拉德·皮特,恐怕也非难事。

其实每个周六我都要带果果去海洋馆泡一天,他最喜欢待在那里面。算了,只能把他送到一家托管处,那托管处居然同时接管宠物,气味不大好闻。可这次见面太重要了,我不希望果果出现在那边。然后便急急忙忙回家收拾打扮,试了起码五六套衣服,连背什么包都琢磨了半天。我心里在不停地翻滚和盘点,带点劫后余生般的兴奋劲儿。千容让我回想起若干的、我最需要她的那些艰难时刻,一浪又一浪的恐慌与打击。单方面看,我认识她得有十年了吧,都能算是老朋友了。可她还没见过我呢,所以真得好好收拾下。我简直有点面试的心态,要显出我老到的职业状态,同时很会过生活,当爹当妈一把手,虽然经历了些坎坷,可对付得还行……也许就凭今天看我的这一眼,她看到了一切……

我提前一小时收拾,扔了满床的衣服,最终出门还是迟了。滴滴叫车要排队,还碰着个慢性子水平又菜的司机,一路吃红灯。粤式茶餐厅在美食中心中庭三楼,我气喘吁吁地,老远在扶梯上就看到那家店,落地玻璃里,我朋友的玫红色绲边套装十分触目。她昨晚就发了照片给我,选了最贵的,然而我认为是最难看的一套,好处是让我一下子就看到他们四个。

我们俩共同的一个朋友,打横头坐着,正跟服务员讨论菜单。有一位男士,昨天我们也加上微信了,他是我俩共同朋友的朋友,是他带了千容过来。男士与千容都背朝扶梯这个方向坐着。我朋友正跟千容在讲话,我看到她鲜艳的上半身,两只胳膊不对称地挥舞,显得过分活跃。她旁边空着,那是留给我的位置,跟千容斜对面。

我理理头发,触到脸颊的两根指头冰凉,像两根迷你冰棍。我上了扶梯,又从边上掉头下来,打算再上一遍。他们聊得正好,我反正已经迟到,对结识千容而言,等这么些年了,还在乎这几分钟吗?

扶梯很慢,甚合我意。我得以远远地张望千容的背影,带着莫名的温存与眷恋。近在咫尺啊,只最后一步,就要抵达她了,从此将失去对她的所有期盼与无限寄托。

碎短发,并不是某个朋友曾描述过的粗长辫子。从背影看,也谈不上微胖,是相当清瘦的体形。扶梯到最高处时,能看到她小半个侧脸,肤质有些糙,发黄,好像蛮沧桑的。还能看到她脚下搁着个大挎包,鼓鼓囊囊的,款式和颜色跟我以前一个同事的一模一样,我刚刚送儿子去托管处,用的也是类似这种大包。这让我有一种悸动的亲切。这就是奔波中人常用的包嘛,轻,能塞。像今天,我装进了儿子只肯吃的两种零嘴、惯用的水壶、替换的小毛巾,还有他走哪儿都要带着的一只毛绒企鹅。猛然间想到果果,我心头一空,感觉离开他很久又很远,突然很不放心起来。想想看,为着周六的海洋馆,他等了整整一周,这可是他最大的盼头。他会一直哭吧,不远处还全是狗吠猫叫,臭味一阵一阵。

这让我有点不安,但仍然重新踏上扶梯,一边张望千容,一边在心里念叨:这么多年啊,可终于等来她了。可是,等一下,突然一阵剧烈的心跳,继而几乎骤停:如果真在多年前遇到千容,而她也平静地指示出我今天的必然,在确凿的命运线中,我真能走得到今天吗?眼睁睁地看着自己一头撞向透明的冰山?或者,我将由于她的预见而拼命抗争,纵身投入那一无所有的恋爱,一意孤行去往北方,逃命般地通往另一段婚姻,以求像大部分人那样生下一个健康的宝宝 —— 那么,我将没有果果?

不，我受不了这样的假设，我甚至已不能接受跟果果有超过半天的分离。我在后怕中大感庆幸，随之而来的，是心乱如麻，是更大的愧痛，有如锥刺。我怎么能一下子想到这许多？太冒犯了。若以此类推，今天，当真结识千容之后，未来的生活……

像个冲到悬崖边的胆小鬼，或是差点伸手去按动类似核武器的启动按钮，都等不及到顶头再换乘了，我有些踉跄地扭头就往下逆跑，用力跑，加速跑，才能跑过扶梯本身的上行速度。正是饭点儿，扶梯中挤挤挨挨全是赶赴约会的人，带着空腹，也带着期待地交头接耳，他们由远及近又由小而大的面孔，在我失焦的瞳孔中，像美好的花朵一样轻微晃动。我喜爱他们那无知无觉的样子，多么天真啊！对不起，让个道，对不起。我向他们所有人抱歉。

双脚终于着地的时候我突然想到，千容应当早就知道了，说不定也早已告知我那玫红套装里的朋友，以及在座其他两位了。她斜对面那个位置，将会一直空着，我不会与他们一起共享海鲜粉丝煲和招牌腊味饭。她什么都知道的，对吧？这个想法让我大为释然，几乎愉快起来。我最后一次扭过脖子，抬起眼睛，像暗中浇灌并拥抱某种不为人知的深沉友谊，远远凝望茶餐厅那个方向，虽然已看不到千容的背影。

味甘微苦

1

薄薄的渔网抛撒到半空，好似巨大的花瓣，张开，渐慢又渐快，悬浮，呈饱满的大圆，瞬时罩住水域。闪闪发亮的铅坠，咕噜噜潜入。略显浑浊的微澜中，小鱼儿们吐出它们最终的几口泡泡。

多美啊。徐雷看了足有几百条这样的短视频，完全入了迷。尤其一个自称小西湖的，网撒得特别圆满。徐雷第一次线下约人，就是跟的小西湖，兴头头地初试撒网，姿势便十分之漂亮——只是把腰扭过了头，一下勾动原有的腰椎间盘突出症，其痛若穿，当即石化。送到医院，得动一个椎板切除手术。躺在病床上，成了死鱼。

金文拖着的脚步老远就能听出。她烧了乌鱼汤过来，没用保温盒，已半凉，徐雷勉力喝了半碗，一边掀起眼皮留意金文。

她还是满身的魂不守舍，替他摇床时忽高忽低，倒碗汤泼洒得满地，去水房拿个拖把，回来竟然走错到隔壁病房。徐雷悄声长叹，她的心，真是在外头了。还以为这病房，多少会唤她想起些往昔。

十三年前，他们就是在病房认识的。一个大房间六床病友，他们算挨着，中间只隔一个胃切除的老头，镇日昏睡。徐雷和金文都是急性阑尾炎，同病，又同龄，自然就近了。病房本就没有男女。护士什么不看到？医生哪里不摸到？查房也不像现在这样讲究，还拉起帘子隔开，就是开放的，腰腿全露。金文初时还有羞意，到术后第二天，就跟徐雷互相掀开衣服，比较伤口形状与刀口软硬，聊医生刀法，追念阑尾的功能。徐雷突然说他是第一次看到女孩子肚皮，没想到她的肚脐眼那样秀气。女孩儿都这样吗？金文一下结巴了，答非所问，说她可没乱看他的肚脐眼，随即也脱口而出，说，真没想到，男人到处都是毛啊，连肚皮下面也有。此话一出，两人都愣住，又争抢着讲起别的。就此，更近了。包括一周后拆线，也是约了同去，彼此帮忙数针脚。到针脚长到皮肉里，模糊不清了，他们还在见面，并共同探索起身体上别的部位。直至结婚，直至生下小雷，直至像许多夫妇那样，没有了浓烈的感情，当然，他们还没有阑尾。

也许她想见识一下有阑尾的男人？徐雷让自己这样想，尽量轻松。这世上，变心之事，最是司空见惯不是吗？就像撒网，一万个祷祝着，全心全意地抛下去，拉上来，十之五六都不如意。能想得通的。

"你下午，不用特为做汤，也不用过来了。我让隔壁床家属替我打个饭就行了。"他主动这样讲，重音放在了隔壁床，想再试探一下。

金文是机房值夜班的活儿，白天其实时间很空，但这半年多，她总没头没脑地往外面跑，一跑大半天。啥事呢？高中同学聚会。部门政治学习。帮助残疾人的义工活动。免费瑜伽课。郊区奥莱中心大打折。徐雷随意验证过几次，都是明晃晃的说谎。真是叫人心灰，都不能好好掩饰下吗？等到徐雷差不多适应、默认之后，金文都不再费心编什么理由了，随时一抬脚，就走了。

金文默然点头，并无愧色，一边从徐雷手里接过碗，就着他的碗筷，把余下的鱼汤倒出来，就着早上徐雷没吃完的馒头，木木地吃喝起来。不小心卡到一根刺，拉着舌头干咳了几声："有点淡了，也忘了放姜。你不觉得腥吗？"

"还好，我吃着还好。"心里有点感念，她还愿意吃他的残菜剩羹哪，那，就还是亲的。

他们一起动阑尾手术的那天，姨娘巴巴地给他送来鸽子汤，说是大补。鸽子可贵哪，姨娘一边催他喝一边讲。这样的时候，徐雷难免还是会想，到底是过继儿子，要是妈妈还活着，要是送鸽子汤来的是亲妈，怎么可能强调鸽子有多贵呢？举起勺子往嘴里送，觉得毫无滋味。那金文隔着一张床，倒眼巴巴地嘀咕起来，说长这么大还从没喝过鸽子汤呢。徐雷有点发窘，叫她拿碗来，金文大咧咧地，捂着小腹下床就过来了，说用你的勺子尝几口好了。徐雷犹豫地，只好替她托着碗。看她噘起两片俊俏的唇，粉红舌头伸出来一带，轻啜进去几口乳白。一时心烦意乱，浮念滚动，像被魇住了，想要凑上去与她同饮，更有种长久的渴望，渴望与她同锅同灶、同席同枕，成为亲亲热热的人。而后确乎成真，成真久矣，却是两样情形了。

"小雷在姨娘那边，都挺好。你放心。"金文洗好碗筷便有点坐卧不宁，嘴里没话找话，笼统地说起小雷，像说邻居的孩子。也是看金文恍惚，不放心，才请姨娘帮上两个月的忙。小雷，真能"挺好"吗？那小子整天想一出是一出。前不久，突然嫌弃起自己的名字，死活要改。其实当初徐雷是费了心思的，想了有半张纸的，都觉不够特别，上户口的时间又到了，烦恼与毛糙中，只得急就章了。徐雷给小雷讲道理。许多大艺术家都是这样取的，你不是喜欢孙悟空吗，六小龄童，就是这样的。他爸爸叫六龄童，他哥哥叫小六龄童，小六龄童还被周恩来周总理给抱在手里上新闻的呢。可，你又不是六龄童，你啥也不是啊。儿子尖利地指出问题。徐雷一时失语，随即自豪地把这段对话挂在嘴上，转述给别人，也转述给金文。别看是小孩子家，反应多快。金文也笑了，安慰他，一样啊，谁都"啥也不是"。可她脸上显出一种渺茫，那是她最常有的表情。

金文对小雷，还是上心的，原先都是她接送上学，嘘寒问暖，买帽买裤。但这半年，儿女心上，她也一样地疏淡了。一出去就没了点儿，根本接不了小雷。早上，又困睡不醒，起来就急忙忙拖起小雷，跑到学校才发现，不是落了水壶，就是没戴红领巾，没带手工作业。算了，还是统统由徐雷管吧。金文这样子，让徐雷觉得分外亏欠儿子。他自己打小由姨娘带大，有所短少，心里总念着，在小雷身上，三口之家，能尽可能地"完整"，不能因为金文这样，就一下破散了。

不过小雷很难缠，因改名不成，他翻了脸，莫名其妙地，只肯穿迷彩服、外套、衬衣、鞋袜、帽子，配齐了各种迷彩色。然后动不动就躲到路边上，尝试用灌木丛掩护起自己，怎么喊都假装听不见。这让徐雷想到他自个儿这么大时，那时妈妈才走了一年，刚跟姨娘一起过活，他也是整天想着，要能把自己藏起来就好了，叫姨娘再找不到才好。这一想，便纵容着小雷，如此折腾月余方罢。可最近，又闹起新花样了——风筝。

完全中了蛊，一放学就趴到网上，各处搜"风筝"二字，工艺说明、古鸢图集、日式绘本、童话传说、玩具摆件……每到周末，必纠缠着徐雷，带他跑公园跑郊区，跑大桥跑山坡，一路跟着风筝高手跑。还想跟卖风筝的老头儿学手艺摆摊子。徐雷只得见招拆招，勉力地奔命作陪。

这还不算完，小雷提出，要去风筝博物馆看一看，不远，日本就有。当然，这被徐雷一口回绝。小家伙这才将就似的，提出潍坊，那里也有博物馆，还有风筝节呢。他把一本年历拍到徐雷面前，翻到下个月，上面早已用红笔标出一串红圈圈。也不用全程，去三两天，也可以。他那口气，像是退让了好几大步。打那之后，上学放学路上，就天天儿地聒噪潍坊之行。徐雷面上未置可否，但一想到前因后果，就心疼——小雷什么时候开始瞎折腾的？就是打金文"外头有人了"那前后哇。小孩子才不傻，肯定的，知道妈妈心里没他，冷落他了。这样一想，心里是早就松口了，正准备着张罗起来时，他撒个网躺倒了。又不可能指望金文，她这心不在焉的，搞不好连大人带小孩，能一起搞丢了。

"没什么事，我就走啦。"捧着手机硬坐了五分钟，金文还是起身了。她穿了件样式陈旧的外套，蓝色发了灰，腰身难看地勒紧，可能是生小雷前买的。徐雷忍不住提醒道："过年前我给你买的那两身，也算有牌子的，怎么不穿？越是贵的衣服，越要穿，才拉低成本。"

金文扭回半边脸，眼角似有水亮一闪："甭管了，我就想穿这。"她那样子，似也在忍辱负重一般。这又何苦，她也不开心吗？

想起差点儿看到的那个男人。对，他尾随过一次金文，也没有怎样谋划，金文实在粗枝大叶，戴着口罩和头盔，一身旧衣旧衫，好像这便是改头换面，不可能被认出似的。她急于赶时间，破电动车开到有四十码，偶尔还闯红灯，抄近路逆行。

徐雷远远跟着，不停地踩他摩托的油门，一边替金文的安全担心，心里愈加成了黑洞，黑洞里还有可恶的好奇。那家伙，除了阑尾，还有什么呢，能让金文这样地分秒必争？

金文最终进了一处老小区，铁丝网在空中缠扭，露天楼道斑驳发黑。她熟门熟路停好电动车，又歪着身子拎下充电电池。是靠路边的第二个单元，就在一楼，没有敲门，她一靠近，铁栅防盗门就从里面自动开了。隔得远，暗乎乎中，能看到一个男人的侧影，身量不高，似也是久等的样子。伸出手来，拎过电池，把金文让进去。

他们那动作很简单，不像是有什么，反倒带些哀戚的家常之意。徐雷使劲扭过头，破烂的院子尽头，一株歪脖子老树，叶子都落光了。

2

老展每次都早早地在门后候着。一关门，就上下打量一通她。嗯，不仅外套是旧的，裤子、鞋、包，也是过时的难看的要坏的。挺好。老展点头表示满意，然后才张罗着给她的电池接上电源。

金文也溜一眼老展，还是那猥琐矮小的模样，就算在家里，仍然半提着裤子，像刚从马桶上起来，或马上就要坐到马桶上去。

老展有屎频之症,尤其在吃饭前后,临要出门,上车前后,稍微一点时间上的压迫,或空间上的移动,他就会发生强烈的便意,马上就要去蹲马桶。据他说,是痔疮手术做坏了,反落下这毛病,但凡出门,一大半的时间都在找厕所。他第一次跟金文搭话,就是打听哪里有厕所。当时,他们正聚在那个据说是胡大住处之一的欧亚别墅区外头,看人多势众能不能"冲进去"。那是"胡大卷款失踪"讨债群的一次失败行动。第二次、第三次的搭话,依然是讨债苦主的大集合,他一开口,也都是为了问厕所。

你怎么回事,吃错东西了?闹肚子?金文没好气地问。周围所有人都是情绪恶劣,大家交换被胡大骗掉的数目。30万。60万。83万。听到比自己多的,好像心里多少就好一些。金文问过别人,也反过来被问。她前后两次,投给胡大的,总共是13万。怕讲出来叫人家糟心,便胡乱翻了三倍报出。

从厕所回来,老展仍是那种时刻提着裤子的模样。为表谢意,他对金文小声吭哧道,我刚才跟你讲40万,其实不是,我20万。本想着,投到胡大这里,起码能翻个小跟头的。你想,我快退休的人了,还能赚几个呢?你不理财,财不理你。

金文一听到"你不理财……"胸口就直犯恶心。就这八个字,被胡大那几个助手,整天挂在嘴边。金文听啊听的,听顺了,便动了贪念,掉到这大坑里来了。我13万。她恨声地,也跟老展小声更正了自己的数目。

老展眼色一闪，意思是两人都要替对方保密，然后嘴里接着诉苦，其实我不方便出来的。也不顾忌金文是女的，也不顾忌讨债队伍左右的吵闹，他指指自己下身，详详细细讲起他的屎频，诸多的痛苦与不便。可群里一招呼，我还是来啊，多个人多份力嘛，能叫上面多重视一些。

　　其实上面又能怎么重视呢。他们每回出来，都是按讨债群主的指令，到政府东门，到公安机关大楼，到金融监管局，类似这样的地方。并闹不成什么，好不容易聚拢齐了，分分钟就被劝退解散。最好的情况，是有次出来个处长级别的干部，拿着扩音筒跟他们说了几句。胡大跟你们讲20、30的利，就信了？前面每个月给分红，你们不也美不滋滋地拿了？哪能尽想好事儿呢？别说胡大这几千万了，外头卷了几个亿十几个亿的，照样跑路。真要是天灾，政府会替你们兜，可这是你们自己惹的人祸，得愿赌服输……这话说得，他们也有些哑然了，尤其是群主，给戳得跑气了，再不肯出来牵头，不久还心灰意冷退了群。也有人四处串讲，说群主的那150万，通过第三方说合，私下里给解决掉了。所以……

　　群里余者一片号啕，骂上面骂下面骂胡大的娘，也有互相劝慰的，用外头更苦的命来自解：做生意还赔本呢，一赔能赔掉几套房子。想想地震台风洪水，但凡碰上一个试试？还有股市，一夜睡过来，几百万没了。就我楼上邻居，得个癌，治得倾家荡产啊。要是养个不成器的小孩，或赌或吸毒，那是多少的血汗钱养老钱也架不住啊。没看新闻吗，好好走在路边上，还能被跳楼的给砸死呢。人就是这样，人比人气死人，有时也能救活人。大家比赛似的，找来各种道听途说的坏消息，弄得外面全像悲惨世界一样，可这么一来，心里真就好一些了。算了，咱们也不能算最惨的。

金文实在不能够算了。13万，确实不算顶多，还没老展多。可这是她的私房，绝对的私房。从能赚钱以来，那时还没谈恋爱呢，所有明面儿上的进出用度之外，但凡有些小零碎，蒙住别人也蒙住自己的眼睛，只管悄咪咪往一个账户里投。对这笔私房，她有一个小清单，并随着时日变迁，在不断涂涂改改的增删之中：全功能按摩椅；外教一对一学英语；鹅牌羽绒衣；歌诗达豪华邮轮；紧肤抗衰热玛吉；美国黄石公园；最贵的和牛霜降牛肉；女表一只，牌子还没想好。无非吃喝玩乐用，挺自私的，全是给她自己一个人打算的。可这，不就是私房钱吗？

现在她知道了，这是报应。她发誓，只要能从胡大那边讨回13万本金，就立即向徐雷坦白，并把脑子里那张狗屁清单撕个粉碎，然后把13万都用在别人身上，家里、徐雷、小雷、姨娘、失学儿童、网上求助、赈灾。一分半厘也不会跟自己有关。不仅这13万，这辈子、下辈子，再不做任何关于自己的大头梦了——咒越狠，找回的可能便能大些吧。

老展，看来也跟她一样地难以释怀，发现整个讨债群再无动静之后，他约金文私下里见了一面，就在他家，方便跑厕所嘛。金文没多想，一听就来了。她太苦闷了，得有个人一起说说，起码在老展面前不用瞒不用装的。老展那矮矬样儿，也安全得很。

老展倒了一杯白开水，开口便向金文分析。大部分人都是起码投了50万以上的，像他们两个，这十几二十万的，实在是小虾米。但小虾米也有小虾米的一丝优势和希望。你想，连群主的150万都能解决掉，他们两个加一块儿，33万，绝不算多。耐心地等一阵，等大家的潮水退了，他们再悄悄地独自行动，不放弃，一直走到底，走——苦情戏。

讲到这里，他提起裤子跑了一趟厕所，然后才搓搓手，郑重地打开一间紧闭的卧室门。那房朝南，窗户下坐着个人，背对着他们，阳光太强，金文一时都没看清。老展等她眯着的眼睛渐渐适应，才稍带点夸张地，像献宝，也像揭秘，把那人转过来。是个轮椅，吱溜溜推到金文跟前。

叫双全，是老展女儿，生下来就是小脑偏瘫。她妈妈呢，早就跑南方去了。

金文忙站起身，脚步滞住，不敢近前。双全样子挺怪，手腕和手指都向内倒卷，脖子短且缩，头和嘴巴向左歪。最触目的还是胖，把个轮椅挤得满满登登。双全压着眉毛，却又往上翻抬眼睛，瞧了两眼金文，然后伸过来她那肥肥的内卷的右手，摸摸金文的衣襟，算是打了个招呼。继而又扭动脖子，嘴里含混滚了几个音节，冲老展把脸上的肉挤皱起，又松开。那算是笑吧，金文认为。

不是哎，丫头，别替老爹操心了。老展摇摇头，又冲金文解释，家里从没外人过来，她挺喜欢你。我家双全其实啥都明白。可瞧她这，也28了呀，能有人要她吗？我既是生了她，就得管她活着，管她到死。所以才把钱投到胡大那儿呀，想着，能多一点是一点。现在好了，全玩儿完。他摸摸双全脑袋，不避不让地讲着，语调里并听不出痛苦，反倒有几分兴奋似的。多好的牌啊多好的牌。他面露一丝微笑，手里把轮椅又吱溜溜转了回去，仍然让双全坐到窗户下的太阳里去，好像她是一株什么植物，就得晒着。

多好的牌啊。他关上门，更加大声地感叹，有点陶醉于自己的机智。

双全会乐意的，这也算取之于她，用之于她。你想想，要把她推出去闹事，会多么引人注目啊，效果是要翻好几倍的。老展给金文续白开水。可这么好的牌，他打不出手，不是有该死的屎频吗，还没出巷子呢，恐怕就得跑回家两趟了。所以，我请你过来。老展随后详详细细提出了他要与金文合作的动议，强强联手，不，弱弱联手，由金文推着双全和轮椅出去跑，而且吧，金文是妇女，有优势，随便怎么撒泼，工作人员也不至于太动粗。

工作人员？金文当然已经猜到了。其实从双全的轮椅一转过来，她的心就被捏成了一团。老展太惨了，比她可惨一百倍。

想想她那张浮华的小资产阶级清单，简直不要脸。愣是谁，看到这样的双全，能不羞愧吗？要是能叫胡大看到，叫外面所有人都看到这样的双全就好了。老展真是宏图大略啊，舍不得孩子套不着狼。她心里又从疼痛转为喜悦，像一下子被拯救了，从快要触底的深渊里又往上提了起来。事情还不是完全的绝路。

这是我们两个的秘密同盟。老展脸上显出老男人的谋算模样。这不刚转过年吗，一年之计在于春，市里大活动可多呢。每有好事，必然都有市长、书记、区长、局长什么的出来，剪彩啊讲话啊握手啊采访啊，都是大场面，都会组织群众现场鼓掌什么的，不仅会有记者，现在还时兴搞直播。这些，我自会去打听，我在上头呢，有个老乡朋友。你呢，只要按我指定的时间，到我给你指定的地点，推着双全，去哭，去跪，去打滚，去喊冤，去求青天大老爷为民做主。我想上面肯定有他们的办法，最起码能给胡大或什么中间人捎到话。你想想，哪怕就给咱的33万打个九折八折呢，也值当了。成败关键，就在于苦戏。你呢，要受点累，我家双全，是有点重的。

金文使劲儿点头，把桌上的白开水一饮而尽，像喝了一杯烈酒，心里轰地烧起来。她往闭着的房门那边瞅了一眼，别说推个轮椅，别说双全胖，别说扑地哭闹，什么累活丑活，她都干，越是没皮没脸，越好。

今天在徐雷那儿耽搁了，来得迟，老展都没来得及给她倒白开水。两点半就得到，你们现在最好就出门。径直地就去推双全出来。是二把手副市长，姓杨。区里的书记，姓季。两个都胖胖的，都戴眼镜子。你注意听身边人的称呼。一定要带着姓，带着官职，大声叫唤出来。老展一边相送，一边絮叨着进行老一套的战略性指导。

是啊，下午她确实也没办法替徐雷做饭送饭，得去城西的桃园市民广场。那里原先有一截子最脏最臭的护城河，现在给整成了治污排污的民心工程，有音乐喷泉，有格桑花丛，有荷花池，有健步跑道，漂亮得不得了。今天搞正式的开放仪式，领导们要去"与民同乐"。徐雷在医院里流露出来的种种心思，她都看得清清楚楚。他越是这样，她越是无法忍受，越是急于出来"行动"。继续憋着气深潜吧，直等她要回13万来，再从头交代，给他一份惊，也给他一份喜，那才是赎罪补过的时候。市里二把手市长、区里书记，够大的了，没准是特别好的一个机会，她热切地想着。

老展提着裤子送她们出门，突然想起什么，又回身取了一小包东西塞到金文包里，她用手一捏，明白了，双全来月事了。她量特别大，就算是成人尿裤，也撑不了两小时。今天这一仗不好打，双全每到这几天，脾气坏不说，还会加倍地沉，要抬她上公交车，得求两个大男人帮忙的。可也有好处，真要被驱赶了，双全会冲他们吐唾沫，吐得又远又准，真是不容易近她的身。

3

帮着照管两三个月小雷,对姨娘来说,实在不算个事儿。徐雷过继来时,差不多就这么大。徐雷的生母,是姨娘的表妹,出车祸走的,表妹夫后来另娶。姨娘本也是老姑娘,这等于现成有了儿子,又有了儿媳、孙子。挺好。

把小雷送去学校,姨娘照旧出她的门。看过这一周的天气,今儿最合适了。保温水壶、折叠小马扎、消毒纸巾、吃食干粮,双肩包塞得满满,管够她大半天的。徐雷成家后,她等于又成了单门独户,最恨日长呆坐无事,总千方百计出门转悠,身上还有一股子风风火火的老姑娘劲儿。

去哪儿呢,不是瞎来,姨娘可都有分教,隔段时间来个主题。寺庙道观,爱国主义教育基地,文保遗址,博物馆,图书馆,市民绿地广场,名人故居或纪念馆,新开楼盘。不拘,以不花钱、有看头为主要原则。有了这些类型和范畴上的大致计划,跑起来就有趣多了。

比如寺庙道观,不走不知道,城里的且不论,光是五郊六县,跑一圈,就得费时大半年。小山包上,老街顶里头,桥头水边,老远打听过去,慢慢近到眼前,就看到个老庙或小观,不惊不乍地蹲着,里头供着尊土像,香火也还续着呢。她跑一家拜一下,心里勾掉一家。到晚上双腿酸胀,挨枕头便着,这一天便过去了，十分充实。

楼盘也好的，且常跑常新，四面八方都在扩张嘛，过跨江大桥过江底隧道过绕城公路，姨娘喜欢这样地不断加码，越甩越偏。有时她也发笑，她这巡游路线大概跟规划局长或城建局长什么的也差不多吧，只是没公务车，得靠公交地铁一路转换过去。因路途迢遥颇费周章，去了就特别认真。容积率，楼间距，样板房，二期三期规划，物业情况，周边菜场超市，学校配套。嘿，能瞧上大半天呢，有时还管盒饭。她心里也算小账，还有三年就满70岁了，到时有敬老卡了，公交地铁全免，也差不多等于坐公务车了。

最近这些时日，姨娘看的是墓园，听起来有点瘆人，其实无妨，平心静气想想，跟楼盘的道理是差不多的。

原本她从没想到要转这样的地方。只因年前有个老同事去世，原先都在同一个车间，感情深厚，于是四五个老姐妹约起，找个好天气，一起去墓上小祭。也不是太伤心，老了哪有不死的呢，因而她们有些像郊游。那墓园不大，但清爽紧凑，边角旮旯都利用起来做成墓地，见缝就插地栽着绿油油的小柏树，挺拔地在墓侧站岗守护。把个姨娘，瞧得直咂嘴。她挺喜欢。

切，这算什么呀。几个人七嘴八舌聊起来。四车间的老段长，埋在西北郊那公墓，我去过，拾掇得更好。另一位不同意，要我说，最好的要数殡仪馆边上的西天寺，我替我家老头子，也是替我，就选在那儿。听口气，她们都很熟悉，早有打算的。

姨娘听着，有点着急和好胜起来，心里生出迫切的想法。怎么早没想到这个呢？大可以好好地转一转，关键还实用——她不也老大年纪了吗，能指望谁呢？她这辈子的所有事情，都是亲力亲为的呀。跟老姐妹们打听了一圈，心中便排下了这个系列的计划。

墓园一般都在城郊外廓，且爱傍山而建，像今天去的这处，便在岱山脚下，跟她以前去过的一家老庙是一个方向，转三趟公交，摇摇晃晃两个小时，也就到了。

确实比上次那家宽绰多了，有个大草坪，一圈子果树，有各种雕像，仙鹤、天使、观音。还堆了个镂空假山，着实讲究。指示牌上扁扁地写着仁字区、润字区、天字区。一一指示分明。姨娘避让开几家前来祭奠或下葬的小型队伍，选了人少的润字区，往深处走。

一路瞧着墓碑上的字文，名字其实很耐看，她会轻声念一下，像是打个招呼。还是三个字的多，大部分取得很端庄、上进。也有的名字，读起来拗口。同穴夫妇是最多的，她喜欢算他们的年纪，看彼此相差几岁。又比较各自走的时间，看留下来的那个，独自撑了多久。有的还贴着烤瓷的照片，丈夫是年轻时的戎装，妻子却是老来白头。也有跟自己差不多年纪的，倒死了，不免要替那人算算，是错过了多少年的人间。就这样一路走着瞧着，姨娘都出汗了，这墓地像梯田那样，越往里越是高出几分，一直高到绿树葱郁的岱山，岱山再往上，仰起脖子瞧,便是蓝莹莹的高天。好哇,上有照,后有靠。姨娘半通不通地在心里念叨一句,满意极了。相比上周和上上周看的两处,她最喜欢这家。

时近晌午,正好饿了,她就在那蓝天之下,岱山近边,把随身带的面包给吃了。切片面包配涪陵榨菜,两只茶叶蛋,热烫的红茶水,都是原食滋味,姨娘吃得很舒服。一边吃,一边闲闲地想着小雷。

这小雷,吃喝上不挑,接送学校也简便,公交车直达。可就是没精神头儿,小脸闷得黑瘦。问他怎的,闷声不讲。

前天夜里,听他在梦里呜咽,姨娘披衣服去瞧。见他书桌上摊着本年历,翻开的那一面上打着一行红圈圈,看看日子,倒是近了。姨娘大感好奇,主要也是不放心,想了想,轻轻摇动小雷,还在梦里抽噎的小雷都没等她动问,就开腔讲起风筝、风筝节、风筝博物馆,说了满心要去的潍坊,说了好不容易讲动爸爸答应请假……小雷撇开嘴大哭。

何至于呢?你爸腰坏了,叫妈妈带着去呀。姨娘觉得这根本不是个事。不提妈妈则已,一提,小雷哭得更凶了,绝顶伤心,像触动最大的一个烦恼机关。

"我去——不了——潍坊——看——风筝——"抽抽噎噎,真要背过气去了,那种梦里的背气。姨娘轻轻拍肩膀,让他重新躺下,复又盖好被子。小可怜儿的。这金文,也真是,那机房夜班,有当无的,叫人代个班嘛。不过,她突然想起来,徐雷动手术那天，在医院看到金文，讲话前言不接后语，是不得劲，也难怪，谁能在医院笑哈哈的呢。除非像十来年前，他们两个割阑尾，那倒是眉来眼去的。姨娘有一搭没一搭地想。

一边抬头看看天，蓝得比刚才空了一些，这样的天上，要是飞几只风筝，肯定再好看不过。别说小孩子，就她这把年纪，也想看的。一边收拾背包，东西都吃光啦。双肩包上身，分外松快。挺圆满，可以打道转回了，直接去学校等着小雷放学也行。

岱山到学校，绕点路，转三趟，不绕路呢，得转四趟，都可以。这么些年奔走下来，姨娘对公交线路最是熟稔，尽管这样，每到一个公交站点，一边等车，总还要顺便校验一番，看有无线路或站点的变动。到第二个转站点时，哟，突然发现，301路站牌上，新改了一个"桃园广场站"，白底上五个簇簇新的绿字。姨娘记得清楚，这一站原先是叫"精工电子管厂"。

啊，是了，早就听新闻说过，那里在搞个大的市民广场，但凡这样的去处，可正是姨娘的巡视范围啊，看到这新冒出来的桃园，很想即刻就去补上这一篇，眼下也正好顺路。不不，少安毋躁，不必要这么急忙忙的。得专门去一趟，好好地待上大半天，正经坐在树荫下的长椅上，不急不忙地吃东西，看景儿。不就是要打发时间的吗？

301路开到桃园广场时，公交车堵上了，姨娘也就伸长脖颈瞧了瞧。广场那边果然正热闹呢，乌泱乌泱的全是人，大气球、彩旗、横幅，黄黄绿绿的演出服，四处挤着过马路的人与车，真是堵得一团糟。亏好今天没有上赶着去。姨娘靠在座位上，挺闲适地隔窗看景。

忽见一团人球，从广场大红横幅下头，向十字路口这边滚动过来，像有一只屎壳郎在后面没头没脸推动着。公交车是密封空调，听不清外头声音，却也有种尘烟滚滚声浪喧嚣之感。只见那人球，一路滚，差不多都要滚到慢车道这边，两个戴白手套的交警扎进去，又见白手套伸出来四处挥挥，人团才慢慢稀了，小蚂蚁似的，各自往不同的方向爬散。

公交车上的人此刻都拥到朝向路口的这一侧窗户，看那显露出来的人团的核心。确实，有好看的。

一个被拉扯得歪扭的轮椅，陷坐着一个极胖大的女人。看年纪倒是轻，歪头儿，手指蜷缩，头发披散，衣衫上全是灰，还有水渍。脏裤子被撕扯出个大口子，里头的白秋裤时隐时现。呀，作孽，姨娘一眼就看到，那秋裤的大腿处，细长的血印子正慢慢洇成大红花。歪头女人也不自知，正鼓着腮帮积攒口水，然后撮着嘴巴往四处吐。力气不够了，吐不到任何人，全落在她自己脚面上、轮椅上。看得大家都发笑起来，纷纷猜测，这女人多大了，是个瘫子还是个痴子还是装疯卖傻。总之注意力全在轮椅上。

有人在推那轮椅，因轮子歪了，推得很吃力，姨娘稍微搭看了一眼。立即认出来，又觉得认不出。是金文？

姨娘跟金文确实也不亲，尤其不欣赏徐雷跟她的姻缘背景，哪能在医院里头一见钟情呢。但那是拦不住的，也不好拦，到底不是亲儿子。金文嫁过来，也不是亲儿媳，更是客气避让。最主要的，是这金文，同样是一般人家出身，身上却有种莫名的矜骄气，好像她只是暂时将就着，过过凡人的生活，她实质上是不一样的。就那个意思吧。

可这会儿的金文，简直比轮椅上的歪头女人还不如。虽则好手好脚，却更加上下邋遢，没法落眼。可能是跌在哪处水洼里了，衣角湿了一大块，没湿的地方，沾着各样的纸屑儿树叶子塑料彩条，还有痰与口水，灰堆里爬出来一般。更没法瞧的，是她那泼皮死狗一样的疯癫，撅着屁股，难看地矮着身子，一手使劲推那歪歪的轮椅，另一只手巴掌腾出来，冲人群挥舞，嘴里在不歇地龇牙咧嘴，冲人群喊个不停。叫喊什么呢？姨娘听不清，只见她歪开的领口里两根筋暴涨。

幸好听不清，也不忍听，姨娘实在看不懂这一出。金文怎么成这个样子了？想起跟小雷提到他妈妈时，梦里的孩子哭得那样地憋屈。啧，就说徐雷最近犯怪，还冷不丁跑出去看人撒什么网，原来家里有事。

屁股下一晃，301车慢慢挪动起来，要向路口左拐了。姨娘最后看一眼金文，她低下头，好像才注意到轮椅女人秋裤上的大红花，跺跺脚，艰难地改变轮椅方向，一边四处张望，看来是要找个地方收拾下。哼，这么大个十字路口，一走岔，能多出两里路。姨娘蹦起来,摇摇晃晃跑到前门司机那儿:"师傅帮个忙。我内急。可别弄脏您车子。看我年纪份上,开个门,赶紧的。"

4

金文突然觉得手上一轻,姨娘的老脸现在边上,绷着脸,眼皮挂耷,牙缝里短促道:"向左,过斑马线,上那小台阶,进到穆家巷,里头有个公厕。"

金文忽然感到浑身上下跟熟虾子似的,火烧火燎地红了,恨不能弯起来,藏头抱尾。头一次啊,被人瞅到,还是姨娘。这下可有好看的了。

姨娘仍旧不看她:"那边有个穆状元故居。边上就是厕所,示范级的,装了小电视,有残疾人专用,还有母婴房和淋浴间。可好使了,全都免费。"

金文硬着头皮,张嘴介绍:"嗯,这是双全,老展家女儿,身体不大方便。双全,这是我姨婆。"姨娘冲双全咧咧嘴,双全把嘟到嘴边的唾沫咽下了。脚下正好到台阶了,她们合力抬起轮椅。姨娘像干农活似的,六级台阶,她"哼唷"了六声。别说,有效果,连双全都跟着哼哼。她一上劲,秋裤上的红花更大了。

台阶后又是一截子石板巷,轮椅歪了不说,又有姨娘在侧叫她烧心,金文直走得满身大汗,抵达终点却是个大安慰。端的一个好厕所！四处锃光透亮，绿植错落有致，一排镀铬椅子虚席以待，并有隐隐熏香扑鼻，简直人间天堂。整条巷子，连同边上的穆状元故居，都寂无人声。这么个绝顶气派的厕所，就是她们三个的天下了。

金文也顾不上双全了，先自钻到淋浴间去，哗啦啦收拾，这才看到自己身上头上的不堪，一阵子干呕，恨不得连嗓子眼儿也翻出来洗上一番。

然后搞双全。果然，纸尿裤在闹哄里给撕裂开，都成开裆裤了。金文气得抱怨："这老展，什么都挑最便宜的。"亏得有姨娘，两个人手脚并用好一阵折腾，才替双全把下半身给冲洗擦干替换上了，外裤的长裂口，姑且用双全的一根皮筋给扎拢。

"老展，谁啊？"姨娘这才慢悠悠地问。可能是金文多心，她觉得姨娘的口气是伺机而发的，也是瞧不下去了。

这才意识到，自己已好几次脱口提到老展。确实也是这样，每次一浸入到讨债闹事的情境里，就觉得她跟老展、双全、轮椅，是完全一体化的，是整个儿地捆绑，那种彻底的交付倒让她放松。反而是回到家里，在徐雷、小雷身边，三心二意的，人裂成几瓣，很不舒服。有可能……她真是把老展当自家人了。可，老展，他算谁啊？金文咳了一声。

双全身上清爽了，脸上几块肉凑紧，算是露出笑，又晃晃她的歪脑袋，意思是要搞头。也好，手上能有事最好。没带梳子，金文就用手指替双全慢慢地梳，尽量地顺拢。脑子里盘算着，一边跟姨娘交代。

对，就好好介绍下老展吧。金文十分详尽地铺陈开来。屎频，轮椅，老婆跑了，胡大，20万，卷款，讨债群散了，四处扑找大人物。确实没一句谎话，只没提她那13万。涉到自己的参与时，她含糊带过，像只是出于同情，一种见人有难的出手相救。

姨娘听得直咬腮帮子，嘴角纹加深了好几道。几次张嘴，又几次合上。"哦，老展。那不容易，20万血汗钱哪。"她小声重复着，看一眼双全，把眼睛挪开，往上看，似乎让自己用力跳过什么东西，并往更高的方向爬升，"你别看我这一辈子，从来没个男人……可我能懂。"姨娘居然脸红起来，带点热情地，她轻轻地点头，飞快看一眼金文，"你帮帮他，也对。我不会小家子气的。"

金文愕然。姨娘显然误会了，可这误会似又不容去辩驳、推翻，那会是对老人家的理解力，乃至整个情感能力的某种否定。

她本来是想着，反正不是亲婆婆，平常走动也少，就拿老展这么抵挡一番，大概支吾过去，就得了。她不愿提她的13万。那不只是秘密，还是自私与愚蠢，以及说不清的耻辱，能瞒下，还是瞒下吧。可现在路数不对了，姨娘怎会从她这支吾里想到私情呢？老展那都什么样儿了呀，姨娘这还叫"懂"？还这样大义凛然的，表示她没有替徐雷争面子。这太荒唐了，哪儿跟哪儿啊。瞥一眼姨娘脸上还未褪却的晕涩，她不得不祭出她的秘密了。姨娘越是自认为她"懂"，越是要给出足够的证据。

双全头发很厚，握在手上重重的，厕所门厅的玻璃擦得像没有一样，阳光透进来，直接照在双全的头发上，多亮啊。金文梳拢起它们，又放下，磨蹭着，像一直退到墙角，这才清清嗓子，更为详尽地道出她这一半的原委。

……你看，这么多年，攒下这13万，没人知道，突然一天，这私房没了，也没人知道。现在姨娘你，全都知道了。金文难看地笑了笑，这就能解释啦，她为何要跟老展混一块儿了。想想也蛮久的了，金文对姨娘轮流竖起两三根指头。从胡大事发，前面连着两个多月的大群行动不算，光是跟老展的这个秘密联盟，也有三个多月了。垂死中扑棱，拖着死沉的双全，满大街地丢人现眼。她可实在，是有些疲沓了。

尤其今天。没想到桃园广场这样地大，前面的节目表演那样地长，也没想到，杨副市长还有区里头的季书记，根本就没坐到前排看节目，也没剪彩或讲话，说现在不搞形式主义了。等节目差不多快完，不知从哪里站出四五位蓝黑夹克，看上去也没什么大派头，就随便四处走走看看，笑笑说说，跟人亲切握手。金文蹲在双全边上，一直守在大红横幅附近盯着舞台方向，等她觉悟过来，被簇拥着的那几位已走到后面几排，一时凑不近前了。金文这个急啊，忙放开手段，扯起嗓门叫起冤来。既想说清事情首尾，又想着得言简意赅。她语不成句地舌头打架,一边慌急地低头端轮椅下台阶,就这霎时的工夫,再抬头,那一群蓝黑夹克早一阵风地全都不见了。

万事皆是迟了。领导走了,秘书们走了,摄像机也走了。金文这声嘶力竭的一番吁号,该听的没听到,反招来一大帮子闲客,正好演出结束,现在统统都掉转眼睛来看双全了。前面的凑近了问长短,后面的要往前面推。挤挤搡搡中,把金文都给绊倒下来。这一倒,众人哄叫,更往前挤了一浪,把她们两个活活地给挤逼到小花圃里去,两排新栽的、根还没扎牢的月季花丛哪里经得住,被侧翻的轮椅和双全的胖身子给碾倒一地。这还了得,刚开放第一天的市民绿地广场!有人叫来了管理人员,后者先是痛心地检点损失,说要罚款,看她们两个,头发、面皮、衣衫上各种的钩钩戳戳,实在也是狼狈,挥挥手。你们赶紧的,走吧!

这回,算得上是一次特别的重创吗?也谈不上。一直都是屡战屡败吧。老远就被拦下,被保安拖走,被看热闹的人群围挡住,时间没掐准,地点搞岔了,领导有事临时取消——到最后,差不多都是这样收尾,被人们的好奇和怜悯捆绑住,驱动着,艰难地滚离现场。

金文一口气地讲,讲得太急了,还急里偷闲笑了好几次。她和双全一起跌跤,像大小两个肉球一样滚动。双全的独门武器——吐唾沫,害得看热闹的人想近也近不得。公家人凶狠地气喘吁吁赶来,一见她们两个,反会张口结舌,束手无策。不都挺可笑的吗？她自己可能都没有意识到，她的语速像泥石流一样，带着灾难的气势，而泥石流中的笑，可真有点儿硌耳朵。

姨娘一直闷头听着，脸上一会儿太阳一会儿阴天地变幻不定。能看出来，起码有三四成的，她并不太接受金文新讲的这一段儿，的确也是，她算是好不容易从情感上说服了自己，大义灭亲了，怎么搞的，又来了这么一大嘟噜子。

"可你，搞私房钱干吗呀？"姨娘最后这样问，语调痛心，更主要是疑惑。好像她能想得通私情，但想不通私房。

都已经讲到这一步了，金文觉得整个人都完全散架子了，再也收拾不起来了。她在心里冲自己嘲笑了一声，索性地，把她那自私的清单也给供出来了。在厕所里，对着老姨娘讲这些个东西，真有点别扭。这都是她最美好的寄托，并且好像只有保留在内心，才更有那种慎重的美好意味。这一讲出来，就等于是永久的道别吧……可姨娘真不省事啊，她特别认真地，如同参加什么推广咨询会，不时地打岔。

这样贵的？鹅牌是个什么，就凭狼毛领子？非得穿它才能去南极？你一定要去南极吗？

按摩椅我坐过的，健康讲座时，我们排队坐过。你这也是带红外降压的吗？更高级？那能到什么程度？哟，哟。说得我都想试试了。

整容医院你也敢去的？还线雕，以为你是个石膏像吗？还热玛啥吉，皱纹能像个熨斗似的，给烫平吗？

豪华邮轮。外教一对一。黄石公园。和牛雪花肉。世界前十腕表。

姨娘越听越来劲，像是突然被启蒙、被开化了似的，满脸嗷嗷待哺，要知其然，还要知其所以然，知其所以不然，把个金文常常给问住，好在百度也方便，不行就现查呗，好家伙，越查越多，有的连她也不知道。

再说还有双全在边上呢。双全平常看电视多，啥都懂，歪脸儿上撑出最大的笑，粉红牙龈全都出来了，两只手东捏西摸，老想发表意见，但她注意地克制着，只在听到歌诗达邮轮时，没忍住，含着舌头，两手爪子直抽，嘟嘟囔囔一串，迫切表达了她的意见。

姨娘听不懂，直着急。金文不得不岔开来，讲解下那部美国大片，解释了冰山，并转述双全的劝阻。她着急的是，金文又不是露丝，万一出事，哪里会有一个杰克来给她生命机会呢？这个险不能冒。姨娘听得身子直往后仰，赞赏地直冲双全点头。

而等金文终于开始讲到她本人特别向往，因此都不需要任何百度的黄石国家公园时，姨娘却又拉回去了，要重新讨论，表示异议。"泰坦什么号，那不是一百年前的老邮轮吗，现在不可能出那种事了。再说，"她那被皱纹层层包裹的眼睛，像大屏幕上的老年露丝一样，闪烁着平静的深思熟虑，"要是我，能死在豪华邮轮，死在大西洋还是太平洋里，我觉得挺好。"总之，她用慎重的口气让金文重新考虑，清单上，还是保留邮轮吧。

金文苦笑着点头，接着讲回黄石公园的超级火山。姨娘又连声咂嘴："活火山我知道啊，我看过地质博物馆。你，连活火山都要去看啊。"带着几分佩服，恍然大悟地直拍巴掌，"怪不得，就说你身上总是傲滋滋的，原来整天憋着这些个。有意思哪，你真有意思。"

姨娘的拍手有点突兀，在空荡的厕所前厅回荡，疲劳中一惊，金文突然有种午夜梦回之感。干吗呀，是在哪里？这个白发老太婆，轮椅上肥胖的歪头女人，她们是谁？在聊什么呢，她们脸上为什么带着那样兴奋的笑意？金文惊讶地瞪视，一边在心里用力地唤喊自己。得了，醒来吧。她的13万，她的私房清单，统统不存在了。金文听到自己语速慢下来，耳边的笑声也压了下来，那些刚刚被热烈讨论的邮轮、黄石公园、霜降牛肉，重新又成为漂浮着的名词了。她的兴致与力气，也一并统统退潮了。就看姨娘吧，她反正，是完全地交代了。

姨娘在拍完巴掌之后，手里倒突然找到活儿了，正非常仔细地，替双全把粗呢外套上的碎树叶片和断头发，一点点摘掉，神情严峻而专注。摘完了还反复检查了一遍，然后才把抿着的嘴松开，吁一串气，开了口。

可她说的是什么呀，简直没头没脑，好像根本没有先前的这一大段，好像她刚打公交车下来，才碰到金文："我主要，就是来给你指一下厕所的。这么大个十字路口，可不好找。不早了，我得接着坐301车，去接小雷。"

也是，外面的天色，不知啥时已暗了下来，巷口里开始有了回家的车声人声。金文嘴里发涩，浑身骨头酸痛，她听出姨娘的意思了，老人家在一番不知是怎么样的斗争之后，决定要替她保密了。

可这并不让她感到高兴，她在心里复盘姨娘今天的所有反应，感觉心里有了个疙瘩，也可能这疙瘩一直就有，可被姨娘这么一点出来，就胀大了，堵在心头，堵成个大石头了。她真是没办法领姨娘的情。姨娘这样，让她觉得自己不仅蠢，还有点脏，脏得像片大乌云，揣着即将裂开的暴风雨，而徐雷，将要毫无防备地被浇个透。

她跟老展，真没什么吗？

其实老展并不是每天都给她任务的，可没任务她也常去，准确地说，是天天去。是实在没法跟徐雷踏实待着，尤其徐雷那种忍让的、装糊涂的样子，还有他烧好饭菜，带着小雷愣是不动碗筷，等她回家才开饭的样子。看不了，还不如去老展那儿。

老展也就是一杯白开水，有一搭没一搭地跟她叨咕。没什么话题，主要就谈钱上的事儿。当然了，钱，就能扯到所有的事儿。比方说，会扯到双全。这双全，打小到大，从瘦子到胖子，从女宝宝到大姑娘，父女俩，可真是闹出太多的尴尬与狼狈。老展呢，讲话有点啰唆，老爱打没用的手势，听起来很吃力。

可他模仿起双全来，倒是有一套。冷不丁皱巴起脸，把手里毛巾往头上一搭，缩起脖子翻起手足，嘴里口舌打架唾沫子涌出来。可实在太像了。三个人会没心没肺地笑上好一会儿。尤其双全，因为吸了太多空气，笑得都打起嗝来。

双全笑完了，就会从眉毛下抬起眼睛来，极其期待地睃着金文。金文能谈啥呢？除了那倒霉的13万，她跟老展可实在没啥共同语言。老展把毛巾从头上取下，给她续上白开水，提示性地问："你，到底怎么攒的呀？不就是机房值班的吗，能搞出13万？"欲扬先抑的赞赏口气。

"所以才小零小碎的呀。"金文倒有点不好意思。讲实话，她没任何的本事，同时也不愿太明火执仗地吃苦力。所谓的零碎，其实也是她自己的一个算法。比如替同事代班。白天嘛，她并不喜欢在家里拉上窗帘死睡。那太浪费了。只要有同事一喊，她就跑去替人代个半天班。这钱，她是留下的。

再比如买东西的差价。这算她特有的巧劲儿，再怎么地明码标价谢绝还价，她也能设法跟营业员谈出总店优惠、员工折扣或样品打折之类的好处。有次家里换热水器，是跟徐雷一块儿去买的，都已约好周末上门安装了，想想不服气，转天就去退了，换了家商场，同牌同款，她跟厂家驻店代表攀出一段老乡关系，生生抠下350块。

有年夏天，工会组织到"农家乐"，看到有家蓝莓农场急招采摘工，那挺好玩啊，田园色彩嘛。金文暗中记下号码，问明条件，次日就悄悄晃荡过去，防晒帽加墨镜口罩把脸遮得严严实实，十天不到，落下小小一笔外财，顺带还吃个肚儿圆。

有时也是个赌气。要过年了，人人做头，店长总监亲自出来，烫个花定个形配个色，优惠价，只要你500块。洗头小伙计在耳边说出花来，什么一年忙到头啦，对自己好一点啦。她冷着脸只管一抬手，你们显示屏上滚着呢，洗剪吹，40一位。完了，她把那460，也自欺欺人地，给昧进她的小肥猪账户里头了。哼，什么叫对自己好啊，她打算集中起来，大大地好一番呢。

这些个，实在也是提不上筷子的，可双全特别爱听，因为她并没什么机会花钱，更没什么能力赚钱，随便听个什么，都是好玩得不得了。金文明白她的乐趣所在，就更加仔细地，把每笔钱的前因后果、细枝末节都给讲上一遍，直把双全给说得满意了，老展再推她回南屋窗户下晒太阳去。"13万。不容易哪。"老展回来，把白开水往她跟前推了推，一张老脸显得更黑了。金文喝一口白开水，舌上似有滋味，觉得她刚才，是把那些钱，又重新赚了一遍。

有次聊得差不多了，她在老展家里兜兜，四处瞧，想找出张双全妈妈的照片。老展一直跟着她，走到末了，冒出一句："原来有的，她走了，就一张没留。"钱之外的闲话，也就谈过这一两句吧。反正她这里，可打死也不想说起徐雷或小雷，只要一出口，她的13万就更加可耻了。

当然每一趟闹事完毕，她送双全回转来，也会在老展家逗留一阵子，把满身的脏污收拾好，一边跟老展倾倒她们的惨败，或是抱怨策略上的失误。这通常跟几个小时前的作战动员有所呼应，像是高开低走的后戏和收尾。相濡以沫的低沉情绪中，她会接收到老展简陋的慰问——还是一杯白开水。他从来没拿出比白开水更好点的招待。可这刚刚好。你想，她怎么还配喝别的呢？只有老展明白她的疾苦，以及处置这种疾苦的方式。

慢慢消化完当天的糟糕之后，老展又会以他那种自以为是的谋算，有鼻子有眼地讲起下一次的战斗计划。老展会做出点领头人的气派，一边一只手，搭在她和双全的肩上，替他们这个联盟打气：苦肉计嘛，持久战嘛，就得这样，得吃99个苦头，直吃到最后一回，才能苦尽甘来，得到一块小糖。金文也会尽量振作地拉起双全那变形的肥肥手，满嘴附和：是啊是啊，就凭着我跟双全这样的辛苦，这样的没皮没脸，最终肯定能摇动到那不知在哪里享福的狗胡大，从他那干巴了的良心上掉下一点屑屑子来，33万最好，33万打九折，也行。

其实这个时候，金文是最绝望的。她知道这一切都是白费，99场苦头一定会有，但最后那一块糖绝对没有。这样的绝望使她产生了某种敏感，一阵古怪的激情，感到肩膀上老展的手很重很热乎，她于是也更加用劲地攥紧双全的手，脑里闪过自甘堕落的画面，一头蠢猪抱着另一头蠢猪，它们在泥水里打滚，永远翻不了身。她甚至不合时宜地想到了她跟徐雷的最开始，不就因为两人都刚刚割掉了阑尾吗？她和老展，所被割掉的，可远远不止是那截子无用的小肉肠。人们哪，都会因为失去而共同沉陷吧。

双全在耳边哼哼，很不高兴姨娘的提前撤退，又叫她回家，离开这么漂亮的示范厕所，她更不乐意了。金文劝了好一通，慢慢推转轮椅又参观了一圈，脑子里也各个角落里搜罗检查——其他没了，她跟老展，也就这些，并没啥。可老展于她，确实又是个什么，算是个洞口吧，小小的，但能透气，或者，是另一只破罐子，烂兮兮的，一样有疼有痒，反倒可以彻底交付。金文越是想，越是感到脑袋沉重起来，浑身酸痛之外，还加上了头疼，脚下走一步，太阳穴就疼得一跳。

赶紧地，把双全给送回去，今天绝不在老展那边逗留了。提了电池就回家，蒙上头，狠狠睡一觉。明天，等明天她能够再聚起力气了，再好好想这个问题。她甚至巴望着，也许一夜过去，姨娘改变主意了，一大早就跑去，统统告诉徐雷了。能那样最最好了。省得她想，也省得她讲了。

5

小西湖心重，其实徐雷跟他，也就线下见过那么一次，打过几次电话要来看，劝不住。今天一大早就在楼下等，直候着医生八点半查完房，夹着两只脚进来，局促地丢下两尾草鱼，还有一提袋小杂鱼，有的还在吧唧嘴儿呢，病房里立时一股子河腥气。未等徐雷表谢，小西湖影子一闪，已是走了。徐雷倒给他弄得挺不过意，心想，光是视频点赞不够，等伤好了，再去跟他撒一回网才是。

只有喊姨娘拿回去烧了，正好给小雷补补脑。就不劳烦金文下厨了，她，从昨天那碗温暾的乌鱼汤，到现在，连信儿都没一个。真是堤崩水泄啊，收不回来了。徐雷躺着，盯着天花板上一盏日光灯、一盏紫外线消毒灯，浮想。想到当初结婚的细节，也想到将要离婚的细节，想到家具物用的处置，想到如何跟小雷解释——要给他的"完整"，还是不能够了。

姨娘没一会儿就到了，脸色红彤彤。"真巧，我正好出门早。来，趁热的！"她从保温桶里倒出滚烫的汤，又从怀里掏出手绢包，里头一层塑料袋，袋子里两只小烧卖，"喏，老陈包子铺的。"

热香气裹住眼鼻嘴，徐雷往隔了一张的病床看看，金文从前就是那个位置。那里是空的，腿骨折的男人昨天出院了。真是多少年没喝过姨娘的鸽子汤了，也多久没吃到老陈家的烧卖了，松子在牙齿里隐香，心里起了一阵软弱。他跟姨娘，情分上是亲的，但又不敢当真去亲。那年他都十岁了，妈妈的音容笑貌，记得太清楚了。

姨娘替徐雷把细汗擦拭掉，重新把床放平。闲聊了几句腰部保养的偏方，接着很随意地说："我呀，最近想出趟门耍耍，跟你借下小雷，算陪我。你给孩子请个假吧，周五一天就行，连上周末，要三天也够了……"

"啥？您这，打算去哪儿？"徐雷大为惊奇，这话从何说起，怎么冷不丁地突然来了这一出。他身边的人这都怎么啦？

"不太远，就潍坊。小雷没身份证，恐怕要去你家拿个户口本。我先回家收拾你这堆鱼，然后去你家，再去火车站。这不节不年的，估计买票都不用排队。"姨娘一口气地讲，不容徐雷打断，像已考虑得极为周全。

明白了。徐雷心口大堵。"这哪儿成。你这都67岁了！死小子，还以为他放下这事了，怎么纠缠到你那里啊。"徐雷从枕上昂起头，"就算买票，网上就能买，哪里还要跑来跑去。"

"火车站离大润发就两站路，顺便，我天生要去那边买特价筒子骨的。行行，你别动，网上买就网上买。"姨娘摁住徐雷，"小雷他可没跟我闹半个字。这孩子，太招人疼了。不是为他，是为我自个儿，你想想，我出去玩过吗？"

徐雷心里明镜似的，一百个着急地要拦下姨娘："所以说啊，你老人家从没出过远门，何况还带个孩子。你外头随便问问谁去，绝不能够的。"徐雷讲到这里，舌头却也打起趔趄。他好歹也算是过继儿子，怎么从来没想过要带姨娘出去转转呢？莫非姨娘所讲的，也真是心里话，她想出去见见世面？这想法一冒出来，觉得好受点了，也很惭愧，等腰全好了，他要陪姨娘出去走走。

嘴里还是在劝阻:"退一万步讲,就算姨娘你,能跑到潍坊,可那边你完全不认识啊。风筝节,什么概念,全是人,本地人外地人外国人,多乱。旅馆肯定爆满,你连叫车软件都没有吧,地图导航都没使过吧,哪能摸到风筝博物馆呢?你知道小雷多皮吗,他撒丫子跑起来,我都追不上的,一身迷彩钻到路边,找也找不见,唤也唤不出。"他有意说得语无伦次,病人式地拍床,手总能用上劲的。

姨娘不为所动,等他静下,才笑嘻嘻地,不掩得意:"那我,倒是问问你,就我们这城里头的,兵器博物馆、气味博物馆、直立猿人博物馆、中华指纹博物馆、失恋博物馆,知道在哪儿吗,去过吗?"

徐雷哼哼着,不明所以地摇头。

"我,都去过。就我一个人,不上网,也没叫车。怎么着,鼻子下面不就是路吗?区区风筝博物馆算什么,小小潍坊又算什么。别瞧不起老阿婆。"姨娘摆出老姑娘那种过时的飒爽。

徐雷仍在使劲摇头,幅度很小,因为一摇头就摇到了尾骨,疼。但尾骨还没心口疼。都是金文给弄的,她哪怕能有半片肚肠在家里,在小雷身上,怎至于要让老人家出门奔路。他开始打乱拳:"姨娘你不是胃不好吗,还有眩晕症,万一在外头咋的,可是大麻烦。别理小雷,小孩就这样的。还吵过要改名字呢,闹一阵其实就好了。"

"谁还没个想头呢,别说小孩子了,就你,不也瞎折腾着,要去看人家撒网吗？一样的。小雷给我看过潍坊的照片，满天的都是风筝，真是看一眼，就赚了。哪像你这撒网，看一眼，腰坏了。"姨娘顺带着嘲笑起他，气势完全占了上风。

徐雷给她说得惭愧，勉强分辩："你是没看过，其实撒网有意思的，抱在怀里，相当于个大面团子，撒得好呢，摊成一个大饼；要技术不行呢，只能撒成包子、锅贴。"好一会儿，他回过神来，狐疑起来，"姨娘你跑那许多博物馆，干什么呢？"

姨娘嘎嘎大笑出声，显然乐于进一步地解答。"别说博物馆了。12床睡着呢，咱别吵着人家，我就大概其跟你说说吧。"小声地、带点吹嘘地，姨娘把这些年来的几个巡游系列摆了一大通，讲到最后，还挤挤眼睛开个玩笑，"就这么说吧，你随便讲上面哪个地方，桃园广场、魏源故居、乾清观，你问我一个好了，那附近的公厕，我全都熟，都上过。"机灵地拉回主题，"我这啊，等于在家门口拉练，拉练成老手，再出市出省，就不在话下了。将来搞不好，我都能去日本韩国呢，能去歌诗达邮轮，能去黄石公园呢。"她嘴里冒出些半洋不土的词来，讲得有点费劲，可也很带劲。她虚拟地拍一拍包，进一步地豪放补充："左右不过十来万块钱的事儿嘛，哪天回家数数看，也不是拿不出。"

听听姨娘这牛，都吹到哪里去了。徐雷苦笑着，尽量刁难地又追究了几个问题，姨娘一一对答，显得成竹在胸。徐雷心里真有点儿妥协了，他也情愿姨娘这一趟能成行的。这次腰伤，自己吃苦倒在其次，真正的痛，在两桩事情：一是带小雷看风筝的事，黄了，对不住孩子；二是金文这外心，连手术与病房也不能唤回了。他与她，彻底完了。

"那，实在您坚持的话，车票我来买。旅馆网上替你们订好。各项花销，也由我来出，出门不能省。支付宝你有吧？小雷倒也是会，我再教教他，那个方便。"徐雷嘴上铺排着，说服自己往好里想，不管怎么说，这算圆了小雷之梦，可等一等——他终于后知后觉地想到，姨娘这一出戏，是不是演得太过了？她怎么就不想到问问金文呢？照理说，他这里躺倒了，理当是金文带小雷出门啊。莫非连姨娘都知道金文变心了吗？就像常说的，所有人都看到绿帽子了，只有戴绿帽子的人最后才晓得。

这样一想，心肝肺脏里又加倍搅动起来。他巴望着姨娘早点走，把小西湖的鱼尽快拿走，那腥气实在逼人。他想专心让自己痛苦一会儿。看看，事情都到这么个人人尽知的地步了，金文还躲闪着。这算什么？她不也把自己给拖累坏了吗？看她昨天那灰不落拓的，早年的好样子全没了。有话直说，离就离，他不会死拽着不放的。

姨娘的大屁股纹丝儿不动，眼神尖尖的："你哪里不对噻？养伤的人，心里可不能有事。不论有什么难处，"直盯着，颇有意味地顿一顿，"跟姨娘说说，别拿我当外人。"

不说。就是亲娘他也说不出口。说了有用吗？这可不是跑一趟潍坊的事儿。"没，只是在想打鱼的事。可惜，我只撒了一手，都没能玩到收网。收网更好玩，就跟猜谜似的。那水面，像是死的，啥也看不出，偶尔咕噜冒个泡。小西湖说过，这时就全靠手感了，轻轻地，但最好加速地收拢。水下的力道怪得很，好像有一群鱼在跟你拔河。有时紧，有时松，有时左，有时右，有时它们突然全都松手，网一下轻了，拉来看，缠了几把水草。空军，他们管这叫空军。"徐雷讲讲也有点失笑。他到现在还觉荒唐，他一直是优柔寡断的性子，怎么突然就抽风了，在小西湖的抖音下互动，立时三刻地就要跟着去耍。这人哪，要霉起来，真是奔着跑着，急先锋似的也要赶着去倒霉。

姨娘盯着他，脸上全是话，嘴角嚅动，像在寻找化解他的突破口，以及突破后的好词好句。真是叫人紧张的沉默。别说，求您老人家什么也别说。徐雷在心里一个劲儿地祷告。快点走吧，让我独个儿待着吧。

外头一阵拖着的脚步声近了，听出来是金文。徐雷先是吁一口气，随即胸口一阵灼热，恐惧地预感着，拖到这么迟才来，看来终于是想妥了，要来说出她的决定了。得赶紧地打发姨娘走，遂又抓紧补了一句："您老人家就别操心了，权当我点儿背吧，啥都凑一块儿了。"

姨娘早已收起神情，面带春风地招呼金文："来得早不如来得巧。记得你也喜欢喝鸽子汤的，正好还有小半锅。"说着，已麻利地盛出一大碗，快步往茶水间打了一个来回，那里有微波炉。

金文脸色灰蒙蒙的，盯着姨娘好一会儿，好像才认出是她，徐雷看到她眼皮明显跳了一下，不大自在地招呼："这一大早上的，您就过来了？"她两手空空，啥也没带。连衣服都没换，还是破旧兮兮的苦刑犯样。

"是哎，我这不要出趟远门吗，想请小雷陪我。来跟徐雷商量的。"姨娘不等金文发问，又啰唆了一遍她四处奔走的大能耐，"刚才，就一直讲的这些个。"姨娘摊着手，好像要向金文证明什么。

很怪，徐雷看到金文显出失落的样子，身体变得更加硬撅撅的。"风筝，去潍坊？"她看来是头一次听说，惊怔地用两只手推揉着腮帮子，推成一个接近于笑的表情，"那敢情好呀，一老一少，挺好。"脸上其实看不出多领情的样子，只是在推动牙齿和舌头寒暄。

看看，她对姨娘所说的，根本没往心里去。她甚至都没反应过来，不管小的，还是老的，应当是她带着出门才合适。徐雷忍不住了："不知能不能劳驾你，抽出一点空，去跟小雷班主任讲一下？最好当面请假，毕竟是出去玩。"

金文没听出徐雷讽刺的口气，犹豫一下，推卸："我也怕见老师的，还是你打电话吧，就说小雷生病好了，横竖老师都会不高兴。"

"呸呸，好好的说什么生病。有徐雷一个躺着还嫌不够啊？对，我突然想起来，放风筝还有个大好处，老话怎么说的，就是放晦气放倒霉嘛，去病去毒消灾。不光我跟小雷放，你们想，整个风筝节，小十天，所有人都在放呢，那得放掉多少的倒霉啊。看看，我这头一趟出门，可真是出着了，家里什么事情都会好的。"

徐雷这回是真的发笑了："照这么说，那所有老百姓、所有的长官，直至联合国官员，就整天放风筝好了。"看一眼金文，她黄巴着脸儿，也笑了一下，可身上仍然紧张得像块铁板。

姨娘还以为得了他们的赞赏，更加乐不滋滋地一拍手："我还没跟小雷讲呢。真是等不及要看他什么反应咧。那小臭东西，总不会嫌弃我这老骨头吧。"

远远听得微波炉"叮"了一声，姨娘跑去端回，卷起衣角端来，直送到金文嘴边："热乎的，赶紧吃喽。"热气升腾，金文的脸，摇晃着让了一下，凑近。

姨娘重又稳稳地坐下，嘴里咂了一下，脸上使劲克制着，张张嘴，闭上，最终还是开口了："正好都在。讲个好玩的，你们不要怕，其实这阵子啊，我还逛了好几处的公墓呢，清清爽爽的，挺好。尤其那些枝叶繁茂的老夫妻，左下方的挤挤挨挨一长溜红色名字，都是儿媳子孙哪，排着，陪着，大太阳照着，瞧着可真舒服。也难得有个别的，碑石上空落落就一个名字。我要看到这，才会猛然想起，哟嗬，跟我一样，光秃秃的独门独户嘛。"姨娘挤眉弄眼地笑起来，好像这是多滑稽的一个事情。

徐雷赶忙接话，姨娘很少谈及此事，嘴上也顾不得避讳了："姨娘你不是有我们吗？到你百年之后，我、金文、小雷，一样会排在碑上，太阳下陪着你老人家的。"心里却是一记闷痛，谁知道金文的名字那时还会不会跟他排在一起呢？

"倒也不是一定要这样。不过，能有你们这一家子三个陪我，当然是我的大福分。"姨娘显然很受用，看一眼正埋头于鸽子汤的金文，她把上身抬直，凑近二人，"我其实是想说，也怪，我怎么挺喜欢逛墓园呢，逛上一次，心里就会很好。嗯，也不能叫好，怎么说呢，就觉得活着吧，挺了不起的，挺不错的。除此以外，都不能叫个事情。你们两个，也想想呢，我说得对吧？能有什么过不去的呢，还有比生死更大的吗？"姨娘放慢语速，像在宣讲天下独一份儿的人生要义。

这无非就是，老年人的老话儿，根本抵挡不了心里正漫涌上来的伤感。徐雷还是点点头："姨娘讲得对。没什么事算大事，没什么过不去的。"他有意重复着，倒是希望金文能听进去，别再闷葫芦摇了，说开来吧，放过她自己，也让他死心算了。他看一眼金文，汤已喝得差不多了，高举着汤碗挡在脸上。可她另一只搁在桌上的手，正紧紧捏成个干拳头，好像憋不住了，马上就要挥起来，对着空气搏打一通。

姨娘这才抬起她的大屁股，收拾好保温壶之类，提起小西湖的两袋鱼，窸窸窣窣地往门外走了。

"我，要跟你讲个事。"金文的拳头依然捏着，都没等它松开，就急急忙忙小声开口了。

　　姨娘的声音忽又从门外传来，她招手唤出金文，十分要紧似的，撑开两只塑料袋，极为满意地与金文分享："差点忘了给你看，瞧，腥得多新鲜哪！直冲鼻子的泥塘味。这个叫小西湖的，也是个好孩子，我还差点怨怪他。"她生硬地拽着金文，直往走廊深处去，声音越来越远，徐雷听不大清了，"加个老太太，效果肯定更加好……不是吹，起码各处的厕所……那清单如果能……我倒也要入个伙呢……"

暮色与跳舞熊

一直画，差不多到肚子饿了的时候，西力就下楼去找点吃的，嘴里念叨着：手机、钥匙、口罩。

租屋地势偏高，从坡道往下走，总可以看到挂了一整天的太阳，半藏半露地落到对面的楼群之后，那楼群就成了铁灰色的钢面，几只黑瘦的鸟突然惊起，墨水点子一般溅到半空。到傍晚了就是这样，看到什么，都成了点、线、面。走到十字路口，高高矮矮各个方向的路灯杆子、指示牌、栏杆，像不清晰的线条与小方格缠绕成一团。

西力四面扫视一圈，熟悉的踏空与悲怆又来了：我这是在哪儿呀，出门往哪儿去呢？这世上有谁在意我，这一天天的算个什么？脚下没有停，闷头顺着路走。查过，这可能属于"黄昏综合征"，也叫"暮色反射"或"日落现象"，原来说的是老年痴呆患者的阶段性症状，后来指涉所有人群，主要指黄昏日暮时分出现的情绪和认知功能问题……既然是一种病症，就这么着吧。反正什么都可以算病,拖延症社恐症选择恐惧症幽闭空间症咖啡依赖症。

走到小馆子,老习惯,顺着墙上菜单的顺序,昨天是炒面,今天则是炒饭,固然炒饭跟炒面炒粉也谈不上多大区别。坐在习惯的那个位置上,正可以看到斜对过的慧谷广场,来来往往的人群中,粉红小熊又在那里跳舞了。所有人都戴着口罩,相比之下,反倒显得小熊像是裸面,有种毛绒动物特有的莫名性感。

去年那一波时疫过后,关闭多日的门市纷纷重开,Q乐园也是其中之一,并推出这么个卡通跳舞熊来招徕顾客。跟小馆子寥寥七八行的菜单一样,西力也十分熟悉这只"跳舞熊"的所有招牌动作,它不仅照搬了表情包上的那几套连环舞,还自创了几个小花招,但因为这身玩偶服大了点,它蹦跳的步子总也迈不开,膝盖弯度不对,比画的剪刀手也只能到脖子那里,可正是这样,显得尤其滑稽。加上它显然也有着努力搞笑的自觉,总是使劲甩动小耳朵,故意凑近拍照的镜头,或是舔食手上并不存在的蜂蜜,确实也会吸引到高高矮矮的小孩。他们围住它,扯它抱它,摇晃它,它于是更加地疯了,就势跌坐到地上打滚儿,笨手笨脚没法起身,假装向孩子求助。有时孩子已被大人拉走老远,它便只好自己爬起……

吃饭时西力就一直望着小熊,盯着屏幕一整天,眼角都有些烂了,已不敢再刷机,能有这个跳舞熊在面前蹦跶着"伴宴"

也算不错，可以说是一整天里，唯一叫他感到亲切和放松的活物了。反过来想，西力也算得上是最留意它的人吧。

毕竟，除了小孩儿，谁会当真在意呀，何况这只小熊也实在有点傻乎乎。它肚子上贴着Q乐园的二维码，显然是有任务，但得看对象吧？它不管，为了吸引并逗弄附近的小孩子，不论前面走过何人，背着行李包的外地人，笔挺西装男，捧着冰激凌的胖女生，拉着小推车的龙钟老太，它都同样卖力地迎上去，摇头摆臀地跳上一圈，直到对方不耐烦了，才仓促而大幅度地把肚皮亮出来，姿势显得有点色情，尤其从西力这个角度看来。这叫他不大舒服，于是垂下眼皮，落回到桌上的炒饭或炒面或炒粉上。极偶尔地，会有人扫它肚皮上的码，它便立即谄媚地点头哈腰或是撅起屁股来扭几下。

隔着灰蒙蒙有点剐花的临街玻璃，西力每天就这样看着，一边无知觉地往嘴里大口投送。吃完之后，会到慧谷广场去散几圈步，由于心里那淡淡的单方面的亲切感，他会以一种若有若无的方式趋近那只小熊。

它的连体服，准确来讲，不是粉红，而是皮粉色，这颜色近看有点显脏，肚皮下方一圈，被小孩子们摸得较多，有几块污渍，裤腿堆在脚脖子上，连同整个脚底板，全是泥灰。但暮色恰到好处地掩护了这些，反倒使它显出一种家常的柔和，似乎它并非毛绒玩偶，而就是一只真真切切的跳舞小熊，跟来来往往的大人小孩老人，是并列的一种存在物种。西力垂头慢慢走着，只要走到它十米以内，那小熊就会主动趋近了，左右脚交替踮起，两只手在鼻尖下划来划去，一边使劲但其实也蹦不了多高地原地跳，每个不准确的动作，都奉献出毫无保留的热情。

等它跳到正面，西力就抬眼平视，出于起码的礼貌，不排除有好奇，因为小熊这身卡通服太严实了，一点瞅不到里面，唯一的出口，应当就是它眼睛这里，可眼睛的位置，只能看到两只深褐色的透明球，折射着薄薄的暮光与刚刚亮起的路灯，五颜六色，里面的眼珠却一点儿也看不清。这反倒更加叫西力产生一种自愿糊涂的愉快确认：看，它不就是一只彻头彻尾的小熊！他心里不禁热乎起来，忍不住也往它身边快迎两步，近到差不多都能听到它的喘气儿，能碰到它毛茸茸脏乎乎的巴掌了。可他毕竟不是小孩子，总不能也去摸也去抱吧，只能掏出手机来，扫它肚皮上的二维码，虽然已扫过许多次，但愿它认不出。正好也有口罩遮面，估计确实认不出，反正小熊每回也都认真定格在那里，俟他扫完，即刻送上它的花式鞠躬，然后认认真真伸出胖胳膊，引导西力往后左方的Q乐园那边走。

Q乐园是个综合儿童游乐场，里头有泡泡球池、攀爬架、陶泥手工区、小白兔小仓鼠饲养区、夹娃娃机、跳床、攀岩馆，全是半大小孩，到处闹哄哄的。这当然不是西力的理想去处，但也不至于讨厌。实际上里头的大人比小孩还多些，即便隔着口罩，仍能看出一张张面孔下的疲惫和敷衍，走上两圈，反倒让西力脚下感到一点重力和方向，恍惚感也随之消失了。小熊的指引很有道理，看，人们的生活不就这样吗——他开始觉得小租屋里的那种清冷，是值得的，孤独就是他的自在与拥有。遂掉转头回家，当天的这一份黄昏综合征也在渐重的夜色中暂告治愈。

并且这种疗效还有一点点多余的溢出。当天晚上，继续挠着头进行插画时，直至熬到后半夜时，西力都还会时不时想起粉红跳舞熊，它的笨拙姿势，它的二维码肚皮，它堆在脚面的长裤腿和黑灰脚底板，还有它的眼睛，透明球上流光溢彩的光线。想想就觉得不错，但也有点淡淡的不满足，要能对视多好，要能看到它里面真正的眼睛多好。他根本不在乎它的性别、年纪、长相、性格、口音、是否有趣之类，或者干脆点说吧，他排斥、否定它的"人类"性，它只是一只跳舞小熊，而这就是他需要的，也是它所能给予的全部。

有天西力扫完码，照旧转身去往Q乐园，边上被人叫住，是一对小情侣，叫西力替他们跟跳舞熊合个影。一直这样，拍照的远远多过扫码的。有次看到一个壮汉，抱着它又捏又揉，最后甚至一把举起小熊来，小孩儿们看着它两脚两手在空中乱蹬乱划全都笑坏啦。总之小熊十分熟稔此道，西力这边手机还没调好，它已跟女生各分左右站好，向中间的男生投怀送抱了。四五张不同的亲热姿势之后，男生主动对西力说，你也来一张吧，把手机给我。好像这是个免费福利，不拿怪可惜的。

西力本能地摇手后退，他不爱拍照，偶尔外出游玩，最多拍点小狗小猫，当然也因他向来是独行独往。不过拒绝别人的好意，更叫他为难。嘴里正支吾着，小熊却以它不由分说的热情一下靠拢上来，肥粗的胳膊环上西力的腰，男生顺手拿过他手机，高声吩咐道，笑起来！起 —— 司 —— 你也搂紧些啊。

这时小熊不仅胳膊环着他，连硕大的脑袋也顺势靠到西力肩上，嘴里故意呼哧呼哧地模拟着生气。这才发现，小熊个儿挺矮啊，才到他肩膀。西力有些失笑，不觉也把手搭到它身上。

拍照时泄露的笑意，一直延续着，时隐时现在西力嘴边。回家后，画一会儿插画，就要拿出手机看两眼合照。主要看小熊，看他们整体的那种感觉，一人一熊，搂得像模像样，居然显得那样自然，怎么看都舒服、搭配。小熊的眼睛呢？这下子能看清吗？西力把图片放到最大，还是不行，最多能看到褐色玻璃球里模模糊糊的那对小情侣。突然想起家里父母，每每打来电话，总是不停嘴地问，自以为旁敲侧击，其实都指到他鼻子上了。不找份正经工作吗？何苦租个房子空耗，实在不行回老家找个对象？他当然也不想让他们伤心，可诸种平淡冷淡的状况确实难以回复，也难以说清。这会儿看看照片，心里突然生出一丝谐趣，顺手就把他跟小熊的合影发了回去 —— 这似乎就是一个很好的答词，概括说明他生活的各个方面，更说明他的心境与态度。

电脑突然死机、不知里头画稿能抢回多少的那个下午，好像还嫌不够糟似的，又接到蓝色书系的编辑留言，说因其中两册出了问题，整套书稿都叫停出版，这就意味着，除了那几片薄树叶似的预约金，一百多幅定制插画，全部悬而无用了。等于白打一个多月的竿子，半颗枣儿都没落下，本来还想着用这笔稿费换台新电脑呢。

沮丧地呆坐，越发闷热，饥饿感倒是准时来了。西力起身往外，下坡时都没有留意到太阳是否落下，只觉到处都暗乎乎的，暮色里像是被倒入了墨汁，在街面上四处流淌。今天的菜该轮到鲢鱼豆腐套餐，端上来却觉得腥气未尽，米饭明显夹生，换了一碗，仍然夹生，只好重新叫面条……跳舞熊还在那边，跺脚，扭腰，剪刀手，送飞吻，假装滑倒。奇怪，西力坐了这么久，发现它没吸引到一个小孩，也没人合影，更没人扫码。小熊今天完全唱独角戏了。其实慧谷广场上人倒是蛮多，甚至可以说还比平时多一些，男人挽着女人，大人拖着小孩，个个走得飞快，衣发飘动，仿佛要倒，又仿佛要飞。西力怔怔地望了好一会儿，才明白过来，哦，这是起大风了。怪不得刚才没看到太阳，早给刮跑了呀。

等外头落起大而疏的雨珠，面条才端上来，西力想起啥也没带，又想起窗户好像没关，书桌上东西全都铺着，忙打了包提上冲出去。才跑到广场背后，雨已密集如箭，浇得眼睛都睁不开,刚才还奔跑的行人全部消失了。这条背街长道没有商户,也没长廊,只有两根类似柱子的合拢处,形成一块窄窄的壁檐,西力只好不管不顾跑了进去。本是狼狈又懊恼,抹抹眼镜上的水,定睛一看,一个大失笑——粉红跳舞熊也在这里。

不过这里已是太挤了,主要小熊身子很占地方,它边上还有个胖老头。胖老头一见他进来,就把下巴上的口罩又拽上去。西力刚才太急,口罩落小馆里了。而他们脚下,还有个三四岁的小孩,听那胖老头嘴里的嗔怪,当是这个小孩把跳舞熊拽到这里来的。小男孩的卡通口罩已经湿透,映出两片翘嘟嘟的嘴巴,正咕噜噜地编故事,小熊找蜂蜜小熊要冬眠之类。西力有点愧疚地尽量贴着柱子,还是无可避免地紧靠着小熊,它已半湿,身上的毛绒头子黏结起来,黄黑了。它的大脑袋靠在后面的墙壁上,一只肥手正被小男孩紧紧拖着,由于潮湿和挤压,肚皮上的二维码皱巴巴的。哈,不跳舞的跳舞熊。西力可真乐意跟它一块儿躲雨呀,心里掠过租屋里的桌子,东西全都一团糟了吧?算了。

"几点了?哎呀几点了,我得回去吃药哇。"老头沉吟着自问自答,掏出手机,隔着口罩冲电话里嚷,送伞或送药,对方看来耳朵不好,地点又闹不清,反复追问。小男孩也摇晃起小熊伴奏:"老狼老狼几点了?小熊小熊几点了?"先是小声,继而越来越得意越大声。挤挨的小空间突然极是嘈杂。西力下意识地寻找小熊的眼睛,好像要跟它交换一下眼色。天光暗黑,这半片街也没有路灯,小熊的玻璃球眼睛,黑中隐隐有亮。

聒噪中,小男孩突然改口,大叫起来:"嗯嗯!宝宝要!宝宝要嗯嗯!"好像分秒也等不及了,小手已经开始要拉自己裤子了。这可是紧急信号。胖老头立刻掐了电话,不管外头是风是雨,横拎起小孙子就冲了出去。

柱檐下突然安静下来,只听到哗哗哗雨声,好似一道巨大的帘子,把他们两个包围隔绝在这个角落。小熊没有动,头仍然搁靠在后墙,两手搭在圆肚皮上。西力稍微调整了一下站姿,只能说不挤了,还是挨得挺近,近到好像是遗世独立相依为命,心里一时高兴又凄然。

但老是不说话,好像也不对,刚才那小男孩可一直在讲故事呢。西力稍微扭过身子,斜对着小熊,看看它那黑乎乎的大眸子,仍旧是动物般的纯粹无知,可又像是人类的尽在不言。甭管它是什么,到底对他有没有印象?或者,可以提示一下。于是吭哧着开口:"我每天傍晚六点左右,都路过慧谷广场,当场扫码加关注,办会员,但一回家,就取消,第二天扫的时候,我再重新办理。不知这样,能不能算你的任务?"

小熊没吭声,好像还在维护着它这个形象的整体约束——西力知道,像迪士尼乐园就有严格规定,为了所谓的世外乐园气氛,所有的卡通人偶,都不得表现出人的思维与行动,比如,不可以听得懂语言类指令,不可以像人类一样生气,不可以认识现代交通工具或通信工具,等等——他肯定想多了,这只是区区 Q 乐园的一只卡通小熊罢了。显然小熊是听明白了，它略略转过头，把肥手从肚皮上抬起，轻轻碰一下西力的胳膊肘。这小小动作的反馈，叫西力觉得很舒服。怪不得那小男孩要一直拉着它的手，谁不想拉着抱着搂着呢。西力涌上一个荒谬的冲动，随即暗骂自己一句，退而求其次地想，能这样一起靠着，也挺不错啦，并且他又想到一个更挨近的理由："我腿吃不消了。要不咱蹲着吧。"

果然，小熊顺从地，挨着墙角蹲下，一蹲到底，差不多坐了下来。它肯定更累，下雨之前刮大风那会儿，它不是一直在蹦跶吗，再说那脑袋多重。西力往边上让让，给它腾出地方，但地盘就这么大，他和它还是明显更近了。他的左腿和它右边那只毛茸茸的小短腿，有部分交错相叠。可真叫人满足。

既然这样了，为了更加地熟悉彼此，西力觉得他应当介绍介绍自个儿。于是清清嗓子，说起他的插画。打小就这样，喜欢涂涂画画，尤其是四格漫画，别的啥都不行，成绩不好，大学不好，工作也不好，尤其这两年多，接二连三地，要么被裁，要么工资欠着，要么老板跑路，要不干脆公司倒掉。哪儿都指望不上，只能靠插画，看能不能养活自己。他让自己笑了笑。随后也老实讲了今天上午刚刚被黄掉的合约，讲了再也拿不到的插画稿费。也承认他还不够拼，总会分心摸鱼，每夜熬到一点两点，最差劲的，是临睡前还会四处翻找，吃喝点垃圾食品才算完事。这就又讲到他不断试吃不断淘汰，最终保留下来的六种口味的泡面……当然他也注意营养，晚饭会去巷口吃"大餐"。讲了他定点的小破馆子，讲了它家菜单上的七种招牌菜，价格22～35元不等，其中他最中意的是牛腩面与香肠煲仔饭，但他不会因为这两个偏好而改变顺序。讲到他啰里啰唆的爸妈，讲到那天发去他和小熊的合影。又讲到今天上午突然趴窝的电脑，多少天的心血恐怕片甲不存，讲到这会儿正泡在风雨里的写字台，桌上可有他好不容易下决心买的原装咖啡豆，老贵，而他忘记夹上袋子了……

直到外面雨声小下来的时候，西力才意识到自己嗓门有点大，说得太多，且有些不自觉的夸张。小熊不知啥时，把它的脑袋歪过来一点，搁在西力肩上。挺重。没准正是这份重量，让西力没有注意对舌头的控制，想想吓人哪，他什么时候跟人说过这许多话，还说得如此私人，如此絮叨。西力猝然住了嘴，像犯了个只有自己才明了的大错，不过心里也在辩解，它只是一只熊嘛，要是跟任何一个"人"说这么多碎头巴脑的，那就太奇怪了。跟熊就没什么了。

这样一想，西力也没有觉得尴尬，只是收了口，默默地望着雨，雨越来越稀，不久就变成星星点点。天色亮白了一些，但亮白中也还是夹杂着暮色里的雾然。西力不大甘心地又寻找着小熊的眼睛，那里还是一如先前的黑亮玻璃球，可能因为他这边吐露太多，心境略有变化，觉得那看向他的眼睛里，比之稍早，深邃了许多，并同样有着满腹的心事。西力略感不安，瞧，他只顾着讲他自己,小熊呢,小熊肯定也有啥的吧。

这时雨已经完全停下,外面很快有了走动的人影,远处有小孩们尖叫着,踩踏浅浅的雨坑。他们两个,已不合适再挤在这片狭窄里了。

出来之前,西力想不起来了,是谁更主动,还是同时,总之小熊和他抱了一下,不紧也不松,挺像一个营业性的抱抱,就像以前隔着玻璃看过它无数次这样抱过路人。可西力分明又觉得,不一样,这个抱抱不一样。起码,在这个大雨刚停的黄昏时刻,它完全是他的小熊。

电脑送出去修了一下,所幸损失不大。被雨水泡坏的书和画本晒了好几天。咖啡豆长了霉只好扔掉。新接到一家电子刊的专栏配图,稿费和截稿时间都很苛刻。就是这样的,日子没有变好的趋势,也没有变得更糟。小馆子的菜单调整了几个新菜,味道还可以。小熊的衣服想来是洗过了,远看不觉,走近前了扫码时,觉得它的皮毛一根根竖起,还发出一股淡淡的香草味。西力抓住靠近的时间与小熊对视,小熊黑亮的眸子向他微微抬起,里面是华灯初上的映射……可西力知道,即便隔着口罩,小熊准会认出他,记得他,于众人之中另眼看他。

他承认,对于小熊,他心里总有更进一步的想法,这当然很可笑,因为他完全说不清,所谓进一步的想法是什么。一个人,能跟一只熊怎么样呢? 一只粉红跳舞熊。他一边自嘲,同时也琢磨着，思而不解。他有点害怕，想躲避这越来越真切的念头，可害怕中又有着喜悦和期待，而这种期待又为每一天和每一天的细节都赋予了意义——同样是听着歌洗澡，听父母讲车轱辘话，顺着菜单点菜，电路坏了找房东，下楼取快递，泡面出了新单品，看中的电脑放到"双11"购物单，似乎都有滋有味了，因为他跟小熊聊过其中一些，小熊知道他在如何生活，而这生活里新发生的部分，没准下次可以跟小熊继续聊。原来，西力恍然觉悟，随即又十分困惑，他想要的就是跟小熊再多聊聊？这想法是不是太平常了一点，甚至也谈不上多大的难度与障碍……不，西力总觉得，不完全是聊天那么简单，他肯定还没有找到他所需要的那个什么。但不着急，他愿意慢慢来，就这么控着，尽量地延长这种模糊不清的愉悦，延长某种奔向的过程。

5月13日的事情，发生得很突然。

当时他已扫过小熊肚皮上的码，走到Q乐园里面，正顺着"8"字形的主通道，一路飘飘忽忽地走，听着各个区域的小孩，发出那各种如果不是亲耳听到永远无法想象的欢乐尖叫。广播大喇叭突然响了，开始西力并未在意，后来见坐着的一干家长们都开始跑动起来，纷纷呼儿唤女，情形颇像上次那场暴雨的突然降临。西力立住，终于听清广播里再三再四的重复。原来刚刚在儿童医院门诊发现一例疑似染疫的男童，男童参加了篮球兴趣组，四天前上过一次球课，球课共有十来个小学员，其中有一个，中午在 Q 乐园玩了有个把小时。所以这里接到指令，大家就地待着，等专门人员过来统一处置。西力看看手机，电量尚足。旁观四周，大人和小孩们搞清情况后，也都不急不跑了。Q 乐园开放了 Wi-Fi 密码，几处的大小屏幕索性放起老少咸宜的猫鼠动画片，还有免费的饮料开始供应，一时倒也融融。

忽然惊奇地发现小熊，它也回来了，倚在靠入口处的彩色广告牌下，脑袋软软地搁在栏杆上，连屁股后的小短尾巴也显得毫无生机。几个小孩不顾大人的拉扯，想去拽弄，小熊却立刻退缩着，指指身上，动作虽小，却也十分准确，好像连它自己也嫌弃自己似的。动作很有效，孩子们散了。等了不到半小时，就来了一队专门人员，招呼大家过去排队检测，小熊则被留下，跟木马地垫球拍飞镖栏杆什么的，一起被喷洒。西力随着人群往指定方向移动，不时扭回头看，心里莫名地不忍起来，甚至疼痛。虽然理智上知道这毫无道理，小熊那一身，网上到处能买到，消消毒或是扔了都无所谓，它之所以是他的小熊，并不是因为那套衣服，可，要没那一身，它又是什么？他到底在心疼什么呢？西力突然慌乱起来。

测完之后，要等送检结果，可能还有医学观察和研判的需要，总之广播里有了时间拉长、少安毋躁的预告，外面开始陆续送进吃的，还有薄毯和行军床，数量不太多，西力与一些爸爸们便自觉分散到各处的角落。西力坐在一处延绵曲折的攀爬架下面,头顶绳索交叠,挂下丝丝拉拉的彩色线头,简直像是紫藤架,而头上通亮的大灯泡,则是一轮清月,甚至能感到脸上微微有风。今夕何夕,今人何人啊,仿佛被拉长加厚的黄昏综合征,西力沉入了巨大的恍惚……

被人轻轻推碰,西力才知道自己盹着了,忙摸出手机,一看已是夜里十二点多了,身边被放了一盒牛奶和一只小圆面包。四周安静幽暗,角落有两盏顶灯,动画片关成无声,只偶尔听到小孩子按捺不住的笑闹和大人含糊的责骂。怔怔中戳开牛奶,才发觉确实渴了,又撕开面包,机械地往嘴里扔。上学时食堂打饭菜也好,实习时加班的盒饭也好,馆子里大同小异的快餐也好,反正只要放到他面前的,总归都要吃光喝光。就这习惯,饿不饿都一样。

正吃着,走道那边过来一个瘦小的女人,匆匆把几个纸盒子归置在脚下,随即手脚像是断了一般,垂挂着。想来当是刚才发食物的员工。歇了好一会儿,女人才木偶似的,僵硬地,也从盒子里取出一盒牛奶,无声地吸起来。西力这时已一口气吃光,正想接着打盹,女人开口了:"饿的话,这盒子里还有。"西力四处望望,其他人隔这里还老远,那这是对自己说的了,忙欠身摇摇头。女人好像担心他客气,索性拿出另一种长面包和一盒酸奶,直接送来,并顺势坐在他边上。西力不太乐意,但还是勉强接过,出于该死的惯性,又往嘴里塞起来。总是这样的,对陌生人,主动开口难,拒绝什么的,更难。

可能因为多给了一份食物，这女人不仅坐下，还大有说上几句的意思。"想想也好玩的，否则这半夜三更的，怎么可能大家都在乐园里一起睡觉。小孩们其实才高兴呢。"她音质有点哑，语调是主妇的那种家常感。西力愣住，停了一秒，继续咀嚼，他实在没有聊天的打算和能力。好在女人又自顾往下："我前面走了好几圈，带小孩来的，有的是爸爸，有的是小姨，有的是保姆，有的是外婆。如果是妈妈带的，最好认，只有她们，总是在追着小孩喝水、擦汗。笑一笑拍个照。要尿尿要嗯嗯吗？讲礼貌呀快叫叔叔好呀。蓝色用英语怎么讲，绿色呢？数数看，这里有几条金鱼？你可真棒奖励一朵小红花……"她忽高忽低变换语气地模仿，最终还鼓起掌来，"哈哈哈，了不起。妈妈们都太了不起了。哈哈哈。"她的笑声和巴掌声，都显得有点大。西力咽下嘴中食物，分辨着，听不出她是讽刺还是赞赏。叫他松了一口气的是，女人并不需要他接话。

"我就不行，太不行了。我绝对、绝对不是一个好妈妈。我家小宝……"她语速放慢，终至不语，摇头晃脑的姿势静止在那里，视频卡顿住一般。西力小心地瞟她，嘴里也不敢动了，以免吞咽的声音有所不敬。女人掉入她的情绪，不断下沉，连西力都能感到那仿佛是要在水底窒息的憋闷。怎么弄啊这？临近濒死，女人终于吐出一口气，像是又从水底升上来了，她往后仰着甩甩头，恢复到先前那种絮叨的语调："我也是滑稽吧，看到每个小孩都能想到我家小宝。喜欢吃手的，不敢爬滑滑梯的，沙子揉进眼的，爱揪人头发的。就连看到大小孩我也会想呢，哎呀，我家小宝，不是也会背起个书包吗，会打游戏的吗，爱吃炸鸡吗，能玩个滑板的吗？"看来她喜欢这种排比式的表达，但西力有点困惑，听这口气，不是虚拟的，可也听不出过去时还是将来时，甚至都缺乏空间感。她的小孩，是不在她身边，是已经长大了，还是说特别小？是不再会长大了，或者不能待在她身边了？有一点是肯定的，这貌似聊天的独白充满了深海般的无底之痛。

西力无措地垂头看着地上的纸盒子，他想应当顺口问一下，起码表示点什么。她口中的"小宝"到底是怎么了？这跟她到Q乐园工作有关系吗？如果是这样，不是每时每刻都会刺激着她吗？还是说，她正需要这样的痛苦来转移或惩罚另一种痛苦？西力心里胡乱猜测着，不知该如何劝解或安慰，以至于心里都生出了几分排异感，这女人碰醒他不算，多塞给他吃的不算，坐在他边上不算，为什么还要跟他说这些呢？要从谈心的角度来说，这既不是地方，也不是时间，他也完全不是合适的对象。他连两次恋爱都只是单方面好感，他不了解女人，不了解孩子，更不了解做妈妈做爸爸的人，他只是路过的，是局外人，偶然困在这凌晨时分的儿童乐园里的呀。

好在，老天爷来帮他了。广播里忽然吱吱几声，一个显然也带着睡意的声音响起，非常简洁地通知大家，结果无异常，可以各自回家……各处的灯光一下子大亮，蒙眬中惊醒的人们还有点吃惊，甚至夹杂着几声低微的抱怨，意思是不如索性让我们睡一觉算了。说归说，四下里的气氛已明显松动起来，彼此招呼着动身。西力如蒙大赦，大块咬掉最后两口面包，站起来整整衣服，一边看不出什么幅度地向身边的女人欠下身，要向门口去了。

女人手脚也挺快，早把几只纸箱交叠着一起抱在胸口，方向却是相反，朝着员工通道那边，抬脚之前，像是突然想起什么，扭头问道："嗳，后来你电脑，修好了吗？"

西力条件反射地点点头，脚下已是迈出，女人"噢"了一声也没停步。两人随即错肩而过，几乎只是两秒钟的事。

可她，怎么知道我电脑坏了……西力最深处的一根弦被拨动，却是空洞之音，随即闪过巨大的异样。或者是愤怒？欺骗感？不知是什么，总之胸口都疼起来，庞然的沮丧与跌落。不，不应当啊，他只告诉了跳舞熊，它就是一只熊，它只是一只熊，它永远只是熊……

第二天西力一直闷头睡到中午，醒来洗了把热水澡，同时在心里严厉纠正了昨夜的幼稚病。选择了几支最易沉浸的马友友大提琴，把自己摁在桌边，以远远低于平时的效率画了快两个钟头。抬头看看窗外，还早着呢，肚子也并不饿，但西力决定出去吃东西。下坡时太阳还斜飘在楼顶上方，暮色的惆怅与空虚果然也没有发作。他用一种打气的心理，一路上给自己叮嘱，待会儿看到小熊，就当作什么也不知道吧，千万要做到一如从前，仍旧认真扫它的二维码，然后照它的指引，仿佛第一次，去往 Q 乐园……

走出巷口他就知道，多虑了。

远远就可以看到大半人高的黄色围挡，延绵地拦住慧谷广场东、南方向两条道，一应的金店奶茶店咖啡店牛排馆美甲铺，都是白花花的拉门一落到地，平时满地滚人的广场整个空荡荡。他常去的小馆子因为隔着个岔路口，倒还是开着，但不可堂食。只得点了今天应当吃的油泼炒面，等待时划拉了一下本地疫情分析，口吻保守。于是一路上看到啥买啥，提着香蕉、馒头、辣酱和饮料等，沉甸甸地一路返回。心里倒是没觉得太糟糕，回想刚才出门时那一番心理建设，得承认，其实是松了一口气。想想自己真太差劲了，因为有点怕见小熊，居然觉得，这么来一下暂时性的封控，也不算太坏。扭身进楼道时，还是看到了当天的日落，无限遥远的太阳在他屁股那个位置，带着可以感知的热度，投来薄薄的余晖，仿佛一声悲喜交加的叹息。

此后半个多月，对西力来说影响不大，仍是接单子或单子黄了，画画或摸鱼，拖稿或交稿。外卖打包所食，照旧顺着菜单。所缺少的，只是慢吞吞下楼，坐在老位置，眺望广场的那一套动作。可没了这小小的一套，日常生活的刻度与秩序好像就失去了绳索维系，散塌了，不成形了。

可能西力主观上也在放大这种感觉，尤其每到黄昏时分，飘浮感更是变本加厉，伴随室外光线从蓝白到淡黄又到暗红，最后浸入一天中最沉重的黑金，死死罩住狭小的租屋。他往嘴里一勺一勺塞饭食，眼神无处搁置，无处停留，唯有小熊——它并不存在，正因为不存在，反倒异样突出地，"杵"在他的面前，旧时片段再现——它跟小孩子们追打搂抱，它左倒右歪的舞姿，它跌倒，它扭动着屁股逼近，连小尾巴的细小抖动，都可以看得十分清楚，温柔的夕阳照射中，它的粉红绒毛仿佛镀上了一层金光，让西力有种纯粹又澄明之感……随即，暴雨天气里的小熊覆盖了画面，它湿漉漉地挨着他，一对黑洞不见底的眼睛，冲他投来无须多言的眼色，西力向它絮絮倾谈……接着，是多给他一份面包牛奶的小个子女人，挨着他坐下，语焉不详的排比句式……粉红跳舞小熊、雨中拥抱的小熊、凌晨时分诉说的女人，分裂，重叠，融合，叫西力迷惑和怨恨。当然，理智总会在最后一刻光降，带着姗姗迟来的冷静与一丝丝人情味儿，小心地给西力分析，他所亲爱的小熊和那小个子女人，是一体化的。你想，怎么可能单单痴迷于一张卡通皮？当然，这也不代表他就非得喜欢那张皮下面的人，毕竟，从那晚上所有的观感来讲，不仅他跟她可以说完全不是一回事儿，她跟小熊，也完全不是一回事！他简直恨她，真的，她不该问出那一句，她戳破了他的小熊，她拿走了他所能找到的最好寄托呀。

而与这种怨恨同时，西力也一直在努力。虽然这努力可能是无意识的，因为他完全不明白自己为什么要做这个努力——

他在尽量、尽量地，企图把那个女人给美化一些，以期能与他心爱的小熊，稍微搭配一点，合适一点。毕竟，很快就会再次见到的，最符合事实与理性的做法就是，知行合一，熊人为一，不是仅仅把对方当作它，当作熊，同时还要把它看作人，看作朋友。无论如何，在迄今所有的社交经验里，他跟那个女人之间，得算是最亲切、最体己的。

他竭力回忆那个女人的相貌，当时光线不行，只记得是小鼻子小眼，头发乱蓬蓬的，个子矮小，衣着则全无印象。他当时毕竟处于子夜的困倦中。说话声音呢，柔和吗？可能也谈不上，她一直讲孩子，都没聊其他的。从这些元素，可以说明她是朴素的，有着清贫的单纯，挺能吃苦，对孩童有爱心，对陌生人有同情心。还有什么吗？再想想。其实真正击中他的，正是最后两秒钟吧，那脱口而出擦肩而过的询问，她还记着他的电脑，不放心是否修好，而他又那样敏感地，几乎是刀刻火灼般地接收到这种关切。太稀罕了，他第一次被别人惦记，以致他只愿意把这安放在小熊身上，只有来自小熊的关切，才是适配和贴切的，才叫他踏实……是的，只能是小熊。

就此打住，不要再想那个女人，越是进行这种捏合与拼凑的努力，越是让西力感到别扭——再使劲也没有用，他实在是感到，自己并不能跟那个女人成为朋友，普通的都不行，更不要讲达到他对小熊的那个程度。

荒唐的是，即便意识到这一点，仍然不能改善西力的空虚与期待。随着时间的推移，随着这种半隔绝的飘浮状态越拉越长，越拉越稀薄，他一天比一天地渴望着，想再次见到小熊，想有进一步的依偎与托付。这显然是个悖论，难以向外人道，更难以向自己道，可分明又如此真切，西力被这拉扯的力量撕裂成两块。可真疼。

街市重又恢复后，慧谷广场的人流却没有很快回到从前的挤挤挨挨。旅行社的铺面转租了。金店门可罗雀。时装店也只上半天班，且试衣间不可使用。Q乐园说是又做了几次消杀，推迟了一周才开张，开张后没有再出现那只粉红跳舞熊。

没有了小熊的广场看上去倒也没什么不对，不久就有一个卖氢气球的瘦高男人，花花绿绿的，四处缓慢移动兜售，孩子们像小鱼一样围着他转，乐趣可一点儿也没少。也可能只有西力才惦记着它吧。磨磨蹭蹭又过了十来天，西力每天都在心里催促自己，得去Q乐园问问：小熊到哪儿去了，会回来吗，啥时呢？但老是提不起劲，主要也是怕人家笑话，他又不是小孩了，还打听这个。

直到有天下午，电脑又突然死机，怎么都活转不了，看看天色还早，索性抱到上次那家维修店，却发现老板换了，技术员因疫情所困要一周后才来，只好先把电脑寄在彼处。两手空空地回来，正好顺路经过Q乐园，无可回避，反正也没有了劳动工具，西力伸伸脖子，像要挨一刀似的，径直进去了。

好久没来了，或者是时辰不对，发现 Q 乐园里远比从前清淡，中间的大泡泡球池子和迷你沙滩都给围挡了起来，两只蓝色酒精桶上歪歪斜斜地搁着一张牌子：暂停使用。西力从攀爬架那里绕了一圈，找到员工通道方向，张望着往里踅摸。

一个胡子拉碴的男人正好往外走，不等西力开口就截住他："找哪个？"声音硬撅撅的，一点没有和气生财的意思。西力不禁嗫嚅，音量更低了三分："嗯，你们的跳舞小熊，呃，不在广场上扫码办会员了？"

"还办啥会员？都他妈的要倒闭了。你看看，你看到没，有几个毛人？"他宽宽的身子堵住过道，骂了几句娘，突然想起来，"你意思是，要办会员？"

西力一愣，几乎要点头，想想不对，忙摇头，一边小心地："我意思是，生意不好做嘛，更需要促销。原来那个小熊，还是蛮有效果的，小孩子们都挺喜欢……"边说边看对方脸色。胡楂儿男人打断道："也就是个噱头。现在哪里还养得起噱头呢。"他又瞅瞅西力，眼神犀利地上下打量，"噢，敢情，你这是来找活儿的，来扮小熊？"

西力低头扫一眼自己衣衫——看上去很落魄吗？他不介意，倒是觉得这个误解像是天注定，天撮合，他可不就差一份工吗？于是沉吟着，等老板接着往下。

胡楂儿男人的表情已发生变化，口气有了老板的威严："就算是个卡通人偶，也跟所有员工一样，得有试用期。你先来做一周看看，嗯？"他停了停，可能是误解了西力游离的神色，退一步，"那三天吧，三天是起码的。如果合格，后面再谈工钱。"西力其实无所谓，可以长期，他只是担心一点："那原来那一位，会再……"

"哦，正好借这次停业把她给辞了。她太麻烦了。在广场还好，反正她是熊嘛。可每次回来这里，卡通服都脱掉了，她还是自说自话的，追着要带着人家的小孩玩，搂搂亲亲抱抱，没轻没重的。有些家长很反感她这样，你想，现在小孩多金贵，外人哪里碰得……"

"为什么？她自己没有小孩？"西力让自己的语调尽量显得像闲聊，心下却紧张起来，几乎有点惧怕。

"妈的当初也是同情她，才应下的。这小熊的点子，就是她出的，自荐说她擅长蹦跶打滚，最会逗弄小孩儿。早先确实也呼啦啦地给我们带来一些会员。可这也拦不住投诉啊，我总不能跟在后面替她一个个地跟家长解释吧——您就行行好，把小孩借她抱抱吧，太惨了她，自家小孩出了那样的事情……"他咂咂嘴，皱起眉头，嘴唇闭了足有两秒钟，"问这些干吗，我这可还有事呢。你想好了，要干，就试个工。不干也无所谓。这小熊，也就为她特设的，工资不高，也没指着多大的效果。现在生意都这样了，马上泡泡球和沙滩都还要拆掉呢。讲实话，有的没的我也是无所谓了。"

看来是打听不出了，但显然，她小孩的事十分之残酷，以至于连这位胡楂儿糙汉也不忍转述……西力忙点头说愿意,并且现在就可试工。老板转身带他走了几步,拐到一个库房模样的房间,打开灯,只见一堆乱糟糟的童椅、篮球、木马、三轮车,有的缺腿,有的少轮子,粉红小熊的衣服软塌塌卷成一团,扔在这些破烂当中,如果不是特别熟悉它的颜色和毛发,西力几乎都不会认出。

老板拎起来,抖落抖落上面的灰,又用袖口擦擦它两只黑黑的玻璃球眼睛,两头扯扯,向西力扔过来:"说不定还穿不下呢。这得小个儿才行。"

西力心中有一丝丝的愉悦。毕竟,他让粉红跳舞熊重又出现在广场上。匆匆行路的人们对它视若平常,似乎没人意识到,小熊曾经消失过一个多月。倒是卖彩色氢气球的瘦高男人稍微往另一个区域挪了挪,以此表达与小熊平分地盘的不犯之意。

衣服果然小了,加上大头小身的比例,腿部绷得特别紧。西力想起以前看到的小熊,脚脖子上总是堆着几层褶皱。最不舒服的是头,厚厚的大脑袋压在顶壳上,中心位置不大对称,两边乱倒,脖子分外地吃劲。黑白鼻头是用另外一种材料缝制的,贴合处一圈毛拉拉的线头,又痒又刺。最难受的是眼睛,两只玻璃球虽然挺大,但位置偏下,西力得垂着眼皮,以一个不足90度的视角看往外面。如果是大人,勉强只能看到对方腰部以下,小孩儿倒大都能看个囫囵。然而小孩子一出现,作为小熊，西力不免就得跳起来，要比画剪刀手，跳健子舞，当然，还要亮肚皮，扭屁股，配合照相，还要抱抱……可能只有半个小时吧，或者只有十来分钟，已感到脖子酸痛无比，浑身汗透。怪不得老板说要试用，这不是谁都干得来的。

可西力喜欢这样，宁愿这样，并且一点也不肯偷懒或惜力，凭着所有能记得的画面，他全力以赴地模仿他的那只小熊，好像借此就能抒发出某种亲密而绝望的、永远不在同一个次元的情感。只有通过这身体上的辛苦，通过这狭窄的空间，以及只有自己能听到的大声呼吸，西力才依稀能感到一种故人重逢的喜悦，以及……就此别过的哀伤。我爱小熊，再见了小熊。西力在玻璃球后面热泪交流。透过泪水，他看到，准确地说，是感受到了落日时刻的到来。

慧谷广场上暮色将至，最后一缕金黄色的夕阳，穿过楼宇的缝隙，穿过清凉的空气，正打在小熊身上，使得它的皮毛在奔跑和颤动中闪闪发亮。

知名不具

1

他的死讯，来自儿子替他发布的最后一条朋友圈，大意是家父因病不幸去世，享年六十九岁，特告诸位亲友，感念感谢等。现在这已成为民间讣告的一种形式，梅楠周围，陆陆续续这样离开的熟人，能数出两位数了。或者也算死神的善意，时不时以此提醒它在路上，从而进一步拨动或麻痹着人们的欲望神经。碰到这些个，梅楠要么发三根蜡烛，或给其家人留言，或者到某个群里去回忆亡者一二，听大家互相说些保重身体享受当下的口水话。主要是太闲了——刚刚退下来，对"闲"的感受是深刻和残酷的，人们常说忙得受不了，那是他们还没有到这一步，闲到最后，真是宁愿去死。

但闲得要死的梅楠没有给这条发布留言致哀，也不打算跟任何人谈起。他，是她一个孤岛式的朋友，这世上没人知道。

2

不,没有任何背德之事。就梅楠而言,从头到尾,她始终都没有见过他,连他确切的年纪,也是今天才从死讯里得知。当然,从他那边说来,他们可能已见过许多次。毕竟在同一个系统,这么多年总有各样的机会踏入共同的人群。迄今为止,梅楠唯一可以确定的,是二十多年前那个华东片会,某个家电品牌组织的地区代理与分销渠道大会,与会者从各个地方赶到广州,近百号人,白天开会,晚上聚餐,最末一天闹哄哄游玩,反正就是从前那种模式的行业会。那时她刚工作五六年,才在柜面销售这一块崭露头角。

会议结束回到南京不久,梅楠就收到一封信。那是九十年代中期,电话已普及,寻呼机像丑陋但时髦的大蜘蛛一样,爬满人们的腰带,也还是有不少人写信,稿件、家书、情书、笔友之类。梅楠从无这样的情趣,真要有事情,打电话好了,家电部的前台、售后维修,随便哪个号,都能够找到她。也许是厂家的直邮广告?梅楠狐疑地撕开,是一封没头没脑的手写信。也不准确。有头,抬头是:你。也有尾:知名不具。

这谁啊,故作神秘?梅楠是硬邦邦的务实风格,毫无浪漫主义成分,甚至很反感拈酸做派。今天柜台要上一批新品液晶电视,广告牌和优惠标签全要重做,正忙得脚不沾地。她皱着眉，不耐烦地把信快速扫了一遍。这人字写得不错，深蓝钢笔水，撇捺之中，还带点笔锋。

写信人说这次在华东片会上又见到她很开心，听她交流热水器销售经验，觉得她比以前老到多了，真是天生做销售的料子，并预言她将来会有一番作为，等等。看行文口气，像是早就认识，只是梅楠完全想不起来。会上人太多了，有一大半都是面孔和名字对不上。这一行里，哪个不是自来熟？她跟不少人聊过天，游玩时也是三五成群有男有女，几次席上闹酒，有人起哄叫她喝满壶，也有人冲上来相救。这位"知名不具"，是跟她聊过天还是游过园还是喝过酒哇？

梅楠又瞥一眼信封，寄件地址是"内详"，邮票是正的。上学时有女同学常收到一本正经谈学习的信，但邮票倒贴，说那是"我爱你"的间接表白。此信可排除。那此人什么意思呢？细看邮戳，辨认出是广东茂名，翻找出会议上的名册，厂家代表和地区代理的电话地址齐全，并没有来自茂名的。也许对方是出差途中，随手就寄了一封信？

不管怎么讲，如果她对此人没有印象，就说明没有意义，没有意义的事就毫无纠缠的必要，反正也没法回信。管他呢。把信随手一丢，她接着忙柜台上的事。

3

但"知名不具"的来信从此就开始了。

不算太频繁,有时每月一封,也有时隔半年。邮票上的邮戳不固定,江浙安徽一带居多,有时甚至近在南京郊县。这谈不上骚扰或伤害,人家好心好意写信而已,梅楠也没法去责怪。除了抬头的"你"有点怪怪的,行文与口气都很尊重,尊重中带着深切的关心。

"知名不具"总十分了解她的各种情况。比如她各季度业绩排名、所负责柜台的变动、被公司采纳的合理化建议、演讲比赛拿了二等奖等。这也不奇怪,系统内部的报纸、信息和文件,很容易能看到。但他还知道更多。比如她跟某品牌的二级代理商干了一仗,居然给柜台上多争取到0.3的提成;她陪总部下来的领导吃饭,醉到送急诊室挂水;她被最要好的同事抢走一个大单;等等。显然,他像雷达一样,从一切角落里收集与她有关的信息,并在信里替她欢呼和鼓劲,也会因为坏消息而忧心忡忡地表达他的感同身受,安慰一番,或是不偏不倚地替她分析下一步策略。紧接着,还会抄录一两段名人名言。司马迁,贝多芬,傅雷,爱因斯坦。哪怕已是人人知晓老掉牙的名言了,他也只字不落甚是认真。

不过总归有一点时间上的滞后,收到信时,梅楠前面所碰到的得意与痛苦，都已过去了，因此他有一大半的话，都像后知后觉，读来十分寡淡。写完关于她的成败得失之后，如同跑完重要景点的游客，他也会礼节性地稍许写几句他的日常。

从这些只言片语里，梅楠得知他妻子是名总账会计，两人是初中同学。儿子性格内向，但脑子很灵光。公司的人事斗争中，他时时处于不利之局。他有痛风之疾，时常发作。写到自己时，他总是点到即止，好像生怕梅楠不耐烦。其实梅楠倒恰恰是这部分读得细一些，还想着，看能不能从这部分内容里，去寻找到他的魅力或异质之处。然而没有，每封信都让她一再地感到，此人无色无味无波澜，也没什么能力和野心。说不定，时不时给"你"写上这样一封信，就是他生活里可堪圈点的重要寄托了。

信写到后面，他会有一个仪式性的收尾，抬头看看窗外，写下所见所得。外面有人叫卖东西，耳里听到蝉鸣，或是看到对面人家晾晒的被单被大风刮下楼。这部分只一两行，读到这里，梅楠就知道，信结束了。总的来说，"知名不具"的来信，不论从信息量、新鲜感或趣味性上来说，都是欠奉的。

尤其没有的，是性别感。性别感是个啥？其实只是梅楠自己的一种感觉。可能因为她当时年轻，自我身份上有点敏感，不管上司、同事、同学、陌生人，或者所谓的追求者，反正只要说到三两句，要不让梅楠明白自己特别是个女人，要不就是明白对方特别是个男人。

这一单拿得爽吧，我就知道，那刘经理只要看你一眼，他的笔头就自动签了。

批准你提前半小时下班，去换上漂亮裙子，晚上来参加一下。有你在，气氛会好得多。

梅楠你见客户要多笑笑，你的笑，那可是销售工具啊！

梅楠啊梅楠，等将来我有本事了，你就不要再跟出去拼酒了，太叫人心疼了。

总是这样的话。有的叫梅楠感动，也有的不以为然，但日常的友谊与爱慕之情，似乎就是这样表达的。相比之下，"知名不具"不写这些，哪怕是一些暧昧意味的节日，也从没有相应的祝福。他十分清晰地，也十分彻底地，去掉了她作为小可爱、小女子、小甜心、小美人的部分。

梅楠对此无所谓，只不过觉得，他既是这样，她应当郑重一些。但这个郑重的"度"一旦过了，似乎又带有女人意味的执着。她没有专门花工夫去查问，只是后来再出去开各种系统会议时，长三角或珠三角，厂家或卖场连锁，她会捎带着暗中观察，看看有没有哪位跟她的对视超过一般长度，谁故意绕开她，或过分热情地找她搭话。也有时她主动出击，跟疑似者闲扯，讲些可以理解为暗号的话题，但是都没有人露出破绽或有接头之意。试了几回，渐渐也就兴味阑珊，知道不会有结果了。

不知是那些会议"知名不具"恰好参加了，还是出于某种推理，后来有一封信，他谈到了这个问题。

"我想你肯定知道我是谁。我在第一封信里就告诉过你,咱们早就认识。我一直在等着你回信,地址就在手册上,清清楚楚,包括电话号码。我还以为你是有意装傻,或者是拿乔、矜持、懒、不信任、反感……没想到你是真的不知道。都这么长时间了,你还没有想起来我是谁吗,就一点心灵感应都没有?哪怕我明明就站在你面前,你都没有注意到我这个人,并意识到那就是我!"难得这么情绪化的。写了一整个段落之后,他另起一行,简短地说:"既然这样,算了,就不说我是谁了,永远不说。我也不再抱有指望,指望你能想起我是谁。"

这封信并不叫梅楠惭愧,反叫她一下决定放弃了,并由此轻松下来。其实她也倦怠于最终的相认,觉得那很庸俗,很寻常,甚至挺煞风景的。就这样,完全同意:他永远都别说出来。她这辈子也不打算知道他是谁。

4

这个小插曲并没有影响到什么,"知名不具"照旧断断续续写信过来,内容也仍是毫无变化的构成:罗列探讨她的成败,名人名言,他的一点近况,窗外风景收尾。

那期间,梅楠先后交往过几个男友。意外怀孕后,就跟那位男友办了婚礼。不久为了一个大品牌的招标项目,她加班奋战,不料致胎死腹中。这些生活上的麻烦,他应当也知道,并不提，重点仍是谈论她的业绩、调动机会、公司人际关系之类。但在名人名言里增加了一些女名人，秋瑾、邓肯、宋庆龄、潘玉良、特蕾莎修女、居里夫人和撒切尔夫人。梅楠发现，她们所流传下来的名言，都不是关于女人的，而是做事业、做人方面的。咂摸咂摸，挺有意思。可能这正是"知名不具"的言外之意？

三十四岁那年，梅楠有过一次大的职务升迁，一跃成为南京公司的二把手经理，在全国同级子公司里，她算是最年轻的。她连年销售飘红，辗转各个分部也都常胜不败，是应得的。但系统内部的闲话就太难听了，一片声地流传着，说她全是裙下功夫，四面八方睡过来的。反正一个女的，只要五官齐整，不是七老八十，总归是走这种路线。梅楠无处辩解，也不好发作，毕竟，倒在这个竞争里的几位候选人，有外地空降的，有几朝元老，也有谁谁的外甥。她赢都赢了，还不能让人出出气吗？

可她的气又往哪儿出？这些年，但凡难缠的癞痢头，全是她上。没有补贴的加班，都得轮她。还有连轴转的出差，到这种程度：天天早上起来都得找着房卡想一会儿，自己是在哪个城市。腊月里在东北催款买不到回程票，被困在小县城一个人看春晚。还有这些年她喝的白酒红酒啤酒，都能汇成半条河了，吸的二手烟都能冒个大烟囱了。是，她确实也热络，主动结交了不少关键人物，可绝对没有那种事情——越是大人物，可越是爱惜自己。记得有次她不小心把茶水洒在前襟，是夏天，白衬衣一下子有点透，对面正坐着的某副总马上就把在谈的事情停下，打开门，让她换件衣服再回来。人们的舌头啊，翻动起来，越是想当然的下流想法，越是吧嗒吧嗒来劲。最没劲的是丈夫，一方面觉得她升级后的薪水不错，可总是放不下奉子成婚的事，胡闹着说是替人背锅。又说起胎儿死于母腹，是她陪领导出差，"不当运动"所致。更不用说那些叽叽喳喳的女朋友们了，她们甚至都不愿意跟她一起吃饭买东西，反感她的健身与依然苗条，既然都女强人了，应当发胖长皱纹变得丑才对。伴随着狗屁的成功，梅楠成了孤家寡人。

只有"知名不具"那滞后的来信上，满纸都是为她骄傲的感叹号。他用感慨万千的措辞，重又回忆起当年的华东片会，他那时就从几个细节上，"准确地"预见到她的"远大前程"。他排数她这些年的上升台阶，好像一个圆满的复盘，以证明他的眼光。这封信写得啰里啰唆，可梅楠这回读得甘之如饴，觉得字字都像药粉撒入伤口，疗愈之效十分明显。

看看，到最后，只有这么一个面目不详的"知名不具"，能把升迁归因到这些年步履不停的辛苦。他是真的把她当作一个人哪。她赌气地，也是自我安慰地想，这世上哪怕只有他这么一个绝无仅有的朋友，能理解她，明白她，也够了，她会更加地勇于向前。没的说，她要离婚，继续我行我素。她要高调，绝不跟流言妥协。她要终生奋斗，把他们所有人都甩在后头！

这些话，只有他会为她鼓掌。她第二遍、第三遍地读这封信，一边在心里大声独白，宣言，甚至有点期待着后面的暴风骤雨，并想象着，等风暴过后，再像此刻这样，从容地收获他迟到但真诚的礼赞……现在，不仅是他的寄托在她身上，她这里，也有要给他看看的意思了。

不巧的是，就在她有了这样的一点闪念与一丝萌发之时，"知名不具"的来信却变得稀少，渐至于无了。

5

现在回想起来，可能跟世界的整体速度相关。梅楠可以明显感到，那是一个上升极快的阶段，不管是她本人、南京公司，还是总部，整个行业，包括更大的外部，感觉所有事情都在奔腾乃至沸腾，人人都在小跑步，毛孔里都散发出快、加快一点，多、再多一点的狂呼。添东西总比扔东西快，新朋友总比老朋友多。注定是过渡用品的寻呼机只风光了四五年，就被无情抛弃，人们递出来的名片上统统印起手机号码和电子邮件地址。

不过梅楠记得，那几年风行一种带编号可抽奖的"中国邮政"明信片，邮票是印好的，写个抬头签个名就可以四面八方撒出。她收到的特别多，次年三月份快要兑奖时，统统摞起来，高度能到她小腿肚。她每年都摞着玩，有时齐膝，有时能到大腿。

"知名不具"有两三年都没再来信。也好,别说是信,就是长点儿的药物说明书,梅楠也没时间看了。白天全是见人开会谈合同,晚上也同样是见人吃饭谈事情,还要插空上OA系统看文签文,连等飞机、连飞机晚点的时间都要利用上。梅楠想"知名不具"一定会知道的,她现在挺不错,虽然那些流言像红墨水点子一样,怎么着都有个印子在,人们还是会磨牙嚼舌取乐,但又能怎样呢?业绩摆在那儿,她又升了一级,到省公司了,还得到总部的一次全国表彰!

到千禧年的那个元旦,可能是世纪之交的说法把所有人都迷住了,除了往来品牌公司、上下游伙伴,连久不联系的同学老乡都发来漫天雪花般的明信片,真是天下谁人不识君,估计最后都能摞到屁股尖了。就是那个元旦,梅楠也收到"知名不具"一张,不是明信片,而是贺年卡,俗气繁杂的折叠式卡片,里头夹了一封手写信,以此延续着他的传统,哪怕已被外部加速度给拉扯得如此之长,如此之细。

估计是许久没写字吧,梅楠觉得他的字迹没有以前流畅,但还是兢兢业业地,以条目梳理出她这几年的重大事项,并在后面写上批语,哪些富有创新,哪些有所错失。可能是出于篇幅考虑,到名人名言这一块,他只写下"谦虚、谨慎、戒骄、戒躁"这一条,单独成行,注明这是毛泽东在哪一年的什么会议上所讲,是他认为最适合梅楠的四个词。读到这里,梅楠腰杆都直了,这多么地高看她!随后,他也三言两语地讲了讲他那边的情况。妻子到了更年期。儿子出国读金融，花费不少。他自己出过一次车祸，身体里多了两个钢钉。在公司里终于有了一次晋升，但明升暗降。写到末一行，照旧还是寥寥数语写景状物：虽然禁放了，外头还是有小孩在扔小鞭炮头子。今年迎春花开得比较早，蜡梅也香着，但桌上的水仙花锈得快。

梅楠匆匆读完三页半的流水账，乍一看有点滑稽，可得承认，这么读下来，心里还是骄傲的，看看哪，蓦然回看，她这几年变化多大，一直在攀升哪，像不断闪耀着冲向高空的火花。可紧接着而来的，是一阵孤清与凄惶感，像是灯影下的那一小方暗黑，"嗤"的一声，被一根小火柴无意中点着了，照到了，不大的一块，但却那样深重且沉重，虽然"知名不具"只字未提，而她自己，也从不曾觉察……又隔了好一会儿，才想起来，哦，这么说，他出过一场车祸，他妻子都更年期了，他们都那样老了吗？可这么些年，他就只有这几样事情想跟她说说？这里面似乎有某种残酷，或者说，平静的生活、普通与不幸，是不适合分享的，在他与她之间……他们的这种联结，一直都是社会性的，向上的，以成败论英雄的，这形成了遮蔽。正是这种遮蔽，使得他们很难抵达体贴的细节和内部。她的孤独，他的孤独，质地、形状全然不同，也全然不通……

梅楠摩挲着带有凹凸手感的贺卡，重新折好信纸，不大习惯这软绵绵的情绪。不管怎么说，这样的信，收一封少一封了。

想起分公司一个同事,每次吃完饭,他都会满足地打一个响嗝,然后挤挤眼,半带恶作剧地向大家宣布:吃一顿少一顿啦,同志们! 她勉强让自己笑了一下。可不嘛,所有的事都是这样。

6

到"知名不具"再一次出现,已是短信了。当时在开会,她被借调至总部已有半年,会上正在拉锯式地讨论所谓战略转移。"入梅以来一直阴雨不断,草木绿油油的都长疯了。午后突然放晴,阳光太透亮了,叫人睁不开眼。"混杂着咖啡味香水味烟味永远不冷不热的会议室里,嗡嗡嗡的低语中,冷不丁看到这样一条短信。梅楠认出了 —— 多么熟悉又平常的"窗外一瞥"。

午休时间,她又看了一遍那则短信,发现此号前面已发过两条。最早是一条海南岛简介,还引用了苏东坡几句诗。看看日期,想起来了,那期间她正在博鳌参加一个高层峰会,那回她可是出了风头,发言镜头都上了央视的经济新闻,虽然只有几秒……还有一则是半年前发的:"欣闻北上,大贺,更高的未来在等着你。"怪不得这条也没注意,那阵子涌到两部工作手机上的祝贺短信,每天都有几十条。其实到这一步,并不说明她有多能干,而是有人站错队,有人失了手,有人崩了盘。就这么几条赛道,但凡能留下的,也就自动往前走了。

翻看这几条短信,她意识到,"知名不具"不会写信了,夹在千禧年贺卡里的那几页纸,就是他最后一封手写信了。这是必然之事。所有的模式都会被新的灰尘覆盖,连稍微老点儿的论坛、MSN、QQ、博客,也早都瞬间卸载灰飞烟灭。梅楠竭力回想着,后来她把那些信、明信片、贺卡什么的,给放哪里了。夹在旧报纸杂志里处理掉了?这么些年,办公室和家都搬过好几次,估计早都变成纸浆又变成纸,打几个来回了。也无所谓,谁说非得保存呢?

梅楠知道自己,她那颗心,不仅冷硬,更有一种漂流感。除了整个外部世界的公转,她还给自己加码了一个自转,并已深深埋入她体内。也许类似加速器?她不能容忍自己慢下来,落下来,必须加速跑,拔地起跳,转动——三周,三周半,四周……想起她唯一爱看的花样滑冰,镜头紧紧跟随着运动员起伏伸展的身体,整个背景里所有的面孔都显得那样荒芜,微不足道,只有场中这一个人是清晰真切的,游弋在向心力与离心力之间,获得了一种睥睨人间的自给自足与百年孤独。

梅楠顺手查了一下他的手机号,号段属于浙江萧山。这并不说明"知名不具"就在那里。十几年过去了,他们这个系统调来调去很是常见。她搁下手机假寐,睡意降临中,有种模模糊糊的满意。嗯,还在那儿,一种平淡但稳定的参照物,像是河床底部的石子,不管河水如何湍急,它总归是在的。

7

可他⋯⋯死了。世上再没有什么是她的参照物了，实际上，她自己也已静止下来了。原来的工作，被一个跟她当年提任南京公司二把手时差不多大的年轻人全面接手。这时段的她，正处于一种很难描述的状况，尽管早已明了人情薄凉，可要说心境与处境上完全处之泰然，还是不大能够。

在她离婚后替补上，也陪伴过她辉煌期的男人，像是及时止损，意料之中地离开了，带走一套房子。养了十四年的老狗去年查出比较严重的心脏病，她在替它寻找安然离开的办法。同学和朋友里，皆是各种退休的终章与回响，聚会仍然不少，大家一坐下来就互相推荐牙医和中药调理膏方。以前人们总等着她第一个进出电梯；以前她随便发一个圈，点赞总是三四百——他见识了她一步步地上坡，可惜不知她这样一刺溜地下坡。真想知道，倘使"知名不具"再次来信，要如何替她总结，又如何评点，并贴上什么名人名言呢？随即又为这样的假设和期待感到羞愧。她软弱了，老了。

有没有可能——梅楠搁下老花镜，突然涌上一丝慌乱与疑心——死去的那位朋友，并不是"知名不具"？万一是她搞错人了呢？当然，这是典型的自救式的条件反射，人们听到坏消息时，常会突然幻想出一种希冀般的全面否认。

可确实，微信里有相当部分所谓好友，都只是萍水之交。每开一次订货会或是VIP答谢会，动辄就会加上几十位，销售业的通病——南来北往都是客。梅楠但凡划拉到连备注也没有的昵称，马上改为"不看他"与"消息免打扰"模式。说不定对方也早都屏蔽掉自己了呢。这没什么，大家心里都明白。

记得那次是要查一份市场报告，就在微信圈里搜"指数"，搜"份额"，搜"供需"，每搜一次，结果不同，但有个叫"顺其自然"的人会反复出现。点进对话框一拉，这人真是发了不少东西给她，全是转帖，贸易环境、原材料价格、管控政策等，都跟她彼时彼境的工作项目有关。在总部就是这样，有上进心的年轻人，闲不住的老同志，动不动就爱甩来链接，分享其私人成果，也分享他认为重要的业态消息。

梅楠继续往上翻，专业文章之中，也夹着别的内容，政坛或实业界的起伏沉浮与励志故事，比尔·盖茨、乔布斯、董明珠、默克尔、马斯克。她脑中一个闪念，这不是就等于当下的名人名言吗？虽然也经常有人发这样的，可两个结合起来一看……这就是他吧！她心里一阵得意，更感到一种智力与意志力的愉悦弹性，瞧，就算微信上这样近在咫尺，她仍旧会一声不吭的。

但她即刻就把那人的名字改为"知名不具"，一边在心里粗略推算，他该是早就退休了，系统内的会议上，他们共同出现的可能没有了。他应当好久都没有看到她了，但在他看来，无论梅楠怎么纵横四海，总还有百密一疏之处、背后中枪之虞，他这么替她精心搜罗推送，也算仍然在场，仍在助她一臂之力。

感人吗？似乎也不。梅楠始终没太想明白，这么些年，这纯粹单方面的虚拟性参与，对他而言，到底算是什么。反过来讲，对这番不求回报的好意，以她冷然的实用主义，又有几分真的在乎？他们这种淡而细长的交往，恐怕本来就只是诉说与误读、趋近与隔阂的产物。她甚至想过，有一天，当他或她离开人世，他们各自会有多大的概率，能闪过关于对方的念头，而那个念头的轻重程度，是不是也就跟窗外一瞥差不多。毕竟，漫长的生命中，人们各自在窗口看了多少莫名其妙、一闪而过的风景哪。

……直到此刻，到这一则死讯，梅楠才有一些新的感受，类似惊讶或遗憾，又近乎一记延时而来的追加打击：她不理解他，正常；但更恐怕，她也没有理解自己。几年前在微信里对"知名不具"的仓促指认，此时此刻的莫名起疑，都经不起推敲，并暗示了另外一些东西，某种始终在场的东西。

梅楠有点担心地再次打开他的主页——跟当初第一次点入，以及后来的几次点入一样，几乎是惧怕的，生怕会看到他的旅游照、家庭照或自拍之类，好在，除了儿子发布的那条讣告之外，仍跟以前一样空白，无色无味。这无助于任何正向或反向的推断，他就是"知名不具"，或只是另一位对不上号的朋友。

就算"知名不具"仍旧活着,并隐身于朋友圈,他们依然会处于遥不可及、互不相认的时间深处,这就是她和他之间的一种界限与约定 —— 只有死亡,与他们并峙而列,是独立第三方,也是唯一的主动者。从这个角度而言,梅楠又觉得,某种打破与跨越,从她看到死讯的这一刻起,已然降临了。

梅楠抚摩着光溜溜的手机,陷入一种既矛盾又喜悦的玄乎之中。

梅楠望望窗外,就像当年在信的末尾,总归会看到的一些描写。此时正是最惬意的秋季,高高低低的树冠上,有红有绿有黄,新叶子挨着旧叶子,旧叶子挨着枯叶子,一簇簇地在微风中摇动,阳光偶有照射,翻动的新叶子像钻石闪动。也没多想,她顺手把早上收到的每日天气,发到了她从未回复的那个对话框。

9月28日　星期二　*南京天气:阴转雷阵雨,东南风,风向角度120°,风力1—2级,风速5km/h,全天气温21℃—28℃,气压值1005hpa,降雨量0.0mm,相对湿度94%,能见度16km,紫外线指数2,日出时间05:56,日落时间17:55,月出时间22:27,月落时间13:18。*

不可能死去的人

1

前往义爷家的路上，我步子迈得很慢，一路上都在思考，接下来将要如何交谈。每次回乡拜会义爷，都是这样，怀着一种像是冒险的心理，心虚又尽量勇敢地，与他侃侃而谈，谈论周成山。

从小我们就知道，在东坝这里，提到周成山这个名字，要十分小心，因为有禁忌，你绝对不能用一种他仿佛已不在人间的语境语态。虽然早在半个世纪之前，就从南方传回他意外溺亡的消息。但那不是真的，在东坝，这是一个公理：周成山是不可能死的。尤其在义爷面前，在他那一辈人面前，哪怕就是含糊其词、顾左右而言他地跳过周成山这个名字，也是绝对不可以的。与之相反，你得结结实实、十分自信地讲一个故事，一种逻辑，或干脆就陈述一个事实，来推演和证明周成山的在世。这样的重任，从上一辈，接续到我们这一辈，尤其会落在往返于家乡与远方的东坝游子身上，大家总认为，在外面走动的人，会有更多渠道获知周成山的最新情况。

由于父母都已被接到南方同住，这些年我已回来得很少。每次回乡，都深刻感受到时间所主宰的变动，以小时候扔石子打水漂的池塘为例，眼见着它，水线从深到浅，漂过死鱼，河水发臭，干涸见底，到上次回来，已被扔满各种垃圾。可今天一看，它居然又成了清水一汪，还围起一圈讲究的木栏杆。我在倒映着树丛和天空的池塘边站住，回想上一次跟义爷是如何谈起周成山的，即使这次不能达成什么新的导引，起码不要与往昔有矛盾之处。

2

上一次回东坝是七八年前了，是秋季，算是特地回来报告关于周成山的最新情况。信源来自黄海。

黄海是谁？是周成山当年工作单位的直接上司，某编号工厂下属设计所的主任。最初传回东坝的周成山死讯，就是发自这位主任。据说，黄海主任本人的生命现也接近终点，最多个把月，应当挨不到寒露。可能因为我同在南方，也可能因为乡人高看我一眼，总之诸多在外发达的东坝游子中，我被义爷点到名，代表东坝人前去探看黄海主任。

实际上，东坝这边与黄海主任的联系，四十多年来陆陆续续地从未断过。东坝人以一种固执的长情，隔上一段时间，就会借着年节，捎带些土产山货，借着亲热问候的掩护，试图从他的口中，套取出周成山的真正去向。东坝人，尤其义爷那一辈人坚信，在黄海主任的大脑深处，一定深藏着事实的真相。只是出于某种特别高级、远远超出东坝人这个层次的绝密原因，打死也没法透露。现在嘛，不用打死，黄土已快到他头顶了。是时候了，黄海主任会对东坝人说出实情，只要派个人上门，略加引导，然后张开耳朵听着就行。

黄海主任住在干休所一楼，带个小院子，院里一圈无人打理的乱草与灌木，屋子里被旧东西塞得满满的，书、报纸、鞋盒子、行李箱、铁皮罐、长军靴、陶花盆和瓷脸盆，甚至自行车。进入他的房间得穿过狭长的甬道，床边挤挨着两张凳子，坐下来说话时，由于离主人太近，连视线都没地方投放，只能抛到院里那无甚风景的乱草丛了——那也比看着黄海主任要自在一些。他的眼睛布满白翳，白翳边交缠着血丝血筋，眼睑肥大沉重，好像一架来自时间深处的废旧望远镜。

床的另一边是一溜仪器，还有位护理员。后者看看我，又看看表，说最多给我一个小时，然后穿过甬道离开了。黄海主任做了一个拍床的动作，幅度很小："死在自己家里，挺好。"我一时不知如何接口，勉强找个地方放下月饼和水果，寒暄着说了一些早日康复之类的假话。他把眼睛朝向我："小周周成山的事,我已经讲了19遍,除了当时向上级报告、总结安全教训时的两次,其他的,都是因为你们东坝来人。来一次,我讲一遍。1971年9月12日,星期天下午,小周独自到西大坝水库去游泳,不幸发生意外。"他攒着劲,讲半句,歇下,再攒,讲下半句。

我没吭声,只报以愿闻其详的请求的笑。这显得不近人情。可的确,我想听到他亲口再讲第20遍,最后一遍。老人明白了,他把头歪向一边,示意我用吸管给他补一点水分。

"当天晚上六点多,单位食堂正开饭的时候,传来消息,有人在西大坝水库的小树林边,发现堆放着的衣服、鞋子和眼镜,裤兜里有钥匙和浴室证,才查出是他。我们分两路,一路组织捞人,同时派人去他宿舍,一切正常。洗好的衣服还在阳台滴水。手表搁在床头柜上。一本《物种起源》打开盖在书桌上,边上有读书笔记。没有找到遗书之类,只有一些信件。出于谨慎,后来也仔细读了。你们东坝一个落款'积庆'的人,有好几封。其次是一位姓田的女同学,有点谈朋友的意思,只是话还没说开。询问各方面人员,他才分配过来不久,虽不太相熟,但没有人觉得异常。我们也知道他是游泳健将,可淹死的从来都是会水的。西大坝那一边,连着找了两天,都没有发现他。有人分析意外原因,可能是卡在大坝闸口底部,那里有两块石料被冲歪了,形成一个鱼嘴式的槽口。但水坝左、中、右三个闸门,当天都没有开放,并无吸力,就算真被卡住,尸身呢?也有人认为水库某处有一个不为人知的窄小漏水口,他从那里给挟带到水库外头，流入下段的灌溉水区，继而漂到沿途哪个分岔水道。后面有一两个月，我们都在关注下段各河道，始终没有消息。所里后来替他置了一个墓地，放的是他的衣物。"

就这么些内容，黄海主任说了足有一刻钟，中间隔着嘶哑的喘息、咳不出来的咳嗽、抖着嘴唇摇头、仿佛睡过去了一般的闭眼停顿。我压住呼吸，眼光在院外的杂草和他脸上来回移动，试图捕捉任何的破绽或言外之意。

这一段"故事"，这些年来，但凡从黄海主任这里回去的东坝人，都会忠实地加以转述，如果每一回都有录音的话，放一放，比一比，几无出入，就像一篇范文。实在太熟悉了，我一边听，一边在心里默念着他还没有讲出的下一句。其实黄海主任眼下这种情形，有些漏漏拉拉本也无妨，可他宁可停下来蓄力也不肯省略，这更加让我觉得，他是在竭力对照"原文"。而关于"原文"本身，东坝人已分析过多次，认为其中有些狡辩的意思，详略比例不对，个别细节也令人生疑。比如为什么有遗书的猜想，为什么提到他是游泳健将，为何单独提到手表，《物种起源》有何寓意。从他离开宿舍到被人发现，咋那么快，洗好的衣服还在滴水？人就是这样，只要存了疑惑，一切就都是可疑的。我打小就熟稔这样的分析，疑心就像铁打的钎子一样，戳在我所有的思路里。

黄主任额上有汗，他把头在枕上左右挪动，徒劳地想找到缓解痛苦的位置。看得出，他是没有力气也没有意愿，再说任何话了。

看看表，还有半个多小时。我决定换个思路，我来说，说给他听。而沉默当然也是一种沟通，不是吗？

我接口说道："是啊，您刚才提到与周成山通信的那个积庆，在东坝我们都叫他义爷，他跟周成山原先是小学同学……"我注意到老人黄中带青的嘴唇露出一丝干巴的笑。明白了，关于义爷与周成山，相应地，黄海主任也听了有十几遍了，这是东坝人上门来找他的主要根源，也正是出于这个根源，我们都坚定地认为，周成山是不可能死的。由黄海主任传到东坝来的死讯，只是一个时势所需的烟幕弹而已。

我也不打算省略，且还要尽可能地加以渲染和刻画。毕竟只有这最后一次机会可以感动黄海主任了，他是我们唯一可以够得到的知情人。

为了照顾黄海主任的角度，提到义爷时，我都换成积庆。

周成山和积庆两个，最老早是一起玩泥巴的小孩，一起拖着鼻涕抱着板凳上学。周成山一般只上半天课，因下午要回家干活，可每到考试，他分数却总是最高，东坝人个个知晓，并人云亦云地称之为文曲星下凡。积庆呢，则是将将就就、中不溜丢的平常资质。

不过积庆家祖上在清朝出过举人，后来虽都败落了，多少还有点耕读传家的意思，积庆小学毕业后，家里人跺跺脚，东抠西搂，决定让他继续念书。那是20世纪50年代末，这里念中学的很少，几个大公社才合一个联办初中，离东坝挺远，得寄宿。积庆报到时，四处找小学里的熟脸儿，想着能搭个伴也好，愣是一个都没有。咦，那个总考头名的周成山也没来吗？放秋假时，积庆好奇地摸到周成山家，才知周成山寡母前不久带着他改嫁，本想着能借男方之力供他念书，哪料到刚嫁过去，那男人突患恶疾，掏空家底，数月而亡，连两间草房都贴到药钱里去了，寡母只好又回到东坝，再次守寡，身心俱衰，哪里还有周成山念书的可能。

积庆瞧瞧周成山，对比着一想，就凭自己，再怎么祖上出举人，这中学铁定是白念，要是周成山，那闭着眼都会是状元，真该换他才是。回家就把这意思说了。

这个交换的想法是重大的，但拿下主意来却是轻易——东坝人的算计，不是只以一家一户为单位，而是一种我们认为更精明、更高效的综合考量，是把东坝作为一个整体的。想想看，假如东坝只有一个孩子上中学，或者具体到积庆家，只有能力供一个，那肯定是供周成山划算，因为这孩子是能"供出来"的呀，就像好土好肥就得配上好种子才对。何况这又是积庆本人提出来的，大人的器量，只有比孩子更大的。积庆家说给四周乡邻一听，众人也都觉得很妙，好人好报、春种秋收这是古法，好钢用在刀刃上这是天理，人人坚信不疑。东坝真要出了有本事的子弟，那就相当于东坝的手脚长大，个头高壮了，不是大家跟着都荣耀吗？

此事中影响最大的积庆本人，更比哪个都高兴。他并不擅长念书，一直挺辛苦，而家里又时不时唠叨着上学多么费钱，倘能就此放下这副重担，最好不过啦。也不能说是他太小了不懂事，是他懂事了——从所有人的反馈里，他知道自己做了一件正确的事情，这可能是他在东坝的最大价值。

确实如此。退了学的积庆，自此，不仅在家里他有了当家做主的意思，在外头，也远比同龄孩子的地位高多了，好像他一夜之间就成了大人，不只是算劳力、挣工分的那种，更是会得到信赖、得到推举的那种。东坝的牛归他养。开春的鸡苗由他去进货。秋天收棉花，由他负责过秤。到冬天开河工，他给所有人发筹子记工分。过年前鱼塘捞鱼分鱼，他来给一家家分堆。甚至还没满20岁，就被提前说合上了最会持家同时又最好看的沈家姑娘。倒不是说东坝人就这么一根筋地顺拐，是大家心里都有数，眼睛也能看得到，为了供周成山，积庆家不容易，这些不容易最终都是落在积庆身上的。

主要是周成山实在会念书，各科目都包下联办初中的头一名，化学比赛还拿到一次全县第三，这不是天才吗？继续读高中？那还用说，直升县高中。县高中太高级了，真正地全面发展呀，像周成山那样聪明的，真是哪儿哪儿都抻开了。他加入了合唱团，"一二·九"比赛还是领唱。他负责给学校大喇叭值机播送，每天中午食堂里，老师同学吃饭时都听他在头顶上读中央的报纸。他靠着自己摸索，学会了吹笛子。他在运动会上创下县高中800米的最好成绩：2分21秒。不得了，不得了。消息每次传回东坝，大家下地干活讲，坐下来喝酒时讲，夏夜乘凉讲，下雨天打小孩也讲。大家没有讲出来的是，所有那些个好消息，可都是花钱的地方啊。课本文具一日三餐四时衣服不说，还有床单铺盖替换，白假领子蓝护袖，冬天的毡帽，雨天的胶鞋，起夜的手电筒，跑步的球鞋，统一的运动衣，笛子和谱子，上台演出的理发钱，比赛要交的证件照……周成山寡母那边，她自己都不够耗的，一文也指望不上，全得靠积庆家这边。谁都知道这一点，积庆也知道大家都知道这一点——没有二话讲，没有退路让，把干饭全改成稀饭来喝，肉菜全改成咸菜来吃，只管顶住。你既是已认下良马，如若不给它装马蹄铁，配鞍配鞭配辔头，这不等于是糟蹋了这匹好马吗？有且只有的这一匹呀。

好在积庆比周成山个头矮不少，给后者所置办的鞋啊衣啊，等旧了，用不上了，他都能接着穿好些年。只是过早的乡野生计使得他皮糙肉黑，腰背粗鲁，可身上那衣装呢，忽而像合唱队员，忽而像运动员，忽而又像民乐演奏员，只是统统长一号，鞋子有点踢踏，往往他人还没到跟前，踢踏步子声就到了，也算是东坝的一道景儿。最有趣的是寒暑假里，周成山也回东坝了，晚上在寡母家住着，白天总往积庆这边走动。他跟积庆站一块儿，两人明明是同学，明明一般年纪，衣服也都是高中学生的派头，只略有些新旧，可那种强烈的差异与对照，太滑稽了，滑稽得石破天惊又喜气洋洋，叫所有看到的人都忍不住要笑。可笑不上两声，又止住了，不是怕对不住积庆，是怕周成山难为情。

因为优秀学生周成山之所以急急忙忙起了大早，丢下假期作业过来，是要来干活儿的。是啊，他现在能回报积庆家什么呢，只有力气了，他有着那么强烈的出汗出力出辛苦之愿，像汗珠一样跳在额头上，每个人都能看得到。多好的孩子，这样着急地就要报恩呢。大家对他的热心，早先还只是飘浮在那些费钱的好消息之上，等看到这样的周成山，人们的偏爱之情就更加由衷地落了地，亲昵和踏实了。不要讲积庆家不让，不论搁哪一家，所有东坝人家都不会当真叫周成山做事情的。挑水，担粪，带牛下塘洗澡，坡子上赶羊放羊，怎么可能让他干这些呢？就光看看他一双长手，那一口白牙，听听他一口普通话，吹几支笛子曲，就已经太满意了，太够本了。大家有种感觉，不论是积庆家，还是东坝，实际上已经开始获得一种回馈了。虽则无形，可是无形得多么巨大。整个寒假暑假，积庆家简直就不用点灯不用生火了，有周成山在，就是一颗大明珠啊，每个旮旯都照亮了，所有来串门的邻居，哪个脸上不是亮堂堂的。

高中毕业之后，接着供周成山上大学，那也是小河淌水、自然而然的事。以县中第八的排名，稳稳地，周成山考到了南京航空航天学院。周成山像东坝放出去的风筝，直升到省城去了，这根风筝线，不仅是积庆家在拽着，东坝所有人也都悬着呢，没事把头仰一仰，眼光往远处张张，就能看到周成山代表整个东坝在出息着，越飞越高。

大学的花费比起高中，更多层次，更丰富了。比如，要一个小闹钟，否则上课容易迟到。往返坐长途汽车时要个皮革旅行包。得置一双皮鞋和一根领带，这可是一位大教授提出来的。要泳衣和泳镜，下水用。啥？咱东坝的老少爷儿们，哪个不会水？那是啥玩意儿？不久之后，周成山就寄回了他和校游泳队横渡长江的纪念照，所有人脑门上都推着泳镜呢。要小半导体收音机，因为要听英语节目。小组里要凑钱买计算器，因为实验课上要统计数据。类似的物品及其用处传回来，样样叫人开眼，叫人畅想。想想看，要不是有个周成山经常写信回来，跟积庆说到这个说到那个，谁能知道这些个哇。念这个大学，确实费钱，可确实也值，简直就是东坝所有老老小小、大眼小眼的，都跟着他一块儿念的。

到周成山快要毕业那个学期，为着毕业聚会、给学校赠纪念品、赈灾捐助什么的，花费更多了。这时积庆已娶下沈家姑娘，并生下大胖小子，家里多出两张嘴，而两个老人也出不动力气了，愣是全家再怎么勒起裤子扎起脖子，也是抵不住了，乡邻就自觉自愿地凑起堆儿来，给积庆垫巴上。不管怎么说，得让周成山在外头宽裕点，体面点，大家好像都有一种加速冲刺的心理，那么些年都过去了，还差这最后一哆嗦吗？甚至，得更漂亮些——希望，就在眼跟前，等着瞧吧，周成山一毕业就要分配工作了，就要进入轨道了，就要出成果了，成个人物了，说不定将来都要到北京发展，要成为科学家或副部长，成为国家栋梁呢。妥妥地瞧着吧，从涓涓到滔滔，那大江大河的荣耀，绝对是整个东坝从来没有过的。

有高有低地讲到这里，我稍慢下来："黄主任，然后就到了那年七月，周成山正式分配工作，到你们研究所报到，过了一个八月，然后是九月，到九月中旬，您拍电报来，说他游水淹死了。黄主任您说说，讲笑话也不能够哇，连头带尾，周成山工作总共两个月出头。不要说积庆那节衣缩食的一大家子，就到东坝扯一个大人小孩问问，不，哪怕这会儿，去外头随便问一个路上的行人，都会同意的：周成山他不能死的，不可能死。"绝没有一丝丝责问的意思，我很平静，像所有东坝人一样，自信这是一个哪怕讲到天边也不怕的真理。

黄海主任一直半虚着的眼睛稍许睁大一点点，表示他一直在听着我讲话，当然那表情，也是听了十几遍类似说辞的那种寡味与无奈。我承认，能打起这么久的精神，老人家肯定早就不大吃得消了。有一双手正伸过来，把体温计伸到他腋下，又查看了下床边的两台仪器。是护理员，她啥时回转的呀，我都没注意。看看表，时间快到了。可我这还有一多半的话没有说呢。"嗯，我在想……"我用力挤出我的诚恳和迫切，想着应当如何向她请求延时。这毕竟是与黄海主任的最后一次求证了。

"我也同意，周成山他不能死，不可能死。"护理员打断我。

我心里一阵澎湃。虽然这不是第一次，每次我们东坝人把积庆和周成山的故事说给不相识的人听，他们也都是这样，会由衷同意我们的想法。护理员给我杯子里续满热茶。这比她的认同更让我感激，我得到了默许，可以跟黄海主任多聊一会儿。

"您知道吗，就这一下子，跟当初突然间成了大人一样，积庆一夜就老了，成个老人了，垂手弓腰像个泥俑，一开口说话，浑身灰扑扑地直掉渣子。"也就是从那时起，积庆虽然年纪不大、没辈没分，可在我们东坝，大家都称他为义爷了。

听讲古的人说，上一回被冠以"义"名的是位老婆婆，老婆婆只两个儿子，都在东坝的一次大水灾里，为救人而没了，她就成了义婆，后来的养老送终是整个东坝一起来的。但这样一个称呼并不代表人们接受了周成山的死。这是两回事情。东坝人接下来就开始了最最顶真的追究：咱东坝的文曲星、大学生、国家栋梁周成山，到底去哪儿了？当然我们并不是要图他什么，一点没，只要他好好地在着，聪明着，出息着，哪怕永远不回来东坝这旮旯都行。但周成山万万不能就这么没了，我们手里都还握着他这风筝的线呢，反过来说，只要我们牵着这根线，周成山就一直会在什么地方高远着，好着。他的命在我们手里，明白吗？

这样的悬想，比之周成山的读中学、读大学，全然不同，那个阶段里，这边有汇款有衣物寄去，他那里有照片有书信寄回，可知可见。现在这样，可真是考验，也助长着东坝人的想象能力啊,在此后的漫长日月里,周成山开始以不同的形态"存在"于世上某处,这些形态,有的是有强说服力的,也有的叫人半信半疑,但其目标是一致的:否定最初那个溺水而亡的消息。

得到最多赞成的一个推理是认为,周成山是南航高才生嘛,太聪明了,身体条件又好,大学刚刚毕业,肯定是被国家选中,被安排着去哪里继续深造,学习世界最尖端的航空航天技术了。显然,这事必须绝对机密。冷战期,什么都是冷的,冷锅冷灶没声没息,连一缕炊烟都不能冒,何况要安排个大活人呢?天上的事情,你们不晓得的多了。研究所黄海主任所捎来的那一套,纯粹就是为了打掩护,再亲的人都必须隐瞒。

那时,咱们的原子弹、氢弹早都搞出了,包括"东方红一号"也发射到宇宙里去了,即便偏远如东坝,对这方面的成就,也都有种非常宏大非常神圣的感受,大家一致认为,凡是涉及这样壮丽事业的人才深造计划,确实应当机密,而随着时间的推移,也随着周成山的"深造计划"的推进,东坝这边的推理也在不断完善升级。他将来回来了,肯定不会再回研究所了,会直接派到核弹研究或卫星发射的基地去,进行最高级的实验,那种地方都是全封闭全独立的,比如酒泉或西昌,过几年,又有人补充海南文昌、辽宁葫芦岛……有一年,还有人带回一份报纸,上面就报道了某某核潜艇总工程师三十载不回家的事迹,当中父亲去世、兄长去世都是不闻不问,直到62岁完成国家任务了，才回家磕拜年逾九十的老母亲。听听，周成山年轻着呢，这才哪儿到哪儿。嘿，要是到60岁才回来，那他跟积庆，可都是老家伙啦。大家甚至有鼻子有眼地想象着两位白头翁的重逢场面……

例证的出现、可期的终点、带有细节的画面，让大家都很满意，觉得这与积庆最初的交换，后来的长期供养，以及东坝人的参与和等待，在分量和价值上是相当的。最主要的，这样了不起且高层次的去向，正可以稳妥地解释黄海主任方面所提供的，那明显说不通的死讯。

周成山虽则不可能再写信给东坝，可所有关于"两弹一星"，包括后来关于登月关于潜艇关于飞船的消息，不都可以理解为周成山捎回来的口信吗？那很可能都有他在其中默默做着一份研究呀。正因如此，我们东坝对天空、外太空、宇宙黑洞、外星球文明等方面的新闻总是天然地有种关注，觉得那跟东坝是有着秘密关联的。尤其是到我们这一辈，基本上都有太空崇拜症，对近些年发射的火箭或卫星熟稔于心，随便掰掰手指头一凑，能报个差不离。而每掰一个指头，也必然会十分随意地，用家常口气提到周成山：瞧瞧他，不是文曲星，而是满天星嘛，瞧这一颗接一颗的。

其次的一个说法，虽则不够高端，但颇通俗，也得到不少认同。这个说法认为，周成山的家庭背景与经历，可谓十分之清白简单，俗话说的，一张白纸好画图，白纸周成山肯定是被选中,去了对过那边(放低声音,用含糊的指代),身上有特殊任务。这个说法跟有部叫《潜伏》的热播剧可能有点关系,某位东坝游子受其启发,在回乡拜望义爷时首次提出这个推断,老人们都觉得挺不错。"两弹一星"的方向,来来回回地,谈得太久了,有些词穷。故而此一说法出来后,也得到不少辅助推理。对啊,周成山寡母日子不多了,他又未成家,等于是光溜溜一个人,最适合长期深潜于某个需要他的地方。有位回到东坝做电工的复员军人,还有名有姓转述他听到的一个例子,说是某部的一名战士,因其相貌与某某(高层人物,讳不提及)的失散儿子酷似,连颈子有颗大痣都在同一个位置,后来这名战士也发生了类似的突然消失,实则是更姓改名换身份,以看不见的方式去做统战工作了。

大痣?莫不是像越剧《追鱼》里那样,真假牡丹小姐肉眼难辨,"牡丹孩儿左手有肉痣一颗"?为了具有绘声绘色的说服力,有人故意唱念起来。那是戏文啊老哥,这可是一等一的真事,我亲耳听说。话讲到这里,越发真诚和笃定了,大家在讨论中再次达成高度的认同:肯定的,咱周成山不管是在哪里,仍是良材之选经世致用,未曾负了积庆与整个东坝的数十年挂怀与寄托。

另外还有一些叫人半信半疑但也不好否定的说法,比如,被派去援助非洲兄弟了,援助方向随着外部世界的发展而时有调整,医疗、制造、开矿、建大坝造路桥、架电线铺电缆、开银行做投资等都讨论过。可这样友好的去向为什么秘而不宣？是担心东坝这边舍不下周成山，或者说怕我们期望值太高？这倒是看低东坝了，我们早说过，只要周成山"在着"，那就会"好着"，他在哪里都会发光发热……提出这一说法的人意味深长地摇摇头：我们周成山那样的人才，肯定不会是普通地发光发热。随即说了个下棋的比方，说整个地球就是个大的棋盘格，国与国的互动，就是出将入相走马拱卒，普通老百姓看到的只是表面上的第一步棋，实际上，还有第二步第三步第四步的后手，而每一步后手，是以30年、50年乃至100年为时间单位来考察的。听说过美国那个"马歇尔计划"吗？20世纪40年代末到50年代初，对整个老欧洲的无偿援助。很可能，周成山就处于类似这样长远计划的核心，起码得等到第三步、第四步棋之后，他才会从幕后慢慢踱步出来，最终出现在东坝人的目力范围里……

与上述方向同等可疑程度的还有南美洲说，但这个说法第一次把周成山的主观因素上升到决定性的地步，在年青一代中有不少人推崇，毕竟，东坝游子们的专业和职业越来越广泛了，在家国与个人之间，考量的侧重点发生了微妙变化。此说是一位女心理学博士提出来的，她认为那个"突然发生"的假死，是周成山本人的意愿指向，连黄海主任都被蒙住了。

她从周成山摊在书桌上的《物种起源》，提到"物竞天择"说，又勾连到尼采的"超人说"，认为智商超群、知恩图报的周成山一定是雄心勃勃地想要大干一场，以报答积庆和东坝，报效国家和人民。对这一点，大家当然都无比同意。可她随即就向大家普及了著名的弗洛伊德，除了了不起的解梦与万物皆源于性的惊人学说之外，他还有个更深刻也更伟大的观点：人不仅有生存本能，更有一种内在的死亡驱动，而与此同理，人一方面会有"闻名"的野心，同时也会有"消失"的欲望。生与死，达与隐，如同一己之矛与一己之盾，两者的攻守力量不相上下。她举例说到一个名叫霍桑的作家的某部小说（书名太拗口了，没人能记住），里面就写到这样一个男人，有天平平常常地出门，却从此再没回来，跟周成山一样，不见人也不见尸，几十年全无音讯，而实际上呢，他就在街道对过的一间租屋里，甚至可以看到他原来的家，看到妻子进进出出。在所有人都认为他不可能再出现的小说结尾，他又平平常常地推门回来了，"仿佛才离家一天似的"。粗略讲完这个小说，心理学博士又回到周成山身上。在获得众口交赞与高期望值的背后，自幼失怙、独自成长的周成山还有另外一面，并不为积庆和我们所知。他委婉地把衣服钥匙等留在水库大坝边上，就是那"另外一面"的选择，对生命和生活的一种处置，恰恰与巨大野心完全相反。不是他一个人会这样，女博士随口报出几串听来很大的数字，那是最近几年日本与韩国失踪的人口数目。

得承认，这个说法挺没劲，也太过怪异，可是又有种欲辩已忘言的悲欣交加，仔细想想，也能想得通，可以接受！只要他人在不就已经最好了吗？当然，他不大可能隐身在家门口乃至能看到积庆的某处地方，东坝实在太小了，像眼皮一样，就算周成山变成一粒土坷垃也藏不住。所以女博士才提出南美洲，并具体定位到布宜诺斯艾利斯，这不免让人联想到张国荣的那些传说。大家有点失笑，冲她摇摇头，提醒说不必把后面这部分也转告给义爷。只要告诉他，不排除有一种可能，由于报恩东坝报效国家的雄心太重大啦，以至于他先得猫上一阵，缓一缓，当然这猫得有些久了，但没关系，等他哪天想妥当了，坦然了，自会重新出现：仍是一双长手，一口白牙，仍会给大家吹笛子。

其他还有一些说法，考虑到时间毕竟紧迫，我就只是提纲式、要素式地一带而过。对所有这些方向，黄海主任并没有指认或辨别的义务，这不在他的责任或义务范围。我只是想告诉他，关于周成山环环相扣的生命轨迹，凭着我们东坝一众老小的智慧和力量，已经一环扣一环地找到了不同的编织方法，唯一阙如的，就是他这里的一环。如果他实在不便用明确的语言来推翻"溺亡"之说，那么，退一步，他只需对我们这些环节表示默认，那也是可以的，效果一样，等于黄海主任也承认了周成山的不可能死去。这是我临时冒出来的，一个策略性的想法。

在我的讲述中，黄海主任一直闭眼休息，并没有表现出倾听的迹象。但我知道人们没法关上自己的耳朵，以他现在这种情况，应该也没甚能力来控制表情。果然，在我讲到"马歇尔计划"时，我看到他明显皱起眉来，继而面皮憋红，嘴巴用力抿住，呼吸加重。我抑制住激动，求证似的瞟瞟护理员，她也正瞟向我，随即冲我示意床下的导尿管。黄海主任正在排尿。

此时，黄海主任脸上已恢复平常，空气中并无异味，但我还是吸吸鼻子，以掩饰内心的空洞。我知道，就是再磨蹭半小时，再絮叨点什么，护理员也是会通融的。但已无必要，从这里不会得到更多了。我起身跟黄海主任告辞，一边不自然地再次祝福他的康复，并问候中秋节快乐。他从蒙眬中睁眼，微微抬手拍了拍床单，嘟囔了一句，跟我刚进来时说的一样："死在自己家里，挺好。"我不禁有点怀疑起来，好像我跟他又重新进入了莫比乌斯环的起点，我们才刚刚开始下午的这场谈话。

护理员引导着我穿过丛林似的狭窄通道，也许是因为刚才整理了一下导尿管，她中途拐到卫生间去洗手，并客气地邀请："你要洗吗？"我愣了一下，只好侧身进去，也打了点肥皂搓揉。她替我把水流拧大一些，哗哗声中，对着院外的乱草与灌木说："他早都老糊涂了。不论说什么，等于啥也没说，也等于啥都说了。真的，脑子坏了，完全不好使，做过的事，没做过的事，全搅一块儿。常常是我前脚喂他吃药，后脚他就忘了，还闹着要吃呢。"她说得非常口语化，像是对着窗户在自言自语，可她脸上的表情却突然间那样严正和权威，像是在替一屋子特级专家向我宣布会诊结果。

那次我回去向义爷报告黄海主任的最后情形时，就一字不差地套用了她的原话。我说，黄海主任等于啥也没说，也等于啥都说了。以前做过的事，没做过的事，他全搅一块儿了。我用一种特别缓慢的语速，以若有所思的语气，重复了几遍这些话。果然，它超过预期地准确抵达目标，实现了使命，周成山环环相套的生命就此流畅、立体、周全了。我记得义爷当时正坐在屋檐下晒太阳，像所有的老人家那样，薄薄的冬阳像一层披风，覆在他肩膀上，灰尘在阳光里泛着白沙似的光。我说了两遍之后，那披风就破了，因为义爷的肩胛骨高耸了起来，把太阳光支棱出两小块弯刀似的阴影。与此同时，我耳朵里听到薄披风被撕裂的声音，喑哑，尾声尖锐，直到散落在院子里的几个人扑通通地跑近来围拢住义爷，我才知道，那是他嘴巴里发出的哭声。哭声太烙人了，所有听到的耳朵，都被割碎了。

事后有人说，这是打传回周成山噩耗，从被推为义爷以来，他的第一次哭。这么多年的年月日，像周成山所沉落的那个西大坝里的水，一直满满地重重地蓄着，蓄在积庆眼里。

3

我从池塘边掰扯了一把绿油油的矮冬青，这玩意儿很耐受，插秆就能养活且四季常青，东坝到处都是，人们对它不大瞧得上。手上带这一把泼辣的绿，似乎多个抓落。毕竟七年多没来，义爷已近八十。

义爷还是在院子里晒太阳，垂老，但不垂死，甚至可以毫不打诳地说，比起上一次见到的他，精神头更足了。他的面孔，带着乡下老人特有的那种树皮感，细看那老树皮，沟沟坎坎中，分明有种"熬"劲儿，好像在跟什么念想拔河，并因势均力敌而越拉越长越拉越远，如陷浓雾，如隔山河。他与那个念想和作为仲裁者的时间，以及东坝的围观者，统统都定格在那里，天长日久无尽时。我突然意识到，只要周成山以某种方式存在于某处，东坝的古法与天理就会一直在，而义爷也就不可能死了。不可能死去的，更是义爷呀。我是直到此刻才想到这个的吗？还是说，整个东坝，尤其来来往往的一茬茬游子，早都明白这一点了？

义爷冲我扬手，又向边上摊手，问好请坐请喝水的意思，继而抬高下巴，那是问询有什么新情况吗。他周围坐着几位东坝小后生，像是高中生，凳脚边放着红色礼盒，看样子是家里派来问候的。孩子们正要走，看到我进来，重又坐下，同样向我投来等待的目光。那目光一望而知，周成山与义爷，仍然是他们从摇篮里就开始听讲就熟知于心的童年掌故。

我脑里和心里均是空空如也，舌尖上品咂着淡淡的压力，以及骄傲中的委屈感。确实挺难的。日常之中的人与生活，完全可以几十年如一日，无甚大变，可周成山不行，他如何"存在"已然是一门大学问了，需要不断地更新，深化，补充，延展，前赴后继地做出不同的花样来。

我喝了一口茶,仍然没有放下手上的一把绿:"嗯,这次回来之前,我去看了一下他的生基。"周成山当时在研究所才工作两个月,所里还是出面给他买了个地方,埋放的是他的衣物,这主要是黄海主任的争取,说他无家无口,单位得管着。但我们东坝普遍都认为,这个动作本身,并不只是道义上的考虑,还有更深厚的寓意。谁不知道呢,衣冠冢,常是为亡者所建,可同时还有生基一说,有为生者消灾祈福之功。所以我们东坝对那个衣冠冢,向来都是称为生基的,并深深信任着它对周成山的护佑之力。

我转动手上的矮冬青,惊奇地听到自己在讲话,非常自然,不慌不忙:"跟以前比,有点小变化。义爷您也知道的,除了我们东坝子弟偶有出差路过,那处生基是没有人照应的。包括黄海主任,他自己说过,只是当年落建时去过一次。可这回我去,您老人家猜猜,我看到了什么?"我瞥一眼手里绿油油的矮冬青枝,"就是这种,这样的矮冬青,生基周围插了整整一圈,我看看那根部,蛮粗的,恐怕长了得有三五年。谁插的这个呢?反正绝不可能是我们东坝这里人。"

这说明什么?一种留言一种信息一种意会?会是谁留下的呢?周成山本人?他的友人、爱人、后人甚或是外星人?我打住了,没有做任何阐释。这是一个技巧。一直是这样的,对新出现的信息或方向,我们初次提及时,只讲目力所及的表面现象，至于它的蕴意、它的指向、它的多种可能性，先空着，让义爷自去慢慢琢磨。而这个新的框架之下，后面一年年的，还需要有更大胆的猜想与更具体的细节，去主张与求证，去添砖加瓦，去起高楼建大厦。我瞥一眼义爷周围的年轻孩子们，心里有一种交付接力棒般的成就与狡黠。周成山那重重叠叠的永生之路，可又铺设了新的一条延长线了，后面，就看你们的了，得让义爷一直去拔他的河呀。

镶金乌云

1

到路灯一排排都亮了的时候，他们收工了，两只手机加一块儿，总共拍下四百多张脚与鞋的照片。小零送她回到红公馆附近，一边在"酒酿群"里发了个定位，像孙悟空戳土地佬儿，卖主果然立即现身，说正好隔两条街，这就送过来。然后两人坐在路牙子上等，照他们所习惯的，彼此隔开老远。

忽然注意到"口罩墨镜"——这是他给她取的诨名，因为从第一次见到，她就是口罩、墨镜，遮得没头没脸——这会儿正把墨镜往上推开一点点，露出一线眼睛。相处这么久，这是她头一次露出眼睛。小零忍不住用余光瞟了一下，那是一双弯弯的单眼皮，空空如也，遍是血丝，正像小泉眼一样，在往外冒着眼泪水，汩汩地，一直漫到宽大的口罩里。哎呀，小零马上站起身，默然地扭身就走。最怕这种情形了。这世界得有个规定才好——每个人都只许独自哭。

走出没几百米，突然感到身后有人在拽自己胳膊，以为是她跟过来。回头，看到一个仓促中使劲微笑的男人，一圈胡楂儿。不认识，继续走。

后面脚步继续跟着，嘴里还在送话，十分热情地："请问小兄弟，你老家，哪儿呢？瞧着，特别……像我弟弟。"

小零没答话，脚下也没有放慢。哪有什么老家，家都没得，他是背着门板独自晃荡了二十来年。打小就不记得爸妈，只晓得他们在外面做活，过年时才带着零食、鞋袜和玩具出现，"乖乖""肉肉"的满嘴乱喊胡乱抱抱。几年之后，爸爸说是从哪里跌下来，没了。又过几年，妈妈不再回来了。再过几年，哑巴奶奶也躺倒不动了，有出无进。有邻居瞧着可怜，给做了一碗酒酿鸡蛋花送来，他喂了奶奶半勺，奶奶嗓子里发出"哦哦"两声，像是满足地咽了气。那是他第一次听到哑巴奶奶发出声音。酒酿鸡蛋花还有大半碗剩着呢，热乎乎的，小零吃掉了。那滋味从此难再忘掉。

可惜刚才没等到酒酿小车子来，最疲劳的时候，他就弄一个酒酿饼，打散了加热，敲个鸡蛋进去搅成蛋花。虽然每回享用之时，都会被合租屋里的人拍着肩膀取笑："嗬，小兄弟又坐月子啦。"无所谓，都是搬来搬去的过客，谁在意谁，虽然张口闭口地都互称兄弟，连马路上碰到个糙汉也这样亲热，真是童话故事噢。

小零抬头看看路边的饺子店招牌，脚下迟疑，算了，那来碗饺子吧，胖胖的饺子总给他一种老老小小热气腾腾的家庭场景……

后面的人快走几步，压住喘气跟上来，嘴里乱七八糟地套着近乎："我是说啊，我要是有个弟弟，肯定就是你这个样子。你啊，完全就像十年前的我，不只是说长相，还有那个精神头儿！你明白我意思吧？总之我一看到你，就特别想跟你说说话。"这是什么招数？小零不理，进店，那人也亦步亦趋地跟进，自顾在他对面坐下，神色带着一种急迫感，偏又装作极其随意的闲扯模样："毕竟大哥我多吃十年盐巴，多走十年的桥，那还是不一样的。我多想有你这样的弟弟啊，亲亲热热地讲讲话……"

小零到目前为止都没吭声。就算是骗子，不妨等他展开。小零掰开一次性筷子，削去上面的毛刺，舀一勺辣酱倒到面前的醋碟子里。

"小老弟啊，我对你说。"那胡楂儿汉子一脸感慨的样子，"想我在你这个年纪，也是这样，满脑子的要干出一番事情，体体面面的，活得像个人物，加班加点拳打脚踢，那叫一个雄心壮志哇。"自说自话地，开始讲起他的奋斗史，县城第一份工，跳槽省城第二份工，同时兼职，同时还在考各种证书……

你盐巴吃多了才雄心壮志呢。小零心里直摇头，他可从来就没想过这些。他的朋友圈有好多人，全是客户，看房时加的，有的超有钱，有的超穷。只要对方不拉黑，他也就留着。有时随手刷刷，看他们五颜六色的各种折腾，乐极生悲，苦中作乐。真感到够够儿的了，他都不用再另外费心生活了。反正从一生下就输在所谓他妈的起跑线上了，挺好，就直接看他们跑吧。他早就摸索出一个保持安详的人生诀窍，就是，既不往前想，更不往后想，只管此时此刻，便好。比如这会儿，没有荠菜馅儿了就点白菜，没有白菜馅儿了就点韭菜，完了坐着，等饺子上来。这就行了。

"……唉，直到现在我才明白，咱哪里能是个人物，就是一只屎壳郎，天天推，年年推，推十年推二十年，推的都是屎啊，随便哪一只车轮碾过来，哦哟嗬，那就扁喽散喽没喽……"对面胡楂儿汉子欢呼似的叹息，瞳孔有点放大，眼睛虚空，怔了一会儿，眨眨眼，重新聚起光，换成亲昵的口气，"嗳？刚才那戴墨镜的，是你女朋友吧。现在时代好哇，男孩女孩都敞亮得很，你啊，可一定得好好玩。别看咱哥俩只差十年，我们那时就很封建落后，尤其小县城那地方，我的第一次啊，直到碰上我媳妇才……你跟女朋友怎么样，可别空放啊，好好玩。"他突然挤挤眼睛，加深脸上的笑，笑得有点脏乎乎的。

小零吃饺子不喜欢咬开，夹起一只，两面蘸好料，整个扔进嘴巴，上下唇抿拢，囵囵着满口嚼，这样滋味最为完整。他在满足中摇了一下头，还是没搭腔。他不认为此人是要骗他什么，也谈不上有多反感，只是不想接话。这人什么破眼力，一男一女走个路，就是谈朋友了？再说谁还有劲儿这样色眯眯的，别说女人了，只要是人，他都不太想打交道。真要是想来一发，有片子，有手啊，工具也挺好。

　　胡楂儿看来误解了他的默然，抹把脸，整个人往前凑凑，都快碰到他盘子了："哥是过来人，哥可跟你讲——做那事，要趁早，要抓紧，要多干。我搁你这么大，也满心以为，力气嘛，随叫随来，不急，先存着好了。其实啊，那猛劲儿也就两三年光景。去海边瞧过退潮没？没？那，总瞧过太阳下山吧。一样的，你就打个岔，就跟人讲几句话，就看下手机，一抬头，那红通通的太阳就滚落下去了。搞那事也一样，说落就落，说没就没了。比方我，这会儿就是有人把10万20万的现钱给拍在跟前，弄个大姑娘来，我也不行的！再说了，就算行，恐怕我一脱裤子，就想到家里老人，老婆，小孩……"他眼睛直眨巴，喃喃地，似乎被自己感动了，"你看啊小弟，我是真的跟你掏心掏肺，讲男人的道理。可惜我那时没人告诉我。你现在既是碰到我了，得听哥一个劝！"

　　二两十二只，三两十八只。小零一只一只吃，偶尔抬头瞧瞧。只见胡楂儿眼睛眯起，从老远处看过来似的："有花，堪折，直须折。这意思你明白吧。再一个，"他有意放慢语速，"你懂不懂，其实那花朵本身，也是满心满意想要被摘的。所以你要趁现在，就现在，用足你的劲头，好好地摘你身边的花儿。"

　　这是搞什么，他在教唆我睡那个"口罩墨镜"？瞎起的什么劲，有这么拐弯抹角的变态吗？再说，他跟那"口罩墨镜"，哪儿跟哪儿，不相干的，差不多就等于，碗里这一只饺子，跟外头随便一辆汽车吧，连名字都不知道呢。

最早，算是"酒酿群"的陌生群友。那天他带客户看完红公馆，红公馆是西城区最堂皇最高尚的所在，每回从那大宅里转几圈出来，小零就会有种特别的空虚，想吃酒酿。在群里发了定位，不久，电动小三轮就敲打着特有的竹板近了，十块钱四块酒酿饼。三块带回租屋，一块就手吃了，入口凉津津的，过瘾。正吃着，瞧见红公馆一期那边出来个戴墨镜的女的，拿了一盒，也同样当街而食，比他还傍，蹲在地上，头往前伸着，滴答答直淌汁，一口气三块，像是饿着了。她有哪里不太对。小零又偷瞄了几眼，哦，居然口罩不摘就吃上了。口罩被划了个口子，上半片卡在鼻端，下半片落下巴上。他下意识地掏出手机，侧过身，偷拍下她那滑稽的口罩。回家翻开"酒酿群"看了一下，那女的应当是稍早发定位的那位。出于一种渺茫的业务需要（她既是住在红公馆一期，万一哪天要卖房或出租呢），他试着添加，通过了。小零没说话，对方也没说。小零给她加了个备注：口罩墨镜。

后来又在买酒酿时见过两回，都在红公馆附近。她仍是口罩墨镜，没头没脸。他们互相看了一眼，都没打招呼的意思。小零斜提着手机，偷拍了她的脚。鞋子雪白，连鞋底都没沾上灰，好像下楼买酒酿就是它跑得最远的地方。

有天刷微信，刷到一张手腕图，动脉线上像趴着一只蜈蚣，割得一排粗细印子。哦，正是口罩墨镜。做啥，寻死还是表演寻死啊？小零其实也操心不了，手中还是一滑，把她的两张照片发去了：一张戴着口罩吃酒酿，一张是雪白鞋子。也算版权归原主，她万一挂了，可没地方发去。

果然只是寻死表演，或者是因为照片对女人总有种奇特的作用，她回复了："给原图。"就此，算是搭上了话。

她偶尔会主动留言，内容莫名其妙。"外头有太阳吗？"小零懒得开口，对着窗外拍一个空镜给她。"晚饭吃什么呢？"小零拍去吃了一半的螺蛳粉。"我是问，我晚饭吃什么？"连这也得别人拿主意吗？"周几啊今天，是休息日？""天这是要亮了，还是刚黑呀？"她莫非是住在洞穴里吗？

"我都八天没跟人说过话了。"有天晚上她这样来一句，小零回复一个羡慕的表情。他这里可是天天儿的都说得太累了。同一套老破小的二居室，一个下午带了五拨人去看，全都穷得拿不定主意，到晚上十点多还在语音里讨价还价。"给我想件事做做吧。我想了几个月，不，想了十几年，都想不到什么有意思的事。除了去死，简直没啥能干的。"

看看，果然就是闲得无聊的。小零感到有点厌弃，谁能管谁啊？他能带她玩什么？他啥也没有，最大的私人财产就一只手机，没事就出去拍拍照玩。"我后天休息，打算去大街上拍脚，拍鞋子。就跟拍你的那张差不多。"这也是临时这样想到，总归比拍人脸好玩一点。他每次出去拍片子，都喜欢给自己框个题目。他拍过牛羊肉批发市场，拍黑乎乎的五金店，拍小学生春游，拍凌晨四点的早点铺子，还有一个五一长假，他专门拍残疾人轮椅和假肢。

"意思是，后天带我一起？"她那丧尸般的被动口气，让小零有点不好意思拒绝，他其实只想独行独往，只得用警诫的口气补充："我可得跑一天，起码拍个三百张的。"

这就有了今儿这一整天的共同出街……斑马线，摩托车行，街心花园，过街天桥，宠物医院，地下道口。那么多的脚和它们的鞋，在踉跄，奔跑，犹豫，踩踏，蹲下，跌倒。拍到两百张时，小零感到脖子吃不消了，蔫瓜一样，越挂越沉。口罩墨镜始终影子般不远不近，不吭一声。太好了，最好跟奶奶一样，也是个哑巴。她背着只小双肩包，手腕上戴了四五个镯子，遮住了她的蜈蚣。瞅个机会，小零把她那些玩意拍了下来，坐下来吃饭时到网上搜了下。没想到，贵得离谱。倒也没有因此讨厌她，只是决定，中饭AA吧。

中午饭是在一家小面馆解决的，一人一碗面，另加了小炒肉和拍黄瓜。总算瞅明白她那口罩了，借着中间的皱褶，剪开一个裂缝，吃时上下扯开，吃完向上一拉，又恢复成普通口罩。他付了38块，提醒她刷另一半。隔着口罩，听到她嗓子里咕了一声，可能是发笑，也可能是打嗝。

下午又接着各处晃荡，没注意什么时候开始的，她也用她的手机扫拍起各种脚来。两个人分别勾着脑袋，走走停停，站起蹲下，像寻找啥丢失的贵重东西，情状可笑，也有种古怪的默契。这就是他跟她的全部了。请问，这里有什么女朋友男朋友吗？又何谈什么摘花不摘花的？

小零把饺子统统吃光，盘子上剩两小块正在凝结起来的肉汁和醋渍，双腿放松地伸直，吁一口气，却正面碰上胡楂儿"哥"恳切得几乎带有哀求的目光："咱再退一步讲，一个人跟另一个人，就像一颗豆子跟另一颗豆子，能滚到一起，是不容易的，不管时间长短，要当回事。就像咱哥儿俩，才十来分钟，可这交流多深刻！"

盘子空了之后，时间就变得有点慢吞吞了，小零急于拉快进度条，他想回去躺着，随便刷刷别人的生活。为了收场，也出于一点人道主义，他咧嘴露出牙齿，头也稍微地上下晃动，幅度小得不能再小。对面那胡楂儿马上就捕捉到了，并立即将之放大，浑身仿佛一颤似的，满意而感激地祝福着："啊小兄弟，我的小老弟，你可终于明白了。人就得听劝！有花堪折直须折啊。记着，这才对得起自己也对得起人家啊。"他像真正的兄长一样热泪盈眶。

2

胡楂儿刚才不是瞎说的。是真的，真的有人拍出20万来了，叫他去"弄"一个大姑娘。他无意就此事吹牛，别说吹牛，连人都不配做，连胡子都不配剃——他至今都还没法消化那个可怕的消息，永远无法消化。只有把自己不当人，最多是一个被数据算计和控制的"非人"，这样的前提之下，勉勉强强地，他允许自己继续呼吸下去。

是多少年的积累？不用扒拉，记得太清楚了，从第一份工作开始的，聚沙，积腋，十三年，瞧着那个数据，像一头笨猪，缓慢但结结实实地，一点点长肥……然后就来了，某类钱生钱的对话弹窗就那样准确及时地出现了，绝对挠到痒处，他一下听进去了，对啊，既然有了点资本，就应当加快一点，让数字不停地翻倍跳动。于是就头冲下跳进去了，怀里揣着的，不仅是他十三年养肥的猪，还包括他从两个姨婆和表叔那儿拉来的养老钱，从妻子那儿说合来的买房钱，给儿子备好的择校费之类。四面八方凑了个浓眉大眼的整数，极是漂亮。

太漂亮了，以至于都没有来得及眨眼，就像小视频那样切得密不透风，上一条还是叮叮当当钱滚钱，一转脸就是獠牙血口的大狼狗：他那整数目，分分钟就被撕咬得稀巴烂。

他也没啥别的能做，只能时刻盯着总部和本地的苦主群，任何官方发布与小道消息都点开来看，哪怕有人只是发几个哭脸图，他也忙着去互动，发更多的哭脸，再加几个拥抱表情。好像这样也算一种行动，好歹证明他还在喘气儿，还没撒手。故而群里有人要加他私信，半秒也没犹豫。

那人开口就知根知底地一口报出他那个漂亮的"整数目",又亲热地叫他胡楂儿,这是他在群里的哭诉,说浑身上下连裤衩都没了,只剩下胡楂儿……垫了几句闲言,忽然给出一个斩钉截铁的命令句,叫他去"弄坏"一个黄花大姑娘,齐某的千金小姐、独养女儿。齐某?谁啊,大领导?明星?新闻人物?就是咱们这个苦主群的上家呀!对方不满且愤然地提醒,他等于就直接地是这个崩盘的根儿。

哦。哦。胡楂儿快速发出一串带血的菜刀表情。心里存着些疑惑,又不想表现得那么软蛋。

为什么找我?/你不恨他吗?/恨是当然的。可他,上头还有上家,上家还有上家。/怎的,你倒还替他存个善念?/问题是,弄他女儿有啥用?/有人愿出20万。你若肯干,这就转账……

20万。胡楂儿在舌头上卷来卷去,像在辨认这个数目。比起他投进去的浓眉大眼,这最多算一根汗毛,可毛总归也是毛啊——想起老表叔老姨婆催着要钱看病的架势,这个胃,那个肺,还有大肠,统统都是定时炸弹,不知哪一个先爆。更不要讲儿子六月份的择校钱,是枪口顶到腰眼上的。想想当初,他怎么对妻子天花乱坠来着的?哈,支点与杠杆,以小博大,源源不断地膨胀而来。他们将会让钟点工包下全部家务,他们会去太平洋海岛度假,露天晚餐时,享用法国庄园红酒与意大利奶酪,而烛光和桌布是苏格兰风格。他启发妻子想象这些富有细节感的画面。

只是，去弄一个小姑娘……晓得了，怪不得找他呢，看准他是只小蚂蚁，真要出了事，准会无声无息直接被踩死。可是，他只是"非人"，也不至于到"死人"的地步。胡楂儿晃晃头，敦促肩膀上的器官勉力转动。

弄坏，弄坏。他懂的。此事的核心要义就是"弄坏"，那么，是谁来弄坏？是强逼还是不强逼，固然有不同，但从生理的本质上看，是一样的，对不对？

至今还记得跟妻子偷着搞的第一次，明明她是同意和乐意的，可多多少少，他还是动用了力气。世上任何事的第一次都那样吧，哪怕小婴儿的第一口奶，不是也得年轻的妈妈硬塞进去吗？这个道理，是多么体恤，又多么人情世故啊。胡楂儿稍微放松些，感到自己找到了一条线，不是辅助的虚线，而是一条笔直又真诚的实线。是的，念头一变，他没准就可以，和和气气地"弄坏"那姑娘呢。

起码有二十天吧，他都在红公馆附近趴着。只是没想到，齐家那位千金小姐却是个蘑菇，不管阴天晴天，长在家里了。有时出来取快递、取外卖，也是没头没脸地戴着口罩与墨镜，贴走道出，又贴走道回。唯有、仅有、单单在今天，算是有了不起的大动作，她不仅出来见人了，且一见就是一天。近十个小时的漫长尾随里——太容易了，他们自始至终低头而行，根本不看任何一张脸——胡楂儿一直没搞明白他们到底是什么关系以及到底在干吗,他们二人之间,怎么看上去那么懒散那么冷淡的,不亲不疼,不恼不痒。更没想到最后,好不容易看到那姑娘摘下墨镜,男孩干脆抬脚就跑了。太失望了。

胡楂儿感到脚底板上他忍了大半天的泡越发疼了。隔着绿化带,他盯着对面,行道旁的月季花落了些灰,可还是开得那么好看。一辆电动三轮车停下来,忽急忽慢不停敲着竹板,终于把那戴着口罩墨镜的蘑菇给惊醒了,她从手机里抬起头,左右看看,才发觉身边无人。她从三轮车上买了什么,口罩也没摘,坐在路边滴滴答答地吃起来,动作很硬,像一个不讲卫生的机器人,那样子看起来可实在不怎么样。

所以也是没办法的办法。那小伙子看来是目前唯一的机会,只有那小子离那姑娘最近。不去追问前因后果,胡楂儿只想掩耳盗铃地把事情给办掉,好歹的,能有20万,虽然只等于是给断头刀贴一张创可贴……

3

胡楂儿不是胡楂儿,而是韭菜,这是他姨婆的指认。"韭菜,不是遍地吗? 我远房侄儿就现成的呀……"讨论快要陷入僵局时,专门在桃娘工作室给大家搞卫生做服务的跛脚阿婆突然这样叫起来。

桃娘工作室堆满各种瓶瓶罐罐,这是她这个团队的特色。

经过长期的各种实践，工作室得出结论，液体最好用。她们开发了不同功效的液体武器，准确来讲，也不是开发，就是换个瓶子装而已。毕竟，人们总要使用各种液体，饮料、洁面乳、发乳、防晒喷雾、冲洗液什么的，塞满他们的随身包、卫生间，包括工作台和汽车座。如果目标为女性，借着拜会或闲聊或上厕所之机，把她某个瓶子里的玩意儿，给倒换成别的腐蚀性液体，可谓简便易行。倘若为男性，也差不多原理，包括在某些刺激时刻，液体常可提供助兴之功，喝点或抹点，也是立竿之效。故而大部分委托者，都十分欣赏此类液体方案，隐秘，精准，狠辣，又不至于弄出人命。

桃娘把近期的单子摊开来跟大家讨论。这样的例会一为鼓舞士气，伸张正义，也为确认最佳方案 —— 小三小四，偶然偷腥，办公室潜规则，师长猥亵，家族长辈乱伦，被熟人灌醉后下手。总之各种情况，情、理、法、欲，需要一事一议。有些复杂的单子，意见不一，讨论变得像陪审团，也像心理救助会，激烈漫长，不断延伸，给她们带去疲惫而正义的满足感。

桃娘把五子转来的单子排在最后。这单稍微有点特殊，委托人为男性，又是转手单。五子，哧，好几个人笑了，都有印象，桃娘工作室以前跟那人打过交道。

这时大家都累了。接吗？首先讨论。40万听起来不错。要知道，她们经常白干活儿，正义常常是倒贴，邪恶才有价码呢。具体分析单子，才发现五子也是转手的呀，从他手里，上溯到老邱，那是他退了休的师父，随即又扒拉出大王、老齐的背景。哦嚩，原来是搞民间集资的那帮子家伙啊，他们各有各的盘口，小盘口再倒大盘口，手上可滚动着成千上万人的血汗钱哪。40万算啥，不过是他们的40块、4块，这钱不挣白不挣，拍手通过。

第二讨论这个"弄坏"，这是五子当时的原话。她们固然擅长此道，但，这跟弄坏那些臭婊子、偷吃犯、老变态、强奸党，毕竟不一样。这次，可真是个小姑娘。小姑娘的"弄坏"，桃娘工作室可太知道了，那些被家人拉扯过来的小姑娘，十二三岁，十五六岁，她们不会笑也不会哭，或者总是哭总是笑，那是真的给弄坏了。某种不太好的感觉，像讨厌的烟味一样，在禁止吸烟的房间里，有点呛人，叫人透不过气。

有人咳嗽，有人梳头发，有人穿上外套，又脱去外套，有人喝水，然后跑卫生间。窸窸窣窣弄出各种声音。

有一个问题，我们都是娘儿们呀，没家伙可干。有人尖起嗓门叫了一声。大家好像突然才意识到这个问题。可不，没那柴火棍呀。没那腌黄瓜条呀。没那金针菇呀。没那狗尾巴草呀。各种轻蔑的口气嚷嚷着，以掩饰明显放弃的倾向。没有人提那小姑娘，可那看不见的小姑娘似乎就在她们当中坐着呢。

40万打水漂了，该着干穷活儿、苦活儿。工作室里做会计管出入流水的，叹了一声，喃喃自语，我们到底还是怂，只能搞搞老色鬼小色鬼。哼，大王老齐那帮子，她提高声音咒骂着，那可是真正的吸血鬼，一波波地下快刀割韭菜。

不不不。一条条嗓门又重新变尖了。转包，外聘，临时劳务佣工。只要找个长狗尾巴草的就成，多少还能落一层管理费呢。烦躁的情绪瞬间转向，莫名达成一致方向，就像烟味闻久了，就不觉其浊其呛了。

桃娘拿起桌上的一面镜子，不知哪个娘儿们的，敲了几下："管理费啊，当然，得厚厚地收，起码收一半。我有个主意——干脆就找一个韭菜好了，正好给他机会，出个硬邦邦的恶气。这样的话，咱们主持的，还是个公道。"

就是这时候，正给大家倒茶水的跛脚阿婆突然把水壶一顿："韭菜，不是遍地吗？我远房侄儿就现成的呀……"她向来寡言无语，没想到嗓门这么粗，听来很扎耳，几句后大家才听出，她那是哭腔，"我从来没被人跪过，就被这侄儿跪过一次，我四处躲让，他就挪着膝盖头跪着走，一边划拉他的手机，滑来滑去的，给我看他的什么讨债群，说里头全是他这样的，好多比他更惨，跳楼的都有两三个……"

4

收到桃娘回话的当天晚上，五子就打去了40万。这是五子当着一桌兄弟的面，大大方方却又面红心热地打过去的。

这本是师父老邱的生意。但是就在半年前，比照省部级，卡着65岁生日，师父老邱让自己正式退休了，当时还在六个弟子跟前搞了个小仪式,正儿八经地宣告:收手。谁到最后能不收手呢?尤其这行当,吃的是力气,吃的是狠劲儿,再怎么响亮的名声,也不能一直占着,那不得体。这也算老则当让,老而为善。他当时是这样发表荣休演讲的。退下来他热衷于泡脚,42度恒温,搁上艾草与红花饼,早中晚各泡一个钟点,睁会儿眼,再闭会儿眼,很像个退下来的样子。

他把所有弟子叫来时,也还是在泡着脚,隔着漂浮的草药看水中一双肥脚,像是五味秘制猪蹄。"正好欠着大王一个人情,老也担心还不上,毕竟都是往老里头过了。这既然找上我,没有二话,肯定要干。60万的小单子,不麻烦。"师父老邱竖起指头,"可有一条,我退了呀,又不是明星,可以胡乱复出。所以呢,把你们叫来。"老邱师父让六个弟子围成一圈,然后从怀里掏出他的骰子,当着大家的面一扔。别人没事爱盘个串儿老玉,师父老邱不,他没事就在口袋里摸摸骰子,这些年,可帮他拿了许多的主意。小骰子是独角鲸的牙,时间长了,给他摩挲得温温润润,散发出海洋般的高洁。

咕噜噜转了两圈半,骰子停在五点。别的几个弟子都嚷嚷着冲五子拍巴掌,显出祝贺的样子。

五子谦虚地笑笑,带点表演的,环视一圈:"留10万给师父买红花饼泡脚。留10万给兄弟们吃饭喝酒。给我40就行啦——搞手,搞脚,还是哪个部件?"五子觉得自己这台词很懂事。他有个秘密爱好——看电影,主要是为了跟电影里的人学着讲话做事。他觉得那样带劲。

　　师父闭闭眼,显然是在回忆大王通过手下转来的捎话,想了想,不做发挥,未做引申:"我这是原汁原汤的原话,弄坏,就是弄坏。"

　　弟子们相互丢眼色,好像一下全懂了。五子最后才点头,像切换镜头之前的那种点头,带点沉吟的点头,隐含着某种秘密的障碍。

　　所有电影里,五子特别喜欢《杀手没有假期》,基本每年都会看一遍,甚至也能像科林·法瑞尔一样,倒挂起眉毛来讲话。当然,他更欣赏法瑞尔的老板,有原则——不碰孩子。这多范儿啊,多么人道主义。大概看到第八年也即第八遍时,他也替自己想了一条——不碰女人。没有对任何人宣布,只把这个原则,像从来不用的手帕一样,干干净净压在内衣抽屉最下面。

　　师父老邱赏来的这一单,跟他的原则冲上了。这还不能退单,师父的面子且不说,叫别的几个兄弟咋想哪。当然,他肯定要保证他那条手帕洁白如故。跟电影里比起来,这只能算小问题不是吗?五子把眉毛竖起来,思考,果然找到了变通之道——桃娘。

　　宽泛说来,桃娘算他们的同行。不过桃娘手下,全是老娘儿们或小娘儿们,并且只接受女性委托者,类似于一个黑寡妇复仇联盟之类的玩意儿,从逻辑到行动,感情色彩很浓。

　　他与桃娘的相识,是在业务上有个交叉。五子的被委托目标和桃娘的行动对象，恰好是同一个人——一家连锁餐饮的创始人。这人也是活该，兄弟关系和男女关系，两头的绳子都拧巴成了死结，直逼他喉咙管。

这事其实只要一方出手就行了，单车现在都共享嘛。Lady稍息一下，让绅士出手。可桃娘顶真得很。怎么，女人就要靠边站，不劳而获？那要不反过来，您出手吧。五子只好退一步。那也不成，绝对不许男人再占女人便宜。总之她铁板一块地坚持，他和她要向各自的委托人负责。为此，他俩不得不多次沟通，协调方案，校验时间轴，从而让那个餐饮店创始人在同一时间和地点，以来自不同方向的力量，被打上两次红叉。

具体操作此处不赘，颇有专业难度，并且搞笑，几近一种死亡哲学的嘲讽叙事。

这让五子印象大为深刻。他认识的所有女人，只要是赠送的，哪怕一只小冰激凌，都会喜滋滋地笑纳，可这桃娘，白送她一条人命都能说"不"。这头骄傲的母兽，有意思。五子像男主角那样眯起眼睛摸摸下巴，感觉自己喜欢上她了。

不过这种喜欢，似也不完全是男欢女爱那个意思。桃娘和她的手下，五子见过好几位，都是兼职选手，有开水果店的，有大牌电脑地区总代理，有在家里做甜点烫衣服的主妇，有为人师表的助教，色色不同，但有个共同点：她们个个儿都像穿了件防护服，百毒不侵，刀枪不入，同样，也透不了任何的柔情蜜意。

正因为此，爱慕不爱慕的且放一边，哪怕就是对桃娘表示他纯粹作为同行的一种尊敬，也好。再说，请女的出来"弄坏"女的，甚至还有一种很平权很现代的政治正确呢。

正好要请五个兄弟喝一顿大的嘛，借着酒意，他透露出转单之事，并特意开了不少黄腔，表示出征服与猎奇的欲望，而桃娘这样的女干将，平等合作是唯一的性爱通道。他当着兄弟们的面，转给桃娘40万，像是派发出一艘风帆高扬的爱神之船。

5

"拍楼梯怎么样？"口罩墨镜又光秃秃地发来一条建议。饮料售卖机。包。晾衣竿。空调架。理发店。单车。树桩子。自打上次拍脚之后，她想起什么就发来一个。不论凌晨四点、早高峰、暴热天气，不管小零是否在忙，也不在意小零从不回复，像随手捡起一个没用的小石子，咕噜噜往小零这个方向扔。

小零坚持着不接茬，但暗中借鉴过她的想法，他还是愿意一个人出去。合租屋里总是待不住，太热了太冷了都想出去，被客户跳单了想出去，拿到一小笔佣金也想出去。

有天边吃泡面，边浏览当天战果。那天拍的是包，有点意思，但也累惨了。时髦男女逛街的包包没兴趣，主要跑公交车地铁和火车站，拍那些又鼓囊又难看的，一只只给塞得高低不平，满腹心事。那些不是包，是那个人的一天、五年、半辈子。

很奇怪，翻片子的时候，小零忽然想起那位絮絮叨叨的胡楂儿哥，一口面汤喝得有点呛，记起当时为打发他，自己算是应承过？这念头让他有点不自在。

隔了几天，她再扔小石子来，就半心半意地接了一下。计划是拍垃圾箱——不是静态，得抓住什么人扔什么垃圾。她实在想来就来呗。

口罩墨镜来了，一路跟着，有意无意地替他打掩护：踩着单车来回绕垃圾箱打圈。逗弄垃圾箱边的一只野猫。蹲在垃圾箱边上系鞋带。海鲜市场附近，她浑然不顾地躺到一个铁皮长椅上，椅子有点歪，散发一股子腥臭气，借着她那个角度，小零从椅子栅栏缝里，拍到了很多倒着的脑袋与倒着的垃圾箱，人们毫不留恋地抛扔各种东西。脑袋和垃圾箱上方，是飘着灰云的灰色天空。那组照片，小零有点得意。

事情一般就是这样，有第一次，未必有第二次，但有第二次，肯定会有若干次。

没头没尾又闹又脏的马路，他们走。挤挤挨挨的车站与人群，他们走。暮色里迎着一片红通通的火烧云，他们走。饥肠辘辘但哪里都不愿坐下，他们走。一前一后拉得老远地，他们走。

闹不清她到底是图个啥，好在总是哑巴着，好在总戴口罩和墨镜。这两点他都很满意。所以也就无所谓吧，大家都是无聊，跟男人女人跟有钱没钱都没关系。无聊，就是无聊本身。

至于什么花开堪折，花自己也想被折 —— 小零偶尔也会想到那胡楂儿的胡言乱语，心里发笑。倒是那个豆子的比喻更有意思，不过，一颗豆子跟另一颗豆子，就算偶尔滚在一处，仍是各自滚来滚去。一边想着，一边用工具解决下面。睡意与困倦中，他大度地想着，假如那个胡楂儿大哥哪天真的再找回来，表示那滑稽而落伍的关心，尽量吧，他会说出那家伙想听的话。

6

这回做东的是大银子，基本上还是原班人马再次相聚。银子是他们这圈子里的祖奶级人物，老太太八十有八，前后过手四个男人，把他们全熬死了，她还红光满面，半个城的电动车配件生意都在她名下，那些小车轮子可都替她财源滚滚着呢。来参加这米寿大喜的同辈人也不是太多，毕竟到这岁数了，总有人一路走一路就没了。

大王和老齐两个老家伙，被特意安置在两张桌子上，谁都知道，就是上次聚会，他们老哥儿之间，有点小情况。

上次是大王摆宴，他喜欢让客人把家眷都带上，然后席间他提着酒杯，一家子一家子挨个儿问长问短，像是伸出满是枪眼的糙手，抚摸小猫咪。走了大半圈，各家的哥儿姐儿都配合蛮好，气氛其乐融融。独是到老齐这边，他的宝贝女儿，脸上口罩未摘，墨镜还架着，刘海又长，整个没鼻子没脸。杯子没举，腔子里也没声。

"哟，小圣这么高了。不是说要出国的？哦，疫情。那，谈朋友没啊？"大王加倍亲切地，如常举杯。

老齐下半身晃动，显然在用脚踢，后来索性用胳膊肘捅捅小圣，后者仍然生硬地杵着，毫无反应。这几秒钟，显得特别静。以至老齐代为作答时，有点扎耳朵："是啊，出不去嘛。天天关屋里网课，都是大半夜起，白天睡。哪里谈什么……朋友。"

"半夜也这么着，稻草人似的？"大王多风趣啊。小圣衣衫肥阔、晃荡，膝盖头上两个大洞，可不就挺像嘛。大家都急急忙忙笑起来。

小圣把乌木椅子往后用力一顶，霍地转身，噔噔噔一路冲出去，正撞着上菜的侍者，后者手上盘子砸个稀烂，盘中之鱼像重新死了一次，摔成四五块，浓赤的酱汁在地砖上溅出大小若干圆圈。

大王盼顾自如，脚下不停，接着往下敬另一家子："瞧你家小子这宽肩膀，每天都撸铁吧？撸铁总比撸别的好。"还是这么幽默，大家来不及换气地，发出更响的笑声。老齐也混在其中笑，一边偷空忙着捯手机，给小圣发微信，旁边有人眼尖，伸着头咋呼着："还发，你还发？你被拉黑了呀。"老齐脸色通红，把手机屏收起："三个月没出门啊，我这好不容易拉出来吃一次饭……"随后也拔腿离开。

据有人讲，大王与老齐，从此就没再共过席。所以这次，得分在两张桌子上，但真正酒一开动，桌子就不存在了，河水一般，都流来流去打通了。可能是因为主人大银子的华发闪闪与慈眉善目，老家伙们不觉也互相搂抱起来，酒水浇灌中，讲出许多情深意长的话来。几条嗓子抢着回忆，早年间挨个小区扫楼，跑长途抛锚，被仇家用领带勒脖子。越讲酒越多，酒又变成热汗淌出来。

大王瞅瞅左胳膊里挽着的，又瞧瞧对面举着酒杯碰鼻子的，脸上个个沟沟渠渠。老齐也在里头，正呜里呜噜说着："断了，链条才到我上头，就一下就崩了，千人咒万人恨啊。我就是身家性命全抵上，也回不了天。只有装死，装死的滋味你们晓得吧，不如真去死⋯⋯"有人劝说，大形势不好啊，不是你断，就是他断。又有人打岔，问起他爱女小圣，他语调稍许振作一点，"也就是脾气大，整天关着门不搭理我。但最近出门了，动了起来哇。所以我就说嘛，不可能，啥抑郁不抑郁的，不可能的。"咳着假笑，倚醉卖痴地揉起眼角。

大王拼命张了几下醉眼，心里一晃，突然想起个事。电话把手下叫来，扯到卫生间，手放在拉链上："那事，那丫头⋯⋯"

"哦，正打算跟您汇报呢。"手下注意地观察老板脸色，嘴里斟酌地给词，"嗯，已有可靠消息，应当就在这一两天，快妥了。"

"快、妥、了？个鸡巴老邱，痴呆症了？这多长时间了，亏得我不是急活儿。"

"嗯,我估摸着,老邱也有他的考虑,觉着慢点更稳当……"真是多年跟班呀,说话不深不浅,可左可右,像辩护也像谴责。

大王皱皱眉,扯下拉链:"去叫停。"

"啊这个,费用恐怕……"

"甭管,你踩刹车时,还要算前面给的油?"尿出不来,空晃了两下,"真的是老了。啥都软了。"

上次"给油",也是在卫生间,等客人全散了,大王一边撒尿一边简单吩咐了两句:"难得请个客,看看,拂了大家的面子。得收拾了。"

"小的还是大的?"

"可怜天下父母心。当然弄小的。"拉上链子,手里已翻起手机。

"老规矩,老数目?"

"瞧这老于头,整天抄经文。哦,今儿观音生日啊。"大王把右手竖起,像交警拦车,"看菩萨面子,行个善。退一步,弄坏就行。"

"弄坏?"想得到进一步明示。

大王给手里喷免洗消毒液,这是净手。到佛龛那里,要上香去了,一边抬抬下巴:"跟老邱说,60万的活儿。他懂。阿弥陀佛。"

你瞧瞧,所有事情的诞生,都像一个婴儿,背后总归有一个爹,也就是引子。事情从引子那里获得基因与性格,又会接着往下繁衍一桩桩一代代的事情。人间之事，或可谓是父父子子孙孙、远房近房偏房。庄严的历史，轻佻的命运，乏味的生活，实则都是勾勾连连无穷尽也的大家族。现在的问题是，爹引子后悔了，要收回或改变基因，要刹车要倒车。

下人像上次一样，口里应着，连忙退出去，又重新联系老邱去了。

7

接到师父老邱的信息时，五子可正四脚不着百爪挠心呢。

当初转单给桃娘，他不是在兄弟们面前打出男女之意的幌子吗，其实倒是无可无不可的，主要是为了保护自己那条"不碰女人"的洁白手帕原则。哪里知道呢，这种狎昵之话一出口，又被众人闹哄哄祝了酒干了杯，次日醒来，不知怎么搞的，心里就有种蒙冤般的勇莽，张起的旗子总噼里啪啦直作响。确实，从通常角度来看，对于桃娘，一般人都不可能想入非非，可怎么讲呢，异类而求，非欲而取，不更是一种高级的境界，更像……电影吗？他牵强而辽阔地想着，心里的旗子舞动得更加厉害。可想想桃娘那硬邦邦的钢铁气质，不要讲没处搭手，就是想走近到50米之内，绕几个暧昧的圈圈，都是极其困难，难以想象的。

师父老邱突然而至的撤回之令，简直就是给他搭手来了呀。

五子捏住手机，像举着一个火把，一边巴望着天黑，可又等不及天黑，抛下一切就跑去找桃娘了。

他面目险峻，抱着一肚子的心事，竭力推迟着谈话，直至桃娘身边的女干将们一个个都下班离开。只有一个跛脚阿婆，碍手碍脚地拖得最久。她踮着脚，一丝不苟地清空每一只垃圾桶，又慢吞吞换上新的垃圾袋。五子盯着阿婆和她手里一个个的垃圾桶，似乎反而盼望着她能更磨蹭一点。他心里仍在盘桓，始终没有想好他的说辞与逻辑，怎么样才能在短暂的交流与表达中，显得更真诚更富有情义。

他暗中凝望仍在忙碌的桃娘，后者完全扑在手上的事务里，浑身散发出一种轻蔑干练的独立气势，这令他更加难以自持，他惊骇和伤感地意识到，他对她，从尊敬到浮夸，从浮夸到浪漫，又到了纯粹。几乎，或者说，事实上，他喜欢上了这个女人。

思虑万千中，五子差点都待不下去了。这样的情形，他从未遭逢，难以把握，以致都没有意识到，他所希冀着的黑夜已经降临，同样也没有意识到桃娘对他的洞穿——就在他欲走还留的慌乱与梦幻之际，桃娘霍地站起，十分不耐烦地向他径直走近，一只手遥控窗帘使之合拢，另一只手则径直伸来握住他的胯下，熟极而流地拉着便往沙发上去。清晰，高效，标准，每一个动作都那样的权责分明，完全把他当个前来收账的甲方。

……仓促、被动中的懊恼与自恨，像火山灰那样向他兜头而来。五子强忍住眼耳鼻口心尤其是整个下半身的堵塞，像临死之人挣扎着遗言，交代出促成此行的公务信息，似乎想借此挽回一点性别意义上的尊严。

桃娘戛然而止，一脚把他踢下沙发，同时已争分夺秒地打出电话——找韭菜，马上找到韭菜。她清楚这个单子的进展，流程上讲，今天已是最后一日，整个漫长的白天都没有等到回复，那么，也许就在此时此刻，某个地方，某张沙发上，同样的黑暗中，这种事情已然发生，正在发生，或者差不多要发生。而这家伙，居然还要来收账，居然活活耽搁了一整个下午！她伸出手，笔直指向五子，像举着长枪一样怒不可遏："滚！"

手机在凌晨猝然嚣叫，胡楂儿未曾惊醒。因他并没有睡着，他僵僵地卧在被子里，像所有卧在屋檐下失眠的人一样，只是做出了一个睡眠的姿势。

他知道时间已经到点儿了。他能感到有一只远方的手，正在伸过来，越伸越近，要把那他还没有热乎的20万数据给重新删除掉……

但是他可以拍着胸脯子说，他努力过了，一刻一分一秒都没有放弃，那两个孩子的几次共同出行，他都眼睛不眨地盯着——他后来搞明白了，他们只是在街拍而已。瞧着他们那二人各行各走、冷冷落落的架势，他同时也明白了，他们是这辈子都不打算靠拢的。

犹豫再三，直到今天傍晚，也就是四个小时前，他不得不去进行"最后的确认"。当然，他尽量表现得像是一次偶遇，虽然效果拙劣，同样拙劣的还有他企图延续的那种兄弟之情，隐私意味的关切，未等他结结巴巴地铺陈开来，那小兄弟就撮起两片嘴唇，向他吹出一个短促的口哨，虚假而明确地表示"摘花"之意。胡楂儿当然也可以高高兴兴地回以口哨，甚至愚蠢地与他击掌而和……但契约性的严肃约束使得他无法反馈，事实就在那儿：没有任何人"弄坏"任何人。他没有完成对方的委托。也没啥，他不是早就认清的，自己就是一只被踩压的屎壳郎。

胡楂儿晃晃沉重的脑袋，才一按键，未及开口，对方声音直炸耳朵，他不得不推远一点……

他轻轻嗯了两声，又轻轻放下手机，好似放下一个熟睡的娇美婴儿。积压太久的困意，大部队一样，从屋子的各个角落包抄过来，举手投降之前，他终于还是撮起嘴唇，吹出了一声不成形的口哨。外头起了一阵夜风，窗格子直响，像有人在远远的地方拍手而和。

寻
脉

桥头大市场的火，也没烧太狠，说是凌晨三点多就扑灭了，烟势却相当嚣张，悬于城东南半空持久不散。早起送小孩的，买菜的，晨练的，上班的，都还拍到的呢。只见那粗大的浓烟，长长地蜿蜒着，由铁黑至墨灰至深蓝，衬映着金中裹红、红中又泛紫的明媚朝霞，有如光芒万丈中的一条乌龙，煞是好看。许多人发圈，顺带抒发几句对桥头大市场的怀旧与悼念之情。

算算这桥头得有三十年了，也批发也零售，位置是偏一点，可挺红火，那时人们还用自己的腿脚跑着买东西。厨房家伙，被套窗帘，皮带皮鞋，喜糖喜帖，小孩尿不湿红领巾书包，姑娘的裙子丝巾头花，老人的护腰热水袋，出门要用的四轮箱……啥都有。宽宽大大五层楼，每层都曲里拐弯挤挨着两三百号铺面，家家都便宜，便宜了也还能再讲价。但凡会过日子的，谁去商场挨刀子。桥头等于就是所有小户人家的大仓库，能管男女老少的一辈子，要什么跑一趟就是。当然，能说这话的,起码得是四五十岁的"小老人",就算这拨子人,也早都不用腿脚而用手指买东西啦。小老人们在微信里睿智地发表拟人化的想法,认为这把因线路老化而起的大火,等于是桥头大市场的一种自决,就此烟尘遁去,也算顺应大势了。

董野没发圈,听到消息后他去了父亲房间。父亲当年,或者说他大半辈子,可都是靠着桥头市场那个319号的铺面,养家,并一路供着董野。老头小觑正好呢。他就坐在老头边上,刷了一会儿火场视频,画质很渣,摇晃着的火光外层,能听到有人在号哭。当夜跑去的耿大中回来后跟他打电话,说根本近不了前,安全线拉出有几个街区呢,甭说他家只是卖画卖画框的,四楼那些卖首饰卖家电的,五楼卖羊绒卖皮草的,也都给拦得死死的,就眼睁睁看着烧哇。

隔了两天,耿大中又讲,通知商户们去做登记了,有没有的赔,谁来赔,怎么赔都还不知道呢。过了火,又透了水,啥都没用了。还是你家老头子精啊,当初转手给我,可是价码最高的时候,看看我这几年,真的倒贴都来不及的。董野顺着话头,略微劝了几句。我老头当初是精,瞧现在,这不都傻了吗?人哪,两头一拉,都一样。

耿大中这人也有意思,其实跟老头就是个上家跟下家的交易关系,却像是抱养了一只狗过去似的,但凡桥头市场319铺子那边有啥情况,涨税,营业时间缩短,上面大老板换人,隔壁家两折抛货,一楼改游戏厅,等等,都要跟老头说道几句。

当然老头也特别喜欢听，还追问，还大放厥词，还胡乱支招。老头痴呆之后，耿大中就转头跟董野说。其实董野跟他也就见过两三次，但听听也行。毕竟，董野打小就在桥头大市场长大，假如说，每人都得认一个老家或故乡什么的，那桥头这里，对董野来说，就是。

眼下这桥头是连碗带锅地都烧了，耿大中以后怕是不大会打电话来了吧。董野一时感到悬空——其实铺子那边，他这里，还有件未了之事。小事，没太上心，主要也是提不上筷子，电话里讲，显得太重，最好是哪天路过，随口问一句才合适。可桥头位置偏，哪里又会路过，除非专程跑去。就一直耽搁下了。

傍晚，董野去玄武湖跑步，一路跑一路都在想他那"老家"。跑满十公里，煞住脚，叫个车就直接去了。

已不是桥头，是桥头废墟了。小时候觉得硕大无朋的L形大楼，前半片整个缩成一副歪歪扭扭的焦黑骨架。曾投映着灰蓝天空并粘着无数鸟屎的外层玻璃幕墙，成了黑洞洞的巨型大嘴巴。楼板裂缝里裸露着缠绕的钢筋，凶器般刺向仍有烟雾弥漫的暮色。两架橙色推土机正分头挥舞着长胳膊，咬牙切齿地发出击打之声，加速着桥头的消亡。已有小道消息，说这里会改成立体停车场，也有说要建胶囊旅社什么的。总之，就连这焦黑骨架，也快要没了。

围着大半人高的绿色围挡，董野慢吞吞地，绕到背街的后半边，他有点拖延着自己。这半边类似于后场，进出货都在这里，东西乱，场面更乱，简直崇山峻岭，是桥头铺子半大小孩们待得最多的地方。一楼那时还没改游戏厅，全是简餐区，挺实惠，铺子小老板、逛市场的都爱来吃。记得外墙面是仿竹林式的装饰，现已熔成一片片黑胶状的糊片，乱七八糟翻翘着，像扇面儿大的逆鳞。当初这里有个麻脸厨子是老爹同乡，常给刚放学的董野，端一碗只有油和葱花、没有蛋但依然特别香的炒饭，不要钱。

从一层的简餐区慢慢抬眼向上，如耿大中所说，这边果然还能看出大概样子。三楼，从左边数，第七个隔断，七隔断的中间窗台，这都还能分辨出。那里就是老头子的319号铺面。原来哪里要数，想不看到老头那一大片难看的粗绿条窗帘都不行。不知耿大中接手后换了没。反正此刻什么都不在了。只见横梁半塌的窗台，熏得乌亮。附近一排行道树，全是半枯半绿的阴阳脸。

摸摸后兜，没带烟。脚有点酸，慢车道上找个隔离桩子，董野坐下。小车子，电动车，行人，自顾来往，已没人驻足呆望了。刚才转了大半圈，也没见着有警察或看管的，兴许是下班了。那过会儿直接翻围挡进去？他拿出手机，拍了几张全景，又重新数了下，拉近，定到三楼左边第七个，拍那窗台的特写。回家不会给老头看的，都不会提这事儿。突然有人走近，拍他肩膀。

"行，我这就删。"董野嘴里先自服软，心里想着，那正好问一问管事儿的。一回头，却是位大妈，岁数不小了，脑门上缠着块花头巾："爱拍不拍，谁管你这。我呀，是劳驾你，也给我拍一张。就站这，带上后面这黑麻麻的一大片桥头。"

董野接过她的手机，依言而行。手机滤镜真是个好东西，再怎么的，透过它一看，都没那么残酷了。头巾大妈这张照，上半截像是个大型后现代装置，下半截的绿色围挡，则又像是框起了一处什么古迹遗址。

头巾大妈嘴里叨着烟，在手机上扒拉着放大，挺满意，董野没忍住，管她讨要了一根。"您老，在这儿，是有铺子呢？""真没眼力，我像做买卖的？我旁边小区的。可瞅你好一会儿了，你刚才拍个啥？"

两人这就扯上了。董野大概其地说了他吃过炒饭的简餐馆，老爹的319铺面和那不存在了的粗绿条纹窗帘。大妈冲满是逆鳞的墙面抡一圈胳膊，看遍桥头起落的样子："简餐馆，那都哪年的皇历了，你起码七八年没来了吧。游戏厅关了之后，又改成健身房，生意不行，也倒了。直到弄成大药房和棋牌室，这还凑合，附近小区老人多，正好有个去处。"随即开始吹嘘，说她是棋牌室元老人物了，长年风雨无阻，哪怕小毛小病，每天下午要来这里大战一局，嘿，病都能好三分。

头巾大妈讲到这里，突然停下，瞪着董野："嗳你给分析分析，我琢磨好几天了。都说这后半片，烟大火小，离烧透还远着呢。那你说，有些火烧不坏、水泡不怕的东西，应当还在吧，能不能去翻翻哪？"

咻呀！一下问到董野心尖上。他刚才没展开讲，主要是觉得，何至于跟大妈说呀——他一直念之难忘，以致终于还是跑到这片废墟之地，确实，也是想来找样东西的。是他小时候的一样东西，就在这铺子里，老头亲手所藏。东西太小了，老头又藏得好，他都没找到，乔大中更不可能发现。理论上说，应当还在。

董野煞有其事又抬头张望了一会儿对过的桥头骨骸，站起身，把头巾大妈让到隔离桩上坐下："您这，是落东西在棋牌室了？"心想怕不是金戒指金镯子啥的，就算真金不怕火炼，那镯子戒指，也得有碗口大才行。心里想到自己的惦记，起码，他那东西体积还行，好扒拉。

头巾大妈想是看出他脸上有点发笑，不悦地掉开脸，凹下腮帮子，吸她的烟。董野也没吭声。

隔一会儿，大妈却碎头碎脑地讲起她的牌搭子。徐会计、张工，还有钱委员，这是最近的基本班底。几年前，张工和钱委员还没退休，对家则是赵画家和赵师母。再往前，她刚退的时候，赵家老两口还没搬来，是童校长、段书记。她来之前呢，跟蒋院长打对家的是满主任。她报出的好像都是挺大人物，董野打岔问了几位，原来这只是他们相互间的一种叫法，总之会挑一个跟这位原来工作或兴趣相关的最大名头最好听的叫法，彼此喊着，图个开心。比如童校长，是一位退休地理老师。段书记，原来是个政工干事。张工，是做电器售后的。赵画家，是业余喜欢涂几笔。再问什么，就没有了。感觉他们除了一起叉叉麻将，似也没别的交情与了解。董野听得有点不耐，忍不住打断，说这样吧，要找东西，不如陪你找人问问。

头巾大妈使劲哼了一声，抱怨说她都找过了，都问遍了，说出于安全考虑，连桥头正经商户都不让进，更别说她这打牌的了。"敢情你，也来找东西？"大妈又把眼神戳过来，料定他不会是助人为乐。

这大妈真可以的，董野只得又交代了几句。

要找的，是他的玻璃弹子球。一个大饼干罐，积到大半罐，小学二三年级时的宝贝。当然，这是可以买到的，可他这一罐，没有一枚是买的，买的有啥意思，当然得是赢来的，无数场大战小斗，一颗颗自己挣来，这才金贵。

最老早的两颗，是老头子给的，可能也是哪里顺手抓的，却正经八百地，说这是一个奖励，那次董野破天荒地，居然考进班上前三十。不大不小的一对三号珠子，里头没花纹，对准阳光一照，透亮，董野没见过钻石，可他觉得，这就是钻石。他比眼珠子还要爱惜，但又得靠它们去出征，不久即输掉一只，仅剩的一只，撞得满是坑点，却打遍操场、巷子、野园子、周边大院、桥头停车场等各处，一场又一场地立功扬名，成为一只相当于皇太后那样的老龙珠，替董野收球无数，直至装满大半个饼干罐。

其实那回考到前三十,是撞运的,只撞了一次,后来又重新跌回到倒数十名,老头也没啥反应,主要是顾不上。老头很算计,从来不雇帮工,从开张到落门,铺面就全靠他一个人盯着。挑货、进货、理货、上货、换货那些,就得赶早或趁夜,自家忙完了,有时还要相帮别家铺子。

桥头有这个风气,尤其是女摊主或手脚不利的或年纪大的,吆喝一声,大家一起出力气。忙完了,就几个小老板坐在纸箱子边上,拆几包豆干或咸鱼,分一瓶高度烧酒,直喝得七横八竖。反正董野每天放学回来,在麻脸厨子那里吃一大碗没蛋的炒饭,就到后院去耍,鼻尖贴地,屁股朝天,尽情地大战弹子球。桥头院子的小孩彼此相熟,每个角落和角落里的野猫也熟,甚至停着的小货车也都熟,装货卸货的男人们在不远处发出忽高忽低的吆喝,一处处的麻袋纸箱堆得小山高,有种热气腾腾、兴旺发达的样子,叫他感到一种集体感般的安心甚至富足,这是董野一天中最巴望,也是最快活的时段。总要玩到天黑透了、弹子球看不见了才回319号铺子。

柜台后面,有他一个做作业的小角落,大小刚能坐下,头上一层层悬着各样领带,周围堆的全是衬衫盒子,像个掩体。董野挺喜欢,在这个掩体里,他得对付最讨厌的没完没了的作业卷子,可是不怕,边上有他最心爱的一大罐玻璃弹子。这就能挨过了呀。他只用一只手忙功课,另一只手呢,就搁在那罐子里头，无意识地拨弄着，偶尔随机地掏摸一颗出来。嘿，这五彩旋儿的，前主人是隔壁班那小结巴。这只傻大个儿光板珠，丑虽丑，体量大呀，当初能赢到手也是侥幸，轮到他打珠子时，对方正好在地势斜下处，就力借力，出界喽！有时也会摸到老爹给的那只老龙珠，满是坑洼嘛，他不拿出来，只团在手心里，焐一焐，再轻轻地感激地埋到罐子最深处。

"你要找的，是一罐玻璃珠子？"大妈这回也还了他一刀，笑得直咳，连脑门上缠着的花头巾都有点歪。

"我查过，玻璃起码到600度以上才会变软。你看这半边的窗户，都是掉下来碎的，不是烧化的。再说，我装在铁皮罐子里，铁的，更扛烧，得1500度以上。"

"不是说化不化的，你这，一罐玻璃球！"大妈理理头巾，把笑好不容易收住，重新皱起眉，"那骨头呢？你帮我查下，牛骨能撑到多少度。"

"牛骨头啊？"董野实在难掩惊讶。大妈这岁数，总不会没熬过肉骨头汤嘛，工夫到了，骨头都是能嚼成渣渣的。

"是一副牛骨麻将，牛头骨。你玩过牌的吧，手感是最最重要的。市面上卖的那种树脂，可太没劲了。黄金玛瑙翡翠的呢，咱也没那福分。玉石的玩过几副，我嫌沉，冬天还冰手。瓷的呢，瞧着讲究，可容易磕着碰着，不尽兴。嵌竹片的虽是耐实，却又轻了一点。怪不得说，最上手的得数象牙，那牛头骨，也差不离。满主任的这副牛骨牌真是不赖，大小轻重都特别趁手，养得润润的，全是我们这些年的手汗手油呢，不止我们，他这是祖上老货，还有老一辈儿的人们盘摸出的包浆，哈哈。牌盒子也好看，上面刻着几道山山水水，赵画家说是鸡翅木，值大价钱，满主任怕人给惦记着，就换成个铁皮盒子，哐里哐当的特难看。现在想想倒好，你说得对，铁皮盒子更耐火……满主任那人哪，脾气特别不好相处，可就凭这副骨牌，大家可都认他。"她又开始扯回到麻将搭子们身上，说徐会计总跑厕所，还不爱洗手，讨厌吧；童校长胃不好，零食不离嘴，弄得到处黏糊糊的；钱委员是悔牌最多的，还把牌往桌子底下掉呢；赵师母啥都好，就是太冲鼻子，你说打个牌天天见的，全都老得嚼不动了，还喷香水作啥。

董野一边听一边分神，敢情她想去灰烬里捞的，非金非银，是满主任搁在棋牌室供大家玩的一副牛骨麻将，虽是所谓老货，说到底，跟弹子球一回事，都是个玩意儿。再说，他心里替自己辩护，后来他那罐弹子球，早就跟玩没关系了，反倒成了"玩不了"。

还是跟老爹有关。那天很平常，没考试，没闯祸，不是新学期开学，不是妈妈忌日，铺面生意也正常，连周末都不是，前不着村后不着店的个日子，冷不丁地，动作很大，喝酒归来的老头子，一把地，把董野从他的小掩体里拽出来，他正右手捏着笔左手攥着弹子球自得其乐呢。明晃晃的日光灯下，一时吓住。老头子倒是没揍没捶，只是开口训了一段，也无甚新意。

就是叫董野要好好地搞作业搞分数，得玩儿命地弄。这话他以前喝过酒也会咕囔两句，今天却展开来，讲得长段长篇，却又毫无体系，更像是扯闲话——你看看137号黑秃头，看看145号的韩二姐，205号的高低脚，还有楼下炒饭的老麻子，他一口气讲了一堆桥头男女，挨个儿地排数他们，还配以长吁短叹的感慨，听起来，他们个个的都是活闹鬼苦命鬼，简直没有一个人的日子是值得过的。董野垂着脑袋，听得稀里糊涂。你要再玩下去，你跟我，跟他们，就一模一样了。老头咬着牙关说。本来就一模一样啊，董野心里想。桥头铺子的这些黑脸黄脸、瘦男胖女，真的都差不多，有人经过，就扯着嗓子笑容堆面地吆喝，没人了，就灰不落拓的落眉耷脸。董野经常从他们铺子前跑过，从来分不大清谁跟谁。他只留意弹子球，谁谁谁有什么特别的弹珠，惦记着下次要打进自己手中。一想到弹子，左手里焐着的弹子球忽然被汗水黏住了。一下子预感到，老爹怎么就不凶他不打他，语气怎么这么平淡，甚至可以说是抒情。果然，老头正弯下腰，在他的小掩体里掏摸，嘴里平平淡淡地下着死命令："这个拿来，再不许碰。从此，你只许搞作业搞分数。"

那还不如捶死他算了。要没弹子球，别提做作业了，放学都没劲了，回家都没劲了，活着都没劲了。这一大罐都快满了呀，多少的心血心力，跪着爬着，膝盖上都磨出茧子来了呀。董野感到自己呼吸都快接不上了，活脱要淹死一样，嘴里勉强冒出半句争辩:"可最早也是你给我的……"

老头子听到这句,笑了:"正是呢,解铃还须系铃人,该着我拿走啊。"

眼睁睁瞧着,心爱的铁皮罐子,被老爹从他的小角落,一下子抓提出来,暴露出来。老爹晃荡着,像要倒一盆脏水,弹子发出闷闷的搅动声,听来像被捂住嘴的啼哭与叫喊。

"那能不能,替我好好地留着?我保证不碰,但你得留着,一颗都不能少。你给我说个任务,我完成了,你就还我,好不好?"董野手脚冰凉,小腿发晃,胡乱请求。搞分数就搞分数,他不是也考过班上前三十名的。真要把珠子全散了,他一定会马上就死掉。

老头儿盯着他,看了一会儿,又原地转两圈,四处打量他们这个十四平方米的铺子:"行,我替你收着,就搁这铺子里,你不许找。我保证替你留好。然后等你,嗯,考上个好中学,就还给你。"

弹子总算给保全了。三年后董野并没有拿到 —— 老头儿一摆手,对着面前的录取通知书,自斟自饮地敬一大杯酒,喜不滋滋儿:"看看,亏得我一把头截住,你这不考上育才了?区重点哪小子!看看,这一年,老爹让老麻子给你在炒饭里加上两鸡蛋,也不是白给的。儿子,接着冲,一口气地冲,整个重点高中,把这正道给走稳了!那到时,我真没话说,肯定给你。"为了强调他的信诺,还伸出胳膊上下左右地指着铺子虚晃了一圈,"放心好了,就搁在这里头,大铁皮罐子囫囵着呢,珠子个个都好着呢!"

其实董野当时的玩心已经淡了,真要还给他,也未必会碰,就算想玩,也找不到伴儿了,外头也不大流行了。他只是怪想那些弹子的,好像是他身体的一部分,老悬在外头,整个人总觉得不全乎。那晚趁着老爹酒醉,他仔仔细细扫了一通铺子,连绿条纹窗帘杆子上面都寻摸了一遍,愣是没找着。思来想去,只有头顶没找过了,他盯着日光灯看,反复看,它后面那块天花板似乎有条松动的缝。肯定在那里,只会在那里。但这就得要架起个梯子,动静有点大。作罢。最最主要的,他是想让老爹自己拿出来,正儿八经、手过手地交还给他,那才像一回事。不就重点高中嘛,考来就是,他现在不怵考试了。什么前三十,前二十,前十,他早把碰巧变成了必定。

……耳朵里一直叨叨着的头巾大妈也不知讲到哪里,听到她突然停住,扭过脸来冲着董野:"两个人一起更好,我们再去找找什么部门,没别的要求,咱就是去翻一翻,他们派人盯着也行。但你不要跟他们讲是玻璃珠子,我也不讲是麻将。或者你再打听打听别的铺子,万一有人想翻找金银财宝什么的。人多了,东西值钱了,那就好去讲话……"她劲头很大,不达目标不罢休的架势,接着又主动扔给董野一根烟,显然是想巩固好他这个同盟军,"要不拉上你老爹?我们两个老不死的冲在前面,哼,他们就更不敢拦了!"

"我老头早痴呆了。他天天早上睁开眼,浑不知天上人间,都不晓得铺子早转手了,顾不上拉屎洗脸吃早饭,只一条,急急忙忙地要给铺子开张,嘴里还高一声低一声吆喝呢。"

就算没生病,老头子怕也早就忘掉弹子球了,这无所谓,包括董野自己,也有意无意地按下这事不表。中考他也干得很漂亮,桥头几百个铺子的小孩,统共就两个考到市重点,另一个那还是在外头借读的。打那之后,麻子大厨炒饭时不仅加鸡蛋,还加虾仁了。董野自然也越发地自矜自爱,那个暑假,只歇了一周,就报了补课班,老头掏学费时可利落了。当然,他一丁点儿都没有忘记弹子球,甚至比三年前更强烈地想拿回到自己手边。但就这样吧,就让它们还在铺子里远远地悬着浮着好了,像是一个已经中了,可他偏不去兑换的大奖,就算老头子忘了,只要他没忘,就一直在,一直有效。

不急的,还没忙完,也没法当真歇口气,过了这一程还有下一程,总有新的任务在前。高中完了,就是冲211大学,四处投简历找份工作,做小伏低拍马屁喝大酒,争取一步步晋升,最好能一年赚他个十来万,总归要攒出首付买上房,这样才能找个好人家的媳妇 —— 这都是老头整天挂在嘴边跟他叨的。反正他是死守着319号铺面,肉嗓子喊累了装小喇叭,名片没人要了就发彩页广告,衬衫卖不动了就做T恤做圆领衫做运动服,有起也有落,大部分时候将将就就,有时赔本,也有两年赚了不老少的,总归能托着董野一程程地去往前奔。

到哪一年才收手的？对，是白内障实在太严重，得做手术了，而董野这里儿子快要出生，家里需要人手，老头这才不情不愿地把铺子出手了。他开了个很高的价码，一会儿嘴松，一会儿口紧，把个耿大中给谈得精疲力尽，连卖不出去的发黄了的老款衬衫都统统接手了。老头子啊，确实是精明过头了。就比方说这弹子球，当初带给他玩儿，等于一只小胡萝卜，害他上了瘾，后来突然夺走，又歪打正着地，把这弹子球的瘾头给变成了一个想头，或者说，一个引擎，轰隆隆地从小学三年级一直响到现在，拖着董野一直跑一直跑，直跑到现在，他都开始跑他自己的儿子了，双语幼儿园，重点小学，重点初中……

不想跟头巾大妈扯这许多，只吐露了一点懊恼，要是当初铺子一转让，他直接去耿大中那边拿回来，不就完事了吗？也怪那阵正忙着考会计证，又想着那耿大中是个没主张的，估计不会改造铺子，不几年整个桥头市场人气衰微，铺子主们谁家还会整修。董野总想着，等忙过这阵子再说。可事情嘛，总是忙过这一阵，又要忙起下一阵子。固然时不时地，某些深更半夜的阑珊之中，会闪过他那罐悬浮在外的弹子球，又巨大又微小，像一粒粒小行星，在银河中缥缈转动，如沙如霰，肉眼难见。想想就会疼痛，空落。那是他的小时候，是他的一部分，是他空空的左手，是什么也没握到的那部分。

"你真要这样看重，那是立时三刻，也要拿回去的。所有没做的事情，都是因为你并不是真的想做。"大妈毫不留情地指责,用的是手机短视频那种诲人不倦的口气,"我其实不恋旧,要是我自己个儿的东西,没了也就没了,拉倒。早晚有一天,连人也要没的,我才无所谓。关键哪,这副麻将,是人满主任的。"

　　头巾大妈又回到她的主题上。他们这群麻将搭子,说是固定的,其实也不是,差不多相当于流水席,有的来得早,吃得长,有的走了,空出位子,又有新来的。但每个人,无非都是几个阶段,她简单地用数字来讲。一、退休了,刚刚加入。二、稳定相熟的老搭子,欢声笑语,每日一聚。三、得病了,身体弱了,隔三岔五,慢慢就来得少了。四、进医院了,没声没息,走了。差不多人人都是这样的。反正前脚有人空出打牌位子,后脚也就有新人来了,不断轮转。牌桌是天天开天天满,人呢,是常常换常常新。

　　说的这位满主任,其实大妈并没有跟他打过牌。只是听前面人讲,他四十出头就内退了,得的是什么老慢病,全靠补养撑着,但是特能熬,在别的棋牌室已玩了好些年,这里一开张,他就带着几位老牌友转场至此。他呢,嘴碎,还有小脾气,并不招大家喜欢,可就凭着这副滑溜顺手、油光水亮的祖传牛骨牌,俨然就成了桥头棋牌室的半当家。头巾大妈来之前,他早已去康复医院等死了,没住几个月,也就没了。关于这副牌,他住院之前就碎叨叨地,正式交代给了其他几位,说要留在桥头这里,人不在,牌在,并且要他们接手后也要好好地过手,不断茬地往下传留。牛骨这东西，没了汗血气养着，就容易焦干开裂，那等于也是人物两误，可惜了的。

头巾大妈初到桥头棋牌室，跟童校长、段书记还有一位赋闲在家的小浪哥，摸的头一局，就是这副牛骨牌，大家一边摸，一边说着刚刚没了的满主任。后来，段书记回滁州老家了。童校长发了心脏病。接上来的呢，是新搬来的赵画家、赵师母。他们两口子太恩爱，走了一个，另一个就不再下楼了。张工和钱委员，那在大妈看来，都能算晚辈儿。"嘿，以前我说赵师母香水味太冲呢，谁晓得张工，别看是个男的，他不用纸巾，擦汗擦嘴擦手都用手绢，每天换得不重样，掏出来一扇乎，我真个要打喷嚏的……"

好像启动了一个循环按钮，头巾大妈又开始点评起诸位新老牌搭子们的各种毛病，就好像他们都在对面那废墟里，还噼里啪啦地摸着牌呢，就像大水里冲不走的顽固石头一样，随便怎么样，这个走了，那个来，总归四人一桌，稳稳地坐废墟里，坐在流水里，继续推摸着满主任的那副牛骨牌。

董野闭下眼睛，重新抬眼看看马路对过的绿色围栏。敢情，真应当帮一下大妈，把那副牛骨牌捞出来，得让大妈和她的搭子们以及将来的搭子们一直打下去。他点点头，表示他愿意跟她一块儿去找找人。

"真不嫌丢人？我可是要去闹一闹的。我就不信了，还不让人拿自个儿东西了！人说趁火打劫，这都成灰了，我们还能怎么的。最好能有个管事的小头目出来,我立马就势倒地打滚,你到时可不要拉我。"一路走,她扯开头巾,露出大光脑袋来,略带得意地亮出底牌,"我可特意把病历揣身上了。这都晚期了,化疗两个来回了,哼,我把报告扔到他们脸上。就不信了!反正满主任这牛骨牌,不能在我手上给断了。你小子啊,就等着沾我的光吧。"

她想到什么,马上又精明地补一句:"丑话说在前头,我是这把年纪了无所谓,你现在还是好时候,有头有脸的。万一给拍照了,视频了,搁网上了,网暴了或怎么样,你可得想好了,现在打住还来得及——反正不就一罐玻璃豆子嘛,真要舍不下,你把地方给我说清楚,到时我,顺手帮你去翻翻也没问题。"她有意说得难听,一会儿玻璃球,一会儿玻璃豆,怎么都瞧不上的口气。

头巾大妈的体贴让董野有点伤感。他早不在好时候了,也没有头没有脸了。

差不多从老头儿脑子不行开始,他这里也不行了。过去这三两年,更是集齐了各样的荒谬与悲剧,鬼打墙般滑稽,他一样样拼来的,又一样样没了。一起创业的合伙人,突然不哼不哈掏空余存跑了路。两个大项目回不了款。妻子闹分居。儿子总不肯起床不肯开门不肯上学不肯说话,一查已是重度抑郁。贷款的二套房子烂尾。哪儿哪儿都破绽百出,四处漏风。唯一,唯一好的,是老爹啥也不知道,每天晚上还打小呼噜,每天一睁眼还以为他的桥头铺子开着,还以为儿子董野仍在向前奔着……

春节前,董野把儿子送到医院阶段治疗,把房子让给妻子,把公司卖了折现,大家分分,散了员工。董野现时是无家无业,光溜溜回到起点了。一个人拖着箱子搬回老头这边住的时候,他有种奇怪的感觉,似乎,他又回到了当年桥头大市场319号铺子后面,回到那个挂满领带、塞满衬衫盒、站不直只能坐着的小掩体里了,他甚至想,自己怕从此就是要在这里活埋下去了。

直到桥头市场这一场半夜火起,董野才一个热烈又冰冷的激灵,突地想起那罐远远飘浮着的弹子球,想起小时候,一只手苦哈哈地对付那没完没了的作业,一只手甜蜜蜜地在罐子里头抓摸着玩——他惊醒似的,急不可耐地,怎么也想去找出来。他感到,在这个世间,他手上已没有任何东西了,同时,他好像也没别的想要的,或者说,是他能要到的了。就这罐弹子球。他只有这罐弹子球,他只要这罐弹子球。他想把那罐弹子球再放在手边上,他会又变成孩子吧,弹子球还会是他的小甜头与小盼头吧。他还给老头子看看,说不定,老头子也能变回去,有了脑力和体力,重新能说能讲。再说不定,等儿子从医院治好回来,他就找块地儿,拉着儿子趴下来,趴在灰的黑的粗泥地上,两个一起玩。玩累了,就躺下,拈起一粒来,给儿子看,对着光,看,哪怕丑丑的什么花纹也没有,只要对着光,就跟钻石一样闪哪。

　　董野抖抖上衣,抬脚在前面带路:"为这两样小东西,咱也不至于真要撒泼打滚吧。您老人家把头巾缠好,别招了风。那不有俩开推土机的嘛,直接去商量试试。他们就没个小的时候吗,就没个老的时候吗? 您等下,我先去买几包好烟。"

临湖的茶室

1

小马接到的第一通电话是两个月多前。

当时接近子夜,手机突地大响。以现时的社交分寸,连语音留言都显得不够礼貌,谁会这时辰来电。想想还是开灯接起。脑里怔了一会儿,想起这位海波,东北人,做图书的前辈,好些年不曾联系。

没等他开口,只听到海波极其兴奋的口气:"真想不到,燕君发大财了,绝对暴富啊!你还跟着他混吧,咋也不透个风儿?"

"什么?"小马惊讶极了。的确,他仍然跟着燕君,可燕君重病已久,公司里的大小破事全靠他一个人在勉力支撑。燕君悄眯眯暴富了?这不可能。不等他相问,海波滔滔然自顾往下。

"才通的电话!他说这些年光顾着瞧病,都没心思太留意账面上的事……有天被人拉着去看房子,给售楼姑娘说得耳热,就把手上两个账号丢过去,人家一查,说哥,你这买个十套都绰绰有余呀。你猜燕君找我干啥,是想在我们东北也来一套,说这边不是有我在嘛,没事走动走动,有个落脚处。我给劝下了。不至于,对吧,东北可不是啥热乎地儿。燕君倒也没坚持,说反正已置下一处临湖的茶室,阳光房,落地大窗,红茶白茶黑茶黄茶绿茶,都是顶尖的,还有最好的进口咖啡豆,哪天要叫上当年的老哥老弟们,聚齐了一块儿晒太阳……"虽是深更半夜,海波仍是讲得摇头晃脑,"哎,我记得他前两年,不是都差点就没了?"

这个小马最清楚,遂开口接上:"大凶险,先是心脏出问题,做个开胸手术,还没好利落,突发脑溢血,又来个开颅手术。手术一个多月后,我去看他,都认不出我。其实到现在,他也还……"

"大难不死必有后福。看,福气全来了。"海波等不及地掐断,"我问他咋发的财,他还跟我耍低调呢,说也就是个无意插柳。早些年有点闲钱,投下几块没人要的山头荒地,扔给妹妹妹夫在打理……我估摸做的是苗圃生意,只要谈拢了政府采购,那一准儿地血赚。燕君那脑瓜,保不齐还套种果树、套种鲜花什么的。你知道现在鲜花水果啥价格?可比猪肉贵多了。要不,种的是橡胶?那玩意儿一割开来就是钱……"海波自说自话地,把各种他想象中的盈利模式都吹了一遍,到临了,才想起来怨怪,"燕君挺够意思,前后打过好几次,我看号码不认识,都没接,亏得他不依不饶。小马你这家伙,只报病灾不报发财,咱东北穷归穷,那也不可能赖上你。"虽然是玩笑口气,小马还是感到尴尬。确实,当初燕君昏迷期,他是满江湖告急报凶,几乎要喊大家去病房送他最后一程。但这发财之事,冤枉了,他真是一丝影儿也不知。

自海波那一通子夜电话起,此后几乎每隔三五天,就会冷不丁地有陌生来电大响,都是曾经在图书市场上打滚、小十年没联系的故友旧客,内容跟海波所说相似,语气与流程亦大同小异。激动地欢呼,含混地带过病情,感慨命运神奇,并念叨燕君之义气,他们都是刚刚接到燕君电话,就为着跟老友走动走动,居然要到对方城市置办房产……

而不断接到这些来电的过程中,小马跟燕君那边,与以前一样,隔三岔五联系,不时还要上门,送他需要的东西,替他约医生并接送看医生。诸如此类。关于暴富以及意欲四处置业等事,燕君半个字没提。小马也蚌着嘴,没问。燕君自大病之后,性情乖张,逻辑不通,他深受其苦,也不愿另费口舌。

好在,可能是被财富与友情给噎住,导致某种思维阻梗,所有来电者都没有想到要与小马追究或确认具体情形,在他们反复引用"大难不死、必有后福"的谚语之后,小马只管干笑着附和,也没露出多少破绽。

只是,燕君都这样满世界分享了,他这里居然毫不知情,还是有点羞耻的。他跟着燕君，多少年了呀。

燕君大他十来岁，是难时救急，带他入行的老哥。读研时，小马跟学姐谈恋爱，导师不知怎的，激烈反对，他多了心，脾气也暴，闹翻之后，文凭和学位都没拿到，学姐也远走香港。学的是古文献，哪里好找事情，幸而碰到燕君，他刚离婚，原先的文化公司给了老婆，正在另开江山。新创的公司体量很小，主营那种看起来高雅气派的礼品书，古法线装，水牛皮封，书背烫金，亚麻压花软包，红木套函。那几年的小老板喜欢走儒商路线，官商往来除了硬通货，也喜欢加一套礼品书，四书五经或西方名著或百科全书，包括《资本论》《沉思录》什么的，有的甚至要外文原版。

燕君最大的特点是知人。随便见一个生人，三分钟内，能判出对方的前因后果与所苦所急所长，比如当时一眼看出小马的走投无路。正是因着这个强项，他广开人脉，普结善缘，各行各业都布下纵横网络——用来售卖礼品书。他的观念是，越不读书的人，越会买书，并且买卖双方很容易在定位与目的上达成一致。真正的老夫子老书虫，太挑眼，又爱等打折，他可不伺候。想想也是，能赚钱的买卖，都得是卖给外行。

燕君待小马不错，销售提成与年终奖金上从不吝啬，出门跑关系也都带上，一回生二回熟之后，就全盘交与他操办了。小马也从没生过二心，独立门户又怎样，哪个行当不是风急浪高，打下手有打下手的舒坦。他感激燕君，也相信燕君，跟好了，不会亏着。

谁承想燕君后来会有这一通运交华盖,两台开膛破肚的大手术下来,真可谓是玉山倾倒了。偏偏这几年市面开始衰微,甭说礼品书了,包括字画、古玩、玉石、木雕等,都成了明日黄花。燕君这大病倒也来得及时,相当于吉时已过,止于当止之处吧,只是把小马丢在这尴尬半道上摇摇晃晃,只好帮别家做一些分销勉强支撑,当然还要照应燕君。包括生活上,不论大小事情,燕君都依赖着他,以一种糊涂的、随意的、半神经质的方式。

燕君的私人账目,小马并不清楚,固然,他的大病是有保险公司兜底,至于发财或暴富……小马想想很不舒服,气闷,怎么一点口风都不露,就这么防着他?燕君病成这样,他这几年多么尽心。还是说,正因为他太尽心了?

冷静想想,小马又生出相当的狐疑与不安——跟燕君这么多年,只有他清楚,恶病与濒死之后,燕君变化太大了。生理上的伤残与衰落,这倒罢了,他的精神劲儿、通达劲儿,也一并消散了,他整个人,在器官的大切大割之后,发生了气质上的彻底转向。

燕君原先是一个很蔑视日常享乐的人,带小马出差,都是拿泡面加卤蛋就打发了。为着免去无意义的挑选和比对,生活日用的购买,他都带有仓储性质,衬衣一买十件,洗发水牙刷之类一买一箱。"活着,可不是为了这些鸡零狗碎。"他不屑地嘀咕。

当然,他所节省下来的时间,也不过就是四处请人吃饭喝酒打牌,搞一些娱乐项目,去售卖那些永远不会被人打开的礼品书。对这桩买椟还珠的生意,燕君始终保持着壮丽的热情,从结识新客户开始,烟酒铺路,酒肉穿肠,到摸清对方体量和预算,继而推荐不同组合的产品,从高层公关到工会福利到售后服务到用户抽奖,他会替客户"制造"出所有的需要,最终,视成交码洋,巧妙得体地奉上回扣,并把对方加入老客户名单,四时八节地加以物质性维护,使之成为回头客,等等。仿佛一节节铺铁轨似的,他把全部的职业荣誉与生命价值,交付在这些庸俗流程之中。

不论从公司角度,还是个人魅力,小马一直尊崇并追随燕君的这一套。在燕君漫长的病程之后,他花了更漫长的时间,才让自己接受和习惯老板的剧变。燕君而今对业务发展是彻底淡漠了,只把全部热情换到连鸡零狗碎都算不得的东西上。他对于无聊的生活细节,有种神经质的极端内视,好像眼睛和大脑只能看到他自己的这一具肉身。每次跟小马见面,他一大半时间都在报告食谱,细小不舍且不容打断。"……白粥给配了三条萝卜干,有点甜口,估摸着,是常州地产的那种五香萝卜干,五香味挺足,细嚼嚼,有点儿黑胡椒香……"或是讨论各种康复手段与民间偏方,一边说着,一边向小马手机里发来各种图片与截屏,比如助步训练器,长得像刑具,价格高得离谱。

他还老觉得自己添了新病，一见面就捋起衣袖，叫小马看他的红疹子。扯下腰带，让小马按压他的下腹部，说那里有点包块。有时又伸长舌头展示舌苔，说颜色发黑。有天甚至拉起小马就跑卫生间，让看着他撒尿，是不是有点滴漏……

有天小马探看完毕，顺道要去送一批货。《论语》《孙子兵法》《庄子》，是一家网络公司给员工订的，说年初学习《论语》，提升内在，年中学《孙子兵法》，增长斗争力，年底了读《庄子》，让大家放空心态，别抢年终奖……哈哈哈。小马有意跟燕君说笑。燕君歪躺着，半边肩膀略高，毫无反馈，只一心一意地盘弄着床侧的防摔栏，提起来几寸，又哐当放下，再提起几寸，哐当放下。小马到了走廊，又回头看了两眼，他还在认认真真地玩着。

小马当时心中大恸，几乎扶墙而走。想不通那样识事达人、带着他劈浪斩棘的燕总，怎么就成了二傻子一样。固然，他是刚从鬼门关走了一趟，不，两趟，可毕竟，还有更多起死回生的人，变得更加勇猛，更加智慧了呀。

等接到海波们接二连三的电话，小马突然有点回过神——会不会，这是燕君有意在他面前装痴卖傻？否则也解释不了，为什么燕君对他这几年的照应，有种理所当然的意思，无穷无尽地差使他，消受他，从来没有半个谢字。会不会，这是对忠心的考验？一种铺垫？燕君是有什么后手吧，放给海波们的暴富消息，正是有意显露的迹象？

得了这个领悟之后,小马心里就有点曲里拐弯。思虑一番,决定还是跟燕君提一嘴。

小马拉了一箱牛奶和橘子,去燕君在郊区的住处。是个一楼的单室套,租的。他本来有两处房子,一处在市中心,离婚给了老婆。另一处在高新开发区,前些年给卖了,当时小马很不理解,现在一想,对的,若真用那钱投在野山荒地上,能买上好大一圈。

郊区这里空气不错,很适合燕君一早一晚画着圈练习走路。小马每次去,总推上轮椅跟着,尽可能地让他多走,完了再推回来。

走至道中,凉风习习。燕君现在说话已清楚多了,跟小马谈他的烧饭阿姨,都是老话,见一次讲一回。他饶有兴味,似乎分析和研究阿姨的一举一动,就是世界上最重大的事情。根据阿姨的购物清单,他用小学高年级的数学方法几次加减乘除之后,得出几个数目,又得出一串结论,阿姨偷他的油了,往家里顺鸡蛋了,连牙刷也会拿呢。瞧,她多聪明,又多仔细,可逃不过我呀。他的口气并无谴责,反像是从这些琐碎里发现了莫大的乐趣,几乎有点儿生机勃勃。

终于,趁他歇口气喝茶水的工夫,小马讲到海波来电,不是第一个,是第二个,前几天他又打来的。也正是这第二通电话,让他有了充分的理由提及——

那海波看来是个实心眼儿,或是被燕君电话里的友情所感动,居然真打算飞过来一起叙叙旧。还说,别的,能叫上的老朋友,也都叫上。

也是,都是做图书,是所谓同行,却也谈不上冤家。像海波主要是做畅销,渠道很强,尤其机场那一块。湖北的老K,他是教辅材料打天下。京城的张公,专攻红墙内幕名人史料。兰州的义哥,手下有一批写手,一套套地炮制"全庸""梁习生""吉龙"的武侠。大家术有专攻,各领风骚。但凡要到各地拜销售的码头,彼此也都会出面说合,谈不上多少私交,大面子上,能算是朋友。

小马没有劝阻海波。他们这几位真要呼啦啦都跑过来,也算倒逼燕君吧,看看这"暴富"要瞒他到何时。

"东北的海波,打电话来,说要过来看看你。"小马随意开口道。燕君没有吭声,只顾咕咚喝水。"他听说你盘下一个'临湖的、落地窗、阳光房茶室',动心咧,还打算叫上老K、张公、义哥几个,你最近也都跟他们联系了对吧,说要到他们那里买房置产。"他索性一根竿子直捅到底。

燕君定在那里,像蜜蜂悬在半空,悬了片刻,他嗡着鼻子嘟囔起来:"我现在早都不讲究了,可这茶,你看看,保温杯哪能泡茶呢。跟她说过多少遍,就是不改。"他啜半口茶,皱眉,"呸"一口吐出,接着拖着残腿往前慢慢走。

突起一阵凉风,树叶哗哗,天上有细密的云朵,呈现出某种精致的但又什么都不像的形状。小马推着空轮椅继续跟着燕君,心下又失望又好笑。还是这样的牛头不对马嘴。每回跟燕君谈起公司里苟延残喘的业务,他也这样,对小马的问话答非所问,且还那样坦然自在,像完全处在另一个空间。

不说就不说吧,拉倒。某种意义上说,这也是个态度,起码能推出好几个意思:一、他拿小马当外人,比十来年没联系的海波、老K等都不如。他那隐秘的财富,不愿跟小马发生瓜葛。二、也不排除有种可能,就像他在玩味烧饭阿姨似的,他也在观察和考验众人包括小马的反应,并以此来决定,应当如何处置他的财富。这个想法很胳肢人,让人痒痒,并有种莫名其妙的竞争感,叫小马很想要努一把力。三、嗯,还有一个念头,很轻,小马只在脑里飘了一秒。会不会,这是他大限之期的一种任性?他随时可能崩倒,他有理由胡作非为,藐视逻辑。这样倒是简单,就完全不必当真,只当是陪着他玩耍吧。

眼下且先囫囵着吧。离开燕君返城的路上,小马一路开车,一路拍打方向盘,不太情愿地想道:再怎么说,海波他们若真的过来,肯定还得是他忙啊……茶室,茶室在哪儿呢?

2

海波有种血脉偾张之感。多年松散之后,突然来电,他听到了江湖老友的呼唤——哪里真是要在东北置办房子,其实是伸过来一只手,要商量个主意的呀。什么闲钱买下山头与野地,什么交给妹妹妹夫打理,他并不信,这应当只是个说法。以他的直觉,以他对燕君的了解,这老家伙应当是哪里落了笔横财,比如家族里什么关系继承了一大笔。还记得他当初离婚,多洒脱,好好一个公司就随手丢给前妻了。碰到个啥也不懂的小马,就收下来贴身带着,带会了就全面放手。这些,一看就是公子哥儿的做派。包括他做图书这路子,跟大家也都不同。像他这里做畅销,多难,得提前押题材,押十回,能赚一两回就算烧高香了。包括义哥的武侠、老K的教辅、张公的皇室秘史,也都是硬生生靠铺货来走量的。燕君倒好,他倒腾的那叫书吗,价码动辄大几百上千,不是领导批条,就是老板批条,全是现买现付的硬路子。燕君背后,关系可多着呢,其中随便哪个关系漏个口子给他,就能落下一大笔的。

从小马那虚飘飘的应声虫口气能听出来,他是把燕君当成头脑错乱的绝症之人了。大错!海波认识的人里头,燕君那肠子,是道道儿最多的,甭管面上有多亲,其实都远着呢。能理解,他那公司现在等于全被小马把着,肯定得留一手。再说,远香近臭,越是身边人,越是信不过。反而得是早年结交的老朋友,可靠。

燕君老滑,既是半藏半露,只伸一只手出来晃晃,海波也不好十分地挑明,但起码得去看一趟。海波自忖,好歹做畅销书出身,别的不敢讲,大方向上的眼光和准头,绝对拔头筹,估计这也是燕君找他的原因。他得对得住燕君的这份托付。

只是，就像燕君悄没声儿发财一样，海波这几年却是悄没声儿倒霉了。

也是定数，有上坡路，就有下坡路。连着几年畅销书闷倒之后，海波转到了医药战线，起初特别好，天天猪油蒙嘴也蒙心，脚下也是真正的深水区，没几年大老板就出了事，他那一条线上所有大点儿的蚂蚱全被捋下去了。海波胆子吓破，忙转道到连锁快捷酒店，利润虽不高，总不会吃官司，遂大撒网，在三、四线城市布点，谁知又给合伙人摆了一把，暗戳戳把账面掏空，害得他屁股后面一长串追债追租金追工资的，陌生电话一概都不敢接。哪能料到这回是燕君，这可是财神爷在嘭嘭嘭敲门。瞧瞧，就是像那句话说的，双向的奔赴。燕君需要他，他海波也正需要燕君，他可以去帮他做项目做投资，顺便把自己也给拉上岸。

但这事，不能太急吼。再说，一时半会儿的，真挺难想的，燕君的钱，或者说，他和燕君哥俩儿的这笔横财，该往哪儿投。他不能在燕君面前露这个怯，燕君是大病之身，得让他踏实……嗯，不如，不如再叫上几位当年的同行，大伙儿一起去坐下来聊聊讲讲，这显得随意，说不定也能聊出些灵感呢。

只是，都是久不互通，突地叫他们放下手中生意，长途奔袭凑到一起，就为瞧瞧燕君，喝喝茶晒晒太阳，会不会听上去太无聊了？

海波决定先找九头湖北佬老K。新闻里说的那全民人均阅读图书，可全靠老K的教辅撑着，要没他那些走量，恐怕得是负数了。老K瘦巴巴的，话也不多，但朋友中顶用。

海波才一开口，老K就抢在头里应了，说他正有此意。海波心里一松快，再打别的两位。义哥那边是他太太接的。全都嗷嗷应和，达成一致：去看燕君，老朋友聚聚。原来，他们都接到过燕君的电话。

海波心里一阵翻滚。燕君咋这么爱现，既然不是特地托付他，瞎起什么劲儿。可，这事，总还是得有个牵头人吧。谁主张，谁举证，谁收益。海波推算了下，真要论起接到消息的时间，他是第一个。什么事没个先来后到呢，要有这个意识，有这个信念。

海波拉了个小群，替大家张罗行程。京城张公一向嘴碎，时不时就留言"说几句"，那口气总有点托大，瞎讲究。一会儿问酒店有没有泳池，一会儿又问能不能带上夫人，因他每天要吃各种补药，都是夫人安排的。张公的情况海波侧面了解过，那些秘史黑料，早都不好做了，已转行到外贸，后来做境外旅游，不知这几年有没有扛住。听他那使唤人的口气，似乎还行。兰州义哥很随和，但凡要表态，他就发一串表情包，全是耍枪弄棍的，好像是从前那冒牌武侠小说的余韵。

总之，在海波挑头下，九头鸟老K、京城张公、兰州义哥，一共四个老兄弟，打算在下个星期二，一起前往南方，去看望燕君，到他那"临湖的、落地窗、阳光房茶室"，就着"顶尖的红茶白茶黑茶黄茶绿茶"或是"最好的进口咖啡豆",聊聊天,晒晒太阳。

3

燕君是地主。小马忙前忙后,算半个主人。加远方来客四位,一共六人,坐在这家临湖的、带落地窗的阳光房——见山茶室。

相隔十来年,全都在脸上。最见老的是海波,大眼袋,腮帮子,嘴角,都挂着。京城张公还是圆头圆腰,松垮垮的套头衫加布裤布鞋,大家都恭维他说像大文化人,看怎么说,其实是赋闲模样。老K仍是精瘦,侧面看像刀片,只是不能张口,一嘴黑黄牙,东倒西歪,残损不全。最逗的是义哥,居然派太太过来了,没人见过他这位太太——太年轻了,是不是三婚?义哥相貌有点异域味道,性情潇洒,据说有若干野史。大家以前跟义哥的发妻熟悉一些,突然见到这位叫作芸的新太太,一时有点转不过弯。一问,说义哥最近在闭关,不能出门。所以她就作为代表来了。

代表?这不是选举,不是分田,她跟燕君又不熟。也许人人心中都在暗笑,但脸上对她都很客气。海波有点显出召集人的姿态,惦记着挑起话题,又在聊天中照顾大家,他发出幽默的笑声:"闭关这样认真,看来义哥真成武林高手了?应当过来，给燕君发发功啊。"

芸微笑，她肤色白嫩带粉，出现在这一帮小号老头中，让聚会显得柔美了。老K是个大烟枪，因有她在侧，一直苦挨着，不停往嘴里扔薄荷糖。张公则夸夸其谈地对各种咖啡豆的口味发表起评论，酸度、涩度、坚果香、煎焙度，云云。

主人燕君满脸迟滞，坐在轮椅中，背朝窗户，脸部光线不足，两只手交替捏着一个小小握力器，好像有点不耐烦，对大家七嘴八舌的关切只管摇头敷衍，偶尔说两句，却是没意思的碎嘴子。这瓷器摆件，眼光不错。空调是不是太热了。你们会水土不服吧。哎哟，有胖了有瘦了……

三天前，小马得知四人即将到访，跟他商量时，也是这模样，三拳打不出一个闷屁。小马逼到面上："他们，要到你那儿聚聚，落地阳光房茶室，你的茶室！"燕君微微侧头，自然地躲开视线，愣了一会儿，才道："最近可是雷雨天，可别耽搁飞机了。"这话当然不搭，可也有希冀之意。他眼角里笑了一下。小马捕捉到了，那狡黠一笑，闪电般耀眼，把他一下子照亮了。还问什么，显然，这是在考验他的悟性和忠诚啊。去好好准备，去安排他的茶室！

三四处比对条件，最终总算落实到这家见山茶室，其实还差点意思，临窗的湖较浅，水质有点浑浊，但跟老板沟通得不错。是位戴鼻环的小伙儿，像个朋克文艺。小马讲了燕君的身体状况，稍许夸张了一点，说他将不久于人世，为了给他实现一个愿望，需要如此这般⋯⋯鼻环经理眼睛一闪，哦，以前看过一部片子，叫什么来着，也是这样的故事。他抓挠后脑勺，感动的样子，放心吧，保证配合，且免单。

见山茶室的茶是全乎的，咖啡却是大路货。鼻环经理于是改制了水单，并调集了巴拿马翡翠庄园、曼特宁、埃塞俄比亚瑰夏村、夏威夷科纳等所谓"最好的进口咖啡豆"。事实上，大家落座后，都叫了平淡无奇的普洱或铁观音，燕君则还是抱着烧菜阿姨替他准备的保温壶。只有张公对着单子，又摇头又咂嘴，最终点了一个埃塞俄比亚，他环首四顾："它的首都叫什么，你们谁说得出？没人知道吧——亚的斯亚贝巴！"不过那丁点儿咖啡太不经喝，过不一会儿，他就抄起芸女士的那壶老古树茶分而饮之了。

小马随时留意着，怕有什么破绽或硬伤，不过很快就放下心来。鼻环经理太周到了，像个幕后总导演一样，所有侍者到了这边，都会对燕君抱以一种"这是大老板""大老板居然来了"的适当惶恐与庄重感。甚至鼻环在中途还亲自出场，送来果盘和点心，代表大老板燕君问候众人，临走时俯下身向小马补充，是压低了但大家都能听到的耳语，说稍后的晚饭也安排妥当，本邦特色风味，直接送到这里，大家不用动窝。小马按捺住吃惊，并从他眼神和手势里得到一个高尚的确认，这也是主动赠送的，他不必另外买单⋯⋯

事实上，小马发现，对这个茶室与燕君的归属关系，根本没人在意或怀疑，就像谁会在意或怀疑太阳挂在天上呢。大家的注意点完全不在这里。真正的问题是这个聚会的气氛——每个人都有点声东击西。他们努力想表达一点什么，同时又掩饰着这种努力。大家都尽量显得自然，以致十分不自然。

海波始终很亢奋和殷勤，像是肩负着反客为主的义务。感慨，回忆，祝福，展望，连绵不断的话题像水管一样，一波波地冲刷着每个人。一会儿叫大家讲讲各自近况，一会儿又像开股东大会，要每人都谈谈"眼下最好的投资方向或行业"。

燕君仍是一概不领情不会意，他那半是讥讽半是麻木的样子，既像是恶疾缠身的病态，又像是勘破世俗的人间冷漠，他这样子，有种辐射效应，导致座中的整体气氛好像总也有几分压抑与保留。可这，又对了，暴富者（在四位远客包括小马看来）不就这样吗？绝症病人（在鼻环经理及服务员们看来）不就这样吗？多么恰如其分的情境。

老K话少，像是避免现出他那嘴烂牙。圈子里流传过他谈判的段子，就是随便对方开什么价，他都能以不同的沉默来进行"还价"——沉默地向后一靠，沉默地闭闭眼，沉默地搓搓手，沉默地站起身。而他的助手会在边上进行指东打西的补充，最终总能以神秘的心理战术拿下最低价。可现在是聚会啊，这有点败兴。

好在有张公，他步步搭着海波，甚至还压一头，后者才起个话题，他就半道儿截上去，离题万里地发挥起来，岔道式的蹦极式的，满口网络语汇，并时不时停下来，好为人师地跟燕君解释：字母人格，MBTI你知道吧。茧房，茧房你明白吧。人偶皮下，皮下你懂吧。好像燕君一直远离人间，跟社会脱节似的。

小马担心这会不会惹恼燕君，真要能刺激下也好。燕君手里玩着弹力球，眼帘半垂，淡漠地微笑，并不对张公有所回应，那笑也许是给芸女士的。肤色白腻的芸女士，像奶油一样，浮在这群爷儿们中间，她显然善于飘浮，并一下子就挨近到燕君边上。虽然燕君除了偶尔从保温杯里啜几口茶水，并无任何需求，可不知为何，却给众人以一种由她在关切或照料的印象。芸的身子侧向燕君，并时不时附耳过去，重新切割并分解，把张公滔滔不绝的大词新词，给换成一种童稚或口语化的说法。有时还伸出手来，整理燕君面前动也没动的茶具，或是调整轮椅的方向。就好像燕君的理解力、自理能力都完全丧失了一般。这实在荒唐，燕君远没到那个地步。也许在这位芸女士面前，哪怕燕君十分健康，情形也必然如此……

小马默默旁观，从这个人扫到那个人，看他们沉默或饶舌，或者充当二传手与三传手，自己完全给晾在一边。这让他挺悲哀的。他们谁能想到，眼前这一切都是无中生有？除了燕君。那么，燕君感受到他的忠诚可靠以及机灵了吗？但燕君脸上看不出有任何的喜悦或满意，好像面前这一切，久违的面孔，举杯欢笑，大家的恭维话，统统是无色无味的，甚至，如果仔细分辨，他脸上分明是一种放空与疏离……

燕君到底什么意思，算是哪一出？小马这里也就算了，关键是这些远道而来的老家伙，他们明白目前这是啥情况吗？

这会儿，海波正尝试做统领性发言。他热烈而平均地，一一爬梳在座各位当年最厉害的往事。这挺好，不讲都快忘了。

比如燕君，曾经在样书都还没有下厂的情况下，空手套白狼，签下码洋八万的订单。又讲到老K，因为教辅的蛋糕太大，各方都要来切分，整天你打我我压你，尤其在教育局那里，各个方面军都在铺路费上下了太大的血本，成了恶性厮杀。老K有天居然组了一个对手局，全是水火不容的宿敌，但老K就是有这个本事，像庆生一样，把大家聚拢一块儿，把个肥油肥水的巨大蛋糕给切成七八块，定下攻守同盟，把教育局的扣点给压成薄薄一片……至于义哥，那可是韦小宝第二。海波的眼光转到芸女士那里，后者正像对待婴儿似的，把一方纸巾叠成小小的方块，擦拭燕君嘴角边并不存在的茶渍和眼角并不存在的眼泪水。这个动作实在有点越界，吸引了众人视线。海波意识到，他这么费心费力地替众人叙旧，都还没有讲到他自己呢，人们的注意力就散黄了。

"义哥他咋、咋就没来呢？瞧我都喝多了。"海波磕巴着说，一边举举杯子。说什么呀，桌上可全是茶水，酒席还没布上呢——这湖边聚会的疲惫与言不由衷，简直像一挂破布，在窗外黄昏余晖的投射之下，纤毫毕见，实在是难看极了。

小马咂咂嘴，给大家让了一圈茶水，心底的不快似乎好了一些。没人比他强，这里也没人清楚。每个人都是一滴浑浊的水，融在更浑浊的一捧水里。

4

菜一般，打包过来，再加热，总归不对。酒倒是下得快。大家一边喝一边看着落地窗外。太阳下山后，那一排窗户，颜色变黄变红，然后又变蓝变灰，成了不清不楚的夜色。月亮，始终没出现。这样的地方久别一聚，最合适不过了。

海波在茶醉之后，心跳得慌，丢下了牵头的努力。不知他们几位如何，他感觉不好。燕君这是怎么回事哇，像个泥人儿，橡皮人，石头人。从下午到现在，他说的话恐怕都没超过十句，这并不像是智力或病痛上的障碍，而是一种兴致上的彻底缺乏……可他的眼神里，还是有种东西，闪闪地在暗处发着亮。他偶尔抬起眼皮扫看，半遮掩的一瞥中，含着往日沉淀下的情谊，也含着对久别重逢的厌倦与嘲讽。说句晦气的话，他总觉得，燕君身上有股"死"味儿，不是说他要死了，恰恰是他活过来了，从死里活过来了，这活，是与死有交换的，被抽去了什么，调换掉什么。说不清。

老K好酒，他的瘦脸红了，隔着芸女士，频频向燕君举杯："都在杯中，都在杯中了。"燕君没碰酒，举起他的保温杯，象征性地靠近嘴边。海波瞧着老K那半嘴的残黑断牙，是欲言又止的样子，给他垫话："都在杯中，杯中啥啊，老K你倒是说说。"

老K眼神粗硬地盯一眼海波，又往桌上碾，挨个儿碾："照理说，杯中该是个友谊万岁的意思。可怎么闻来闻去，四处都是倒霉鬼的味儿。好歹我虚长几岁，算个老哥，你们一个个的，给我说句实话，是不是都来下注，来沾光了？"

这话，不善。也可能他在开玩笑，或者说，大家可以把这听成一个玩笑。

张公本来正半哈着腰在鸡汤里头翻找："燕君不是心脏动过手术吗，该吃鸡心呀。"他一手大勺一手小勺在鸡汤里捞来捞去，一听老K这句，像听到号角，立即弃鸡心不顾，举手对天，"终于有人掀帘子了，我这可等着呢。"他坐下，把面前的菜碟推远了些，肥厚的手背抹抹脸，并停在腮帮子上，思忖的样子，"燕君不是要到北京置房吗，我从接到他电话就一直在琢磨。北京忒大，置什么房，往哪儿置，干什么用，讲究大了去。我意思，光是为自己哥们儿来往，那太死疙瘩了。还不如盘下个好门面，做点活路。燕君，你就放心地交我来打理，所有的赚头咱……得，不讲这么细。老K啊，这算不算沾光？还是下注？你要笑话我，直说。我并没打算遮遮掩掩。我可真是闲得发霉了，正好给燕君打个远程的下手。沾老朋友的光，赚钱吃饭，这不丢人。除非，燕君……"他慢下语速，看了一眼燕君。他那一眼，看得特别地犹豫和软弱，像是加了什么变形镜头。桌上的人都掉开头，包括老 K，没人能看得下去。永远无所不知，永远咋咋呼呼的张公，会有这样的眼神儿。除开桌上的酒，墙角里还有两瓶茅台没开，都是张公从北京背过来的，下本儿了。

这会儿燕君真该说点什么，哪怕只是打个哈哈也好。燕君却把他的碗往张公那边挪挪："心呢，找着没？"这真是过头了。他听不出来，张公的脸都掉地上了吗？一直作壁上观的小马，抄起燕君的碗，把鸡汤锅转过去，忙不迭地打捞，嘴里讷讷地，聊作解释："燕大哥很重视食补，但凡能搞到的心，各种动物各种植物哪怕莲子的心坚果的仁，都要寻来吃，包菜也只吃牛心包菜呢……"

老 K 笑得咳嗽："也是，燕君这心，是得好好补一补。"他高举杯子，自饮，"都在杯中，都在杯中了。"

小马找到鸡心，带着汤水和几片木耳，盛到小碗里递上，燕君马上便埋头吃起来，专注而津津有味，好像世间只此一碗油汤。众人都盯着，各样表情。芸女士见无人回应老 K，伶俐地站起，陪他干了个杯。这女人酒风不错，全是跟大家满杯满杯干的，她肯定自有一套主意。还是义哥厉害，都不用露面，派个女代表就来了。

张公哇啦啦说嚷几句，倒松快了，他兀地叫了一瓶冰啤，把炒腰花端到跟前，一口吃一口饮，冲左右扭扭脖子："下面该轮谁了？倒是都说呀。"

芸女士正隔着燕君替老 K 续酒，裸着的胳膊伸得老长，大家的视线都被粘住，但不是出于对美的欣赏。对，就该轮她。她这一趟，连叙旧都算不上，图啥。

芸女士不慌不忙，像是有意留出点时间来给大家猜想："义哥不知道我来。你们群里的义哥，一直是我，不是他。"

"早先燕君不是打电话过去的吗？"海波脸上闪过一丝惊惧，"你说的义哥这闭关，啥时开始的？"

"电话都是我接的。每次出门闭关，他的号，都移我这里。其实也没啥人找他，前后就接到这一个电话。"她转向燕君，亲切地抱怨，"你打电话有个特点，一直都是你在说，说你这个落地窗户大茶室，一起晒太阳什么的，我除了一句喂和几声笑，根本都插不上话，但凡你有心听我说一句呢，就知道，是我呀。"桌上挺安静，除了燕君还在喝汤，勺子轻轻碰着碗壁。"真武侠假武侠，义哥都不捣鼓了。邪乎劲儿还在，一会儿闭关一会儿行脚。怪不得前面跑掉两个老婆，我只落个空心人加一个空宅子，家里吃喝用度，反得靠我……"

老 K 打断："义哥现在人在哪里，啥时出关？"

"我也想问哪。他总是背个包袱就出门。去往哪里，时间长短，一概不讲。他哪天回来了，就是出关了。"芸突然沉默了，一个足够的长度，再把她所讲的泡沫戳破，"你们都是男人，其实明白的吧。他的那个关，是另一个女人。"

这老风流坏子，大家发声笑骂，还在这不放心他呢。芸女士叹一口气:"老有人劝我,别怕吃亏,别怨遭罪,老天爷后面会有你的。我本不信。直到那天接到燕君电话,然后你们张罗着要聚聚,拉群,定日子,一步步推着送到眼跟前,我再不顺杆子爬上来,那真对不起老天爷,也对不起燕君了。"她又望向燕君,只留她的侧影朝向众人。

海波背上有点发汗。他前面已开始劝自己了,财路就像河流,难免要分岔,都是老朋友。但芸女士这路数,也许要全面包抄燕君了。燕君在两性关系上十分保守,但他一吃亏就吃大亏,好比当初的离婚,明明没什么把柄,却把家财都给了女方……人会在同一个地方跌跟头吧,这位芸女士,厉害的,刚才这短短五分钟,就绕了几个圈。

海波心烦意乱地给老K、张公再次添酒,一边在脑子里斗争,要不要单独把燕君拉到一边说几句,他这重金之身,可得警醒,别只是软绵绵地陷在轮椅里吃鸡心喝鸡汤。等等,酒又上头了,眼里开始充血,看什么都像隔着一层红纱帐。明天再说。愣是谁,也不可能在一夜之间,就把燕君的金罐子给掏空吧。正思量着,海波突然看到红纱帐里的老K在向他点头,又招手,好像两人中间隔着条大河。他环看众人,全都云里雾里,他们说话的声音,像是从大瓮子里传出来似的。"海 —— 波 —— 轮 —— 你 —— 说 —— 了。""你 —— 说 —— 你 —— 说 ——"大瓮子反复回声。

说就说,怕啥。人家张公还皇城根下的呢,东北老疙瘩有啥丢脸的，迟早也得跟燕君交底。海波往落地窗外找月亮，还是没有。夜色冷幽幽的，好像这个茶室是悬浮在半空之中。海波就从转到医药行当那里开始，一五一十，抑扬顿挫，好比说书……有趣，莫非他奏的是一支琵琶曲？曲停之后，得有两分钟，茶室里一片寂然，人人垂眉挂目，倒好像比他本人还难为情似的。怎么了呀？海波不解，他说得挺清楚，没想着白蹭燕君，是互相拉帮。海波看看燕君。眼膜前的粉红正在加深，快要变成深红了。深红里的燕君还是那样淡定，跟他不搭理张公或芸女士一样，仍然大麻袋一般，陷在轮椅里，似听非听，似笑非笑。恐怕这会儿有人在他面前宣布世界末日即刻到来，他也还是这个样子吧。

老K向小马招手，那干瘪的身体居然显得颇为自信，似有抢兵夺旗之意。小马伶俐地俯身到他耳边，随即领命离开，带点参与感的兴奋。隔一会儿回来了，他手上多出一个粗布袋子，里面倒出酒令似的小长签。老K让小马圈在手内摇乱，示意要给大家分别抽。老K闭上眼示范，给自己先抽了一根。

瞧老K这湖北佬。他当年可不就是杯酒分蛋糕吗？眼下也是这情形，他敬一圈酒，张公、芸女士（义哥），包括海波，可都被他掏出底儿了。这签，怕就是他的切刀。只见老K装模作样，仍未睁眼，静候小马念出那根酒签——"与在座同生肖者共饮一杯"。

巧了，这里就海波跟老K同庚，一牛头，一牛尾。"举杯！

我们得算两个老大哥了。"老K大声宣布,海波听言,倒为之一振,觉得有了个抓手。要论排行,张公、义哥都算小弟。

海波跟老K正一起仰脖子,燕君却如梦似幻插了一句:"还有属牛的。"芸冲燕君摆摆食指:"啧,也不替我保密。"手里也添了满杯,加入对碰,并透露她是小一轮的牛。看看,这才一盏茶,半顿酒的工夫,她已跟燕君交了各方面的底。不得了。燕君那一堆真要落她手上,准是连蛋糕带盘子全都端走。别的老朋友,恐怕一丁点机会都没有了。海波迷糊地望向老K,但愿老K能稳住。

老K看来也愣了一下,还是冲芸女士做个手势。小马再次圈起两只手上下乱摇,好像他生来就是干这个的,随即殷勤递送到芸女士跟前,后者配合地闭上眼,在小马手里挑三拣四,拿上一支,放下一支,再拈起一支。姿势也做作,也好看。海波觉得眼前的红雾随着她的动作变淡了一些,耳边传来小马尽责的大声念诵——"随意邀请一位同饮,并问答一则"。

张公可能听岔,激动地应声而起,像个落后的鼓掌者:"敢情,要邀我喝吗?"他给自己满上,去跟芸女士碰杯。芸女士本来是直通通拿眼睛逼望老K的,给这一打岔,只好抿下她的那一盏:"张公,我问你个很简单的问题:现在还有几个人没交代?既然要玩游戏,一个也不许少嘛。"

张公咽下酒直哈气,突然头晕目眩似的,以手扶额,轰然趴倒,像躲到一个战壕掩体里,不再出声。芸女士这话自然是对准老K的。老K张开黑洞洞的嘴,漏风地一笑:"我还以为,你们一见到我,就会猜到呢。"他往后靠靠,把手搭在燕君轮椅上,"总的来说,我还行。教改之后,教辅生意下来一些,大体也还在。我可以坦坦荡荡地说,对燕君,我绝没有任何投机想法。这一趟,主要就是来会一会老友。"他露出干瘪的笑,笑眯眯地环视,"如果非得说一条,说一个极其次要的,附属的,根本无所谓的问题,我想你们每个人,应当一眼就看到了。"他转向小马,"说说,你一眼看到我什么?"

小马尬笑,手里无意识地摇着牌签,小声哼哼:"你的牙……"

"看!多明显!我就是这一嘴牙……身体发肤,受之父母啊。"他有点前言不搭后语,看来,这是他的要害处,"要头发掉了,肌肉掉了,瞌睡掉了,胃口掉了,我都好说,可怎么的,就是让我掉牙呢?"他十分悲哀地噎在那里,像不愿提起亡去的亲人,"真要全换全补,可冤大头了,相当于燕君随便在哪儿买的一套房里的一个卫生间或半个厨房。你们说这,算哪门子事。我特别不高兴这事。真的,怎么也想不通。补牙,能这么费钱,只有暴发户能哇!真的,只有天上掉钱砸着我才行!"

老K这话,虽则说得理直气壮,可实在莫名其妙。他这……想用燕君暴发的钱来补牙?大家想点头,又点不下去。这个想法,是不是就更纯粹一点了?不太明白,他怎的那么大情绪。

小马木呆呆地往前一步,有点犹豫,芸女士刚才提出的那个"很简单的问题"里,是否包括他呢?他又摇动起手里的那把酒签,假模假式闭上眼,用右手从左手里抽出一根,然后自己念道:"自饮一杯,并指定下一位抽签者。"小马搁下签,急急忙忙喝了一杯,"有点情况我想补充一下,首先,关于这个茶室……"像是做很正式的发言。

"等下、等下,老弟你等一下。千万、千万,啥都不要说。"有人忽然大刺刺地从茶室外面冲进来,救火队似的,一把拦住小马。鼻环,茶室经理。

"诸位、诸位。"他高举双手,然后合拢在胸口,活像在演什么小品,往各个方向抱拳,说话的声音拿腔拿调,"各人都有各人的难处,千山万水相聚在此,尤其我们燕总,看看他这情况。大家可都要感恩生命,要珍惜缘分哪。"话说得甚是漂亮,"来来来,让我们共同举杯,欢庆老友相聚,别的啥都不用说了。"他流俗地举杯在桌上划个大半圈,而席上往往就是这样,只要有人领酒,所到之处,哪怕有点不知所以然,一个个也都会顺从地端起杯子,连装醉的张公也昂起上身,连燕君也伸出他的保温杯。举杯之时,鼻环经理突然做个手势,不知哪里出来《难忘今宵》的歌声,时代的记忆开始反射,拉扯起众人的肢体,大家都随着节奏轻微摇摆起来,芸女士甚至带动着燕君的轮椅,前后推拉,动作和谐而优美……

"停,就到这里。"老板冲空中打个响指,"各位,我说明一下。今天从燕总轮椅进来到大家拥抱见面,到坐下来喝茶到现在全场喝酒,全程都拍啦,等于也给大家留住了一些画面,做个纪念……"大家一惊,抬头,他打响指的方向不是半空,是屋顶上前后两处,以及冲着门的角落,有几个小摄像头。一片桌椅碗筷之声,几条身子摇摇晃晃,作势向他那边扑打。他灵敏地后退一步,"不要激动,听我说完。第一,肯定要剪的呀,我只要三分钟左右,放心,剪辑是万能的,人生沧桑,老友重逢,生离死别,音乐一给,绝对叫你淌眼泪那种。第二,我毕竟,对吧,今天这……我也得落点啥,就走个流量,给咱茶室求个点赞和打赏。好,讲完了。我撤,不耽误你们谈正事。只是小马——小马你呀,有点不够意思,也挺有意思。你是不是两边都没说全乎?他们只当他是个大财主,我呢,只知道他快……其实你跟我讲实话没事的,到我这,都是内容,都能推的,换一种讲法而已……算了算了,不讲。小马你继续,所有镜头都关了。"

5

很安静。大家现在全都盯着小马,他倒成了中心人物。包括燕君,也吃力地,抬高他浮肿的肉洞眼,头一回显得有所关切。

小马谦卑地笑,也有一点点宣布领土的意思:"没什么,我主要是想表示感谢。这些年,与燕君相处最长、照料他最多的人,是我,只有我。记得燕君两台大手术,三次病危通知,我都心急火燎招呼大家来看一看……谢谢几位,这回过来。不晚,也没早。他这状态,可以说,始终还在ICU里,随时会死上第三次第四次。"当然这还不是重点。小马又举了一些例子,让大家明白,燕君病程后的"变异"与"交流障碍",这是个基调,从而走向了现在这个情况。他沉吟了一下,接续前面被鼻环冲进来打断的话:"对,关于这个茶室,其实……"

他在讲述中,小幅度地抬手,划过众人的面孔,划了半间茶室,划到桌子对面的落地窗,把外头黑乎乎的夜色也划拉进来。情况摊在桌子上,并不复杂。茶室只是鼻环经理为燕君"不久于人世"的配合,这个要谢谢人家。而整个晚上,大家津津乐道的"暴富消息",小马表示他一无所知。燕君仰着头,皱眉,淡笑,跟大家一起听着小马说。还赖在门口并未离去的鼻环经理伸头进来,凑近小马加了一句,仍足够让每个人都能听到:"生老病死,永恒又稳当的主题,好的呀。当然,我衷心祝愿燕总度过此劫。不过,我,真的也想知道,那暴富……"他把脚往门里挪挪,让自己成了局内人。

张公在椅子上挪动屁股。芸女士替自己抽了几张纸巾。海波和老K互相交换眼神,然后是海波开口了,好像在这短暂的交锋和协商中,他又重新取得了话语权。海波搓搓手:"也怪我们,光就听着钱响,旁的没留意。呃,就以为,该是大难不死否极泰来这个逻辑嘛。好在,现在有很多新药、新技术,很厉害的，燕总，咱也别想着添置房产啥的了，你有那钱……"他艰难地吞下都到了口边的追问。老 K 咧着黑牙补充，伤感和惋惜地："该咋咋吧，不论钱多钱少，到最后，都得用来瞧病。这主意，我们替你拿了。"

燕君把保温壶的盖子拧开，又关上，发出令人不适的啪啪声，那专注又无聊的模样，跟他以前在医院里，玩病床的起落杆一样。燕君这种反应，让海波和老 K 那原本挺体己挺动人的安慰，都没个地方落了。

张公忽然发出"呵呵"笑声，别看他一会儿嚷头昏，一会儿趴下昏睡，脑子却还灵着，他用笑声削弱或佐证着他的某个猜想："我说，咱们是不是给蒙住了……暴富，或是要死，起码有一个，或者两个都是，他在开玩笑？有钱、有病、没钱、没病，各种搭配里，如果非得选一条，燕君啊……"张公把两只手分别往半空扔，像丢橘子，左右上下地编派，"也别暴富了，我情愿你跟我们一样，底儿都耗空了，光等着投奔等着沾光啥的。只求你无病无灾，这个，顶重要，就这！"他做了一个慷慨的勾选，在抒情中表达他最大的友爱。张公说得很恳切，冲淡掉大家的尴尬不安。

芸女士也咬着唇思考，并发表她无知者无畏、约等于陌生人的观点："你们看燕君这样子，又是脑子上、心脏上动的手术，我看他，就是从头到尾，都是糊涂的！谁知道他前后打了多少个电话，估计就是顺着手机通信录里挨个儿打的，都讲一样的话。你看，他连我和义哥都分不清，打通就讲。这一下午带一晚上，我坐这儿听听，你们几个，其实也半生不熟，交情上半好不坏吧。我们这局，就是这么，瞎凑上的。"她这说得也太过头了，大家脸上重又讪讪的，十分不自在。芸女士不瞧脸色，只不依不饶地咕囔："久病成痴，成癫，成魔，他才不管，他就是想见人。谁当真，谁就是他老哥们儿，谁就来这茶室叙旧……"

燕君放下手里的保温杯，摇摇头，幅度很小，可能只是脖子上有点痒，也可能是针对在场的故友新交，表达他深切的言外之意。关于生活、友谊、生命、人生，就这么回事儿，以致不必置词，只有摇头。大家都看到了他的小动作，马上转向小马，在同样的信息盲区与事实陷阱里，小马应当处在一个稍前的优势位置，应有更明朗的直觉或判断。

小马却更大幅地摇头，表示他对此无法解读。他前面就跟他们说过，这个死过两次并且正在奔向下一次死亡的燕君，早已不是他们所熟知的那个人了，他超逸出了普遍的日常的范畴。他并非悲剧，谈不上喜剧，够不着正剧，也不好说是闹剧。不知道。他真不知道。

鼻环经理有点不耐烦，消受不了燕君，包括小马的云山雾罩，他把通往湖面的窗户哐里哐啷地推开："你们透透气儿。不管怎么说，可别辜负了我这个茶室。"清冷冷的空气一下子扑了进来，好像冰凉而松松垮垮的拥抱。

"谁不想要这么个茶室呢，对吧？老朋友，瞧着水，这么吹吹风。""眼看着，我们可都是坐五望六。""不是他来这一下子，我都四年没出过远门了。"他们乱七八糟地回应，语调软弱，打着寒噤一般，"哼，不久于人世，这词儿！别说他了，我们其实也快要死了。""这一条，还真不是玩笑，千真万确。"

燕君像在犯瞌冲，迷糊地瞪看大家。瞪了一会儿，不知从哪里掏出三张卡，嘟囔着递出来："查查去。记得，是圈过几个小山头⋯⋯"

无主题拜访

1

　　手机备忘录里列了五个名字。周默打算最近一一拜访，其中有的只一面之缘，有的多年断了联系，有的关系上比较微妙，无可无不可的。对一个社交上从不主动甚至有点懦弱的人来说，这可是个不小的工程。

　　跟两天前的体检有点关系。

　　每年十月底十一月初都是体检季。秋风阵阵，绿叶子还在树梢沙沙作响，黄叶子已满地萎泥。在这样一种天生带有哲思气息的天气里，饿着肚子匆匆奔向医院。一个个诊室排队，等待，踩着前面一位的脚后跟，做出同样的规定动作，毫无保留地努力呈现或裸露。有些情况当场知晓，大部分不被告知。去往下一处，重新等待，身前身后是多次排队中反复出现的面孔，好比无法选择也无法避开的旅伴。可真像是整个的生命过程。

周默在无聊中这样想。

终于查完，出得体检中心，踏上到平层的下行扶梯，可能是疲惫所致，周默心中升腾起一种坠入地底无限深处乃至通往终点的错觉。对面扶梯相向而来的人们，手里捏着他们还没有展开的体检表，则愚昧无知地，仿佛要升向天堂一般，飘飘然与他这边下行扶梯上的人错肩而过。祝体检愉快。他在心里哼了一声。

手机一抖，又收到一条过分亲切的生日祝福："亲爱的周先生/女士，今天是一年中最特别的一天⋯⋯"稍早在B超室和心电图室，也都收到了类似的机器推送。祝你生日快乐。他也向自己哼了一句。身份证上是个阴历日期，他从来不过这个日子，除了商家，唯一记得的只有母亲，而她老人家，早不在人间了。

就是两次无意义的哼哼之后，在自动扶梯依然裹着他，缓慢沉默地往地心深处滑动着的当儿，有个含含糊糊的念头冒了出来——是不是得做点什么，就当是给自己的一种仪式感，都五十岁了。属于他的时间随时会停止。想想接二连三离场的那些熟人，多直接的刺激啊，每次都像迎面劈来的电击，给他以心智上的濒死体验，继而又会生发出一种警示的、焕然的压迫，提请他要对接下来的生命阶段，来一些习惯乃至原则上的突破，做出尽可能的哪怕只是敝帚自珍的努力。

说实在的，他认为自己从没真正开心过，生活到处皱巴巴的，像摊在草地上的塑料布，哪儿哪儿都不平整，扯来扯去中，总是他去就着别人，他实在太不重要了……当然，以他的性格，绝不可能有翻天覆地之变，最多是把草地上的塑料布往他这头拉拉，不要再这么委屈，稍许活得自如一点，让自己开心一下。甚至能有点胆气？差不多就是这样一些个意思吧。至于做什么或怎么做，心里并没主意。

体检完就直接回家了，天黑都忘了开灯，直到妻子进门，周默没动也没问候。

"怎么着，下午就没去？"妻子打开灯，眼光像霰弹枪，散点打中各处的袜子、外套、皮带、车钥匙、指甲刀、牙线之类。沙发边扔着外卖盒，脚跷在茶几上，电脑屏幕正上演一个不雅场面。多年夫妻，她已不屑出恶声，只动作比较大地去准备晚餐。两个人其实也简单，饭菜端上来时，周默既没赞美也没感谢，这本是他长期抹在嘴边的"口蜜"。只管一声不吭夹了一堆菜聚在碗里，眼睛继续盯着电脑，是部惦记很久的剧集，就想放纵地一口气看下去。妻子翻翻眼皮，随即也把 iPad 支起来，一阵阵罐头笑声里，她挂沉着的脸也松快下来。看来，这样还挺好。

晚饭后妻子下楼了，说一万步还差两千步。周默不语，总觉着她的万步执念只是个遮挡，主要为避开两人相对无言。

想起上个月猝死于自家浴室的魏主任，就比他大一岁。夫妻早就分房而睡，故魏妻直到早上起来才发现。周默和同事急忙赶过去，没想到魏主任的身体居然是粉红色的，肚皮白嫩，泛着油脂光，像个巨大的婴儿。他嘴角有一点呕吐物，手指甲抠得出血了，血迹里混着马桶底座的白色地胶。周默回家说起这个画面，妻子也为之唏嘘，隔一会儿，终于还是嘟囔道："其实我也想分房睡，你熬夜影响我，而我早醒，就想外放手机听听音频书。"周默刚要开口，妻子长叹一声止住，叹息里带着复杂的愤怒与俯就。是的，没法往下讨论，一说，女儿小卫更要搬走了。家事的烦恼，就是这样，郁结越久，就越是付于无语。

小卫还是十一点多才回，身上混杂着麻辣烫、香水和夜色的味道，用她一贯的厌弃眼神瞪了他两眼，随即拍上房门。为了与多年男友莫名其妙地分手、闹着要出去租房等事，她们母女已互出恶声，不通话语。周默本是悬浮的中间派，但上个月，小卫又招呼都不打就辞掉工作，那可是带编的事业单位呀，妻子凭着多少年人脉好不容易搞定。周默只略微开头说了半句，小卫就恼怒大哭："什么狗屁稳定，什么狗屁前途，什么狗屁资历，你们想过我干得开不开心吗？"小卫从此连他也不搭理了。

这样的夜晚，无话，跟所有的夜晚一样——似乎根本没什么用武之地，让周默来落实他那不知是什么的想法或仪式。家这样的地方，都是内心戏。他们三个，相互太过了解，都拿彼此没辙，没有话要讲了。他居然期待起次日上班了。

周默有意在走廊里转了转，没有人——包括部门头头——留意到他昨天下午的无故缺席，或者就算留意了也不想计较。

这种宽容是多大的漠视呀。周默心中怏怏。不是今天他太敏感，而是，一直这样的吧。对面的同事竖眉瞪眼地，正大骂某某股票机构。他总这样，赔了是代理的错，赚了则吹嘘自己的眼光。周默一直挺不喜此人，索性没搭腔，心里头甚至想，从此都不捧他的场了……同事也没介意，仍在说个不休。细一瞧，原来人家是在对着微信语音。瞧瞧，谁眼里能"看到"他？当然，反过来说，他也一样看不到他们，不在乎他们。这种极其普遍的人际状态，与其说是叫他失望，不如说是叫他更感无措。如此情境之下，他能做什么，或不做什么？

中午在食堂排队，周默依然深陷于那种无处下手的迷惑，拒绝了油滴滴的烤肠，也拒绝了水煮鱼，标新立异似的，只端了两份素菜，并找到大厨："可以提建议吗？少做油炸食物与大油大辣，少用加工食材，这是国家居民膳食建议里反复强调的，不等于是公理吗？"几个妻子模样的女同事——她们当然长得不像他的妻子，但从某个角度讲，又像是包括他在内的所有中年男士的妻子；她们面庞圆圆，健谈而有主张，穿羊毛开衫与阔腿裤，那像是妻子的秋季制服——正是她们，算是附合了周默几句，角度略有差异：一位妻子建议把调和油换成橄榄油，另一位妻子指出餐后水果最好不要反季节，还有一位妻子则提议不在食堂吃饭的话是不是可以把余额折成现钱返还。大厨煞有其事地，甚至可以说很有诚意地一一点头，活像是从明天起也要重新做人了。后面挤进一个添汤的小伙子，捂着嘴咳了两声，周默认为那咳嗽里有嘲笑之意。他对年轻一代的侧目早都无所谓了，谁没年轻过，谁又不会老呢。他想着的只是，好歹，他说了几句从前不敢说的。

午餐没吃饱，心里也实在瞧不上这个太小的、鸡毛蒜皮都够不上的行动，而且可以想见，不论是他，还是"妻子们"说的，根本就不可能被采纳。向来都是这样的，明智的人根本就懒得理会，懒得较真，这就是外部世界运转如常的方式与原则。无名如他，像一枚鸡蛋，哪怕打破了头，也就是一只破鸡蛋而已。显然，在单位，跟在家也差不多，一天接着一天的，当日无话，当夜无话。没有语言的生活，没有语言的人。他所起愿的自如或勇敢或随便什么的念头，恐怕只会是个无人知晓也不会有任何回响的空谷足音，以致一向当回事儿的午休都没有睡踏实。灯都关掉，窗帘全拉下，手机静音，不厚不薄的小被子盖好。脚一抖，突然醒了，发觉时间还早。两只手枕到脑后，拔剑四顾心茫然。本来挺好地下个小决心，怎么反而觉得分外苦涩了。自己真的是如此不存在吗？居然都没有地方来实践这份赤诚的余生的生命观。虽然起意时也没想着非要怎么样，但如果只是这样，不是他妈的更丧气，更悲哀了吗？

可能是午睡乍醒，加之急迫与不甘，突然有种痛楚的弥留之感。当然，这是一种想象中的戏剧性弥留，种种过往都在脑子里头拉片，天上一脚地下一脚，各种囫囵吞枣的人与事，从没解决的小疙瘩，拖泥带水的未尽事宜，以为早都忘了，其实还是记着。它们一直在暗中侵犯、腐蚀和塑造着他,使得他更加畏畏缩缩,弯腰驼背……实在不行,翻将出来,去做点什么或说点什么。当然了,他并没啥大恨、大怨或大恩,就算有稍许欠余,也是末微之事。末微里头挑大个儿,而且也不能太难为对方或自己。想了半天,脑子里浮出几张面孔,就这样吧,去找他们。起码,这是比较具体的动作,听起来也还不赖。他终于有点儿淡淡的高兴了。

对,就是这么来的——他手机备忘录里的那五个人名。

2

过去有三十年了,他还是一下子找到黄叔叔住的地方,可能人在羞耻的情形下,记忆反而牢固。他一路上都在想着当年的母亲,以及当时跟母亲赌气的情形。巷子有很多变化,气罐站和包子铺没了,多了一家连锁炸鸡店,理发店门面大了一倍,新式咖啡店门口撑着深绿防风大伞。黄叔叔所在小区的门口,两棵老梧桐只剩下一株。这让周默再次忆起母亲那遮遮掩掩的,夹杂着乞求的叮嘱,老远就指给他看那两株大梧桐树:"记住没,下回如果迷路,直接找这两棵大树就可以。"周默当时念高二,个头已高出母亲,他往下扯扯帽子,盯着地面,宽大的枝叶投下稀疏晃动的阴影。他没应声,心中发狠:什么下回,我才不会再来,永远不。

他懂的，母亲跟这位小她五岁的黄叔叔，有些什么。父亲过世了是没错，但他们这么快就来往，以他那童真的想法，既是对父亲更是对母亲的维护，无论如何没法接受。那黄叔叔乡音很重，身形粗鄙，左腿不知为何短了一点，多丢人哪。那次登门之后，他果真再没去过，总归能找到借口，后来甚至不找，就直通通拒绝：不想去。母亲也固执地，就一个人去，过夜。这让他更觉自己的弱与耻。压抑中酝酿了大半学期，他终于下定决心，有天半夜十二点多跑出门，老远寻着那两株大梧桐，上楼打门。被窝里匆匆起身的母亲，半掩的衬衣下，光溜溜的脖颈反射着浑浊的夜灯。他把怀里揣着的一块大板砖，向后面刚刚露出个头的黄叔叔死命砸去，同时还留意着，两只脚绝不跨入他家门槛……不久升入高三，他住校备战高考，后来大学到外地，工作后自己租房，成家后买房，再后来，母亲过来同住以照料小卫。总之，黄叔叔这档子事儿，在他这里来看，从那个板砖之夜，就戛然而止了。母亲病重的最后两年，寄养在一家关怀医院，他从护士处得知，有位高低脚的男人每天都来探看，一坐老半天。母亲的葬礼上，他留意着，黄叔叔始终没有出现。这些年，尤其到秋季，到生日前后，他总是想起母亲，像所有孩子想念死去的妈妈一样，而这想念里，又总会不畅快、不甘心地，绕不过那位再没见过的黄叔叔。

敲了几下，应门的是个戴眼镜的年轻人，其背后很快出现一个披头散发的胖妇，周默忙说出来意。妇人瞅他几眼，顺手一指朝北的小房间，嘴里漫应几句："儿子在这里复习考研。顺便的，我也照顾他。"听出来是跟黄叔叔一样的乡音。老家亲友，还是租客？不过从整个布置和拥挤情形看，都是这对母子的天下了。

再次敲门，拧开门把手。房间光线不足，大头小尾，窗户长而窄，窗帘层叠，用黄叔叔当年的比方说，房型像一把木头手枪。这比方是那回初次登门时说的，随即还十分慷慨地拿下主意："你以后过来，就睡这把手枪里，到我老了，这手枪和手枪匣子就直接送把你。"他一边说，一边得意地往外面努嘴，指向整个客厅和朝南的房间等处。突然想到这些，周默感到很不合适。

适应了一会儿，也是等对方在适应。床上斜倚着的老人无力地抬抬眼皮，面色木然。他不可能认出周默，正如周默也基本认不出他了。毕竟统共只见过两次，都在不良的情绪下。

周默报了母亲的名字，卧床者的眼皮重又抬了起来，嘴里一下蹦出周默的乳名。他怎么知道的，还叫得这么熟稔，多少年没人喊过了。周默没有应答，在窗前的椅子上坐下，有心拉开窗帘，随即一想，最多坐五分钟。其实也没什么特意要说的，只是想来看看，可又空着两只手。正踌躇间，老人开口了："晓得我要死啦？来收房啦？"仍是一口浓重的乡音。

周默一下子脸皮发胀，这可太误会了，虽然刚才一进门是想到往昔，可确实只有这些很少量的记忆。"没……没有！我并不知道……当年太不懂事了,你知道的,俄狄浦斯情结,就是作为儿子……谢谢你待我妈好,我知道,你其实一直跟她在一起。"周默匆匆解释,还掉了书袋,显得很呆,主要是急于压下黄叔叔的那个意思。不过事实摆在这里,他知道黄叔叔是个老单身汉,老家只一个远房姨娘,应当早就不在人世。实在考虑欠周,都没想到这一层。

得解释下,哪怕听上去怪里怪气。他从体检后的下行扶梯开始,一直交代到午休时冒出来的名单,而第一个来的,就是这里。没有说的是手机收到的阴历生日祝福,以及他很想念老母亲。

老人听到一半就笑了,皱纹中的五官被分割成许多层,看得出,那是一点都不相信的笑。他从床头摸索了一粒什么,扔进嘴里含着:"别兜这些圈子,看来这回终于是听你妈的话了。我还以为你真有志气,再不踏进这门一步呢。"

"听妈妈什么?"周默更吃惊了。板砖之夜后,母亲再没有跟他提过黄叔叔半个字,后者就像灰尘一样,起码在他这里,被母亲擦拭得无影无踪。而最后两年,她又完全糊涂了,一应感知颠倒混乱,除了周默的阴历生日,别的一概不清不楚。听妈妈的话?她何曾有过什么特别的交代。

老人耷下眼皮,见周默一声不吭只顾等着,才不情愿似的勉强开口:"我跟你母亲说好的,这房,总不能充公吧,当然留把你。有个条件,就是你得来一趟,得踏进我的家门。这条件不过分吧,只没想到,你真能拖到现在的,等我的最后一口气……"他大概是想冷笑,不过没成形,倒不小心把嘴里一直含着的东西咕咚咽了下去,随之呛咳,继而大口喝水。

周默这下是真的尴尬了。他就是再怎么说真话,老人也不会再信的。可是……房子?他感到一阵燥热与恼怒,恼怒中当然也有惊喜,随即是惭愧,忽而又想到善念上的因果。看看,只要他动了"真"念,便会有这样的福报。呸呸,多么庸俗的想法!不过,假如真能接手这套小房子,正好可让小卫搬到这边来住——妻子除了生气小卫与男友的分手及她的辞职,最恨的是她要在外租房,一则不愿另外花钱还两边开伙,更主要的是女孩独住显得不稳重,但如果是自家房子,就什么都顺畅了。再说,棋动一子,整盘皆活,小卫的新朋友与新工作,也会随之好转起来吧。包括妻子想要的分房而睡,其实也是他的理想……脑子里突然风火轮一般,一下子蹬踩出去老远。

门把手咯噔一响,散发妇人托杯茶水送了进来,脚步踏得很用力:"哈哈,他一见有人来了就高兴,爱逗乐子,谁来都这么说,上门推针的护士、居委会小马、老工友,都说要把房子留给人家呢。说护士特别像他第一个女朋友。说小马扶他过马路,等于救过他的命。说以前抢了老工友一个调岗机会,人家可有两个小孩要养呢,而今拿房子来赔罪。一套一套现成儿的词,听上去可圆乎了。"

周默脸上的热胀,还有压在后脑勺的惊与喜与愧,哗一下全都退了。好不轻松！几乎如一种赦免："我真的信咧！我母亲在世时，跟黄叔叔交好多年，就怪我当年瞎捣乱……我这心里，可正在翻江倒海！亏好你进来提醒我，否则真要出大丑了。我也没出息的，一听到房子就没了脑子。"周默知道自己话有点多，像刚被从险境里拉出来的幸存者，一种后怕的、想要与人坦白的心理。

老人半抬起手冲散发妇人挥挥手，又有气无力地把手放回被单上，整个人像气球一样瘪了下去。他那失望又无聊的样子让周默也颇感不忍，妇人要是仁慈一点，该晚一会儿来送茶的。周默忽又感到，那妇人似有点争食之意，保不齐就是黄叔叔远房姨娘的后人呢，她肯定不会喜欢这样的玩笑。周默哑然，一边在脑子里搜刮，那么，这会儿再说些什么好呢？

床单下的瘪气球突然冒出一股气："可一个个的，也都信。人哪，总愿意信好事儿。不过这屋，最后总得找个人接下啊，你说他们，哪个能有你亲呢？"

周默没吭声，这应当仍是老人努力延续的逗趣，他不想再中圈套，客气地笑笑，只管喝茶，脑子里却又忍不住转悠：黄叔叔当初真跟妈妈聊过这个吗？而妈妈是不是也当真相信过呢？或者，这一直是妈妈暗中盘算的计划，想替儿子多挣一份实在的好处？他心里头忽轻忽重，很难平静，愈发有种无可追及的愧痛与思念。

老人半闭着眼："我这辈子，只有过你妈一个。我高低脚，乡下人出生，小工人，她不嫌，还笑嘻嘻跟我学土话。跟她在一起，松快。她喜欢花香，随便走到哪里，闻到蔷薇、槐花、栀子花、桂花、蜡梅，哪怕手上提着重东西，也站下来，痴站好久辰光，拉都拉不走，说花开得这样泼洒，要多闻闻才不浪费。"周默像听他在说一个不熟悉的女人。"我只好也陪着站，给她拎东西，高低脚其实累的呀。再说，每次见面时间都很紧张，总归不踏实的。"他停了一会儿，"直到她住进关怀医院，才算结结实实陪了她两年。只是她不认得我，一直冲我喊你。"

怪不得，他刚才脱口而出的乳名，活脱脱是妈妈的口音与口气。妈妈最后两年，所有的都忘了，口中仍在念着他。哪怕只为这一声脱胎自妈妈的唤，此一趟上门，也是得到太多了。

"你，记恨我的吧？"周默问。

"那不至于，再说办法总比困难多，我们也没太耽误。你整天忙工作嘛，你妈只要能出来，就抱着小卫往我这里溜。你不知道吧，小卫在我这儿，可没少撒尿拉屎。"他往外努嘴，得意地指向客厅和朝南的房间，跟多年以前的动作一样，"小丫头片子嘴巴真甜，会讲话之后，一来就绕着我不住嘴地'黄爷爷''黄爷爷'。就只有她，喊过我'爷爷'。"

周默勉强笑着点点头。妈妈可真是好本事，从来没漏半个字。瞧瞧，人们在牙齿后面，都藏了些什么呀，哪怕是母亲与儿子。

周默抹了一把眼角。

好久没这样了,何况当着外人。这泪,也并非出自痛苦,而是一种迟钝的了结感。那许多年,妈妈与黄叔叔,他们好歹还是滴滴答答地在一起,在缝隙里挤挨相亲,彼此陪伴。他被瞒得死死的,在瞎目的固执里一无所知。太好了,好在是这样,这甚至重新哺育和慰藉了他,让他还能接续上这条通往母亲的小道。都以为找不到了,都以为就永远没了。看看,他不算个好孩子,可妈妈一直就是这样宽待着他,照料着他的。

床上的老人看上去还有谈兴,重新把头转向窗户,继续半真半假地诱导:"我就说过,像把木头手枪吧,将来给你用……"周默站了起来,微微弯腰道别。可以了,不能再多。他急于回到小区门口,站到那一株或是两株梧桐树下,重返妈妈那急切而乞求般的叮嘱:记住没,下回,直接找这两棵大树就可以。

3

去往言老师那边的路上,周默拐到便利店,提了几罐冰啤。他最喜欢抠动拉环的那半秒钟,泡沫克制又随意地溢出,正像往事一般。

其实那件事过去后,再无联系了。周默给这位言老师发去短信时,讲明是周小卫的爸爸,对方毫无动静。他又发去两个关键词:戴帽子、省三好生。终于回复来一个时间段,说办公室还是515。看来是想起来了。

不算很大的事，起码在妻子看来，是小事一桩。当时小卫上高二，逢上省优秀三好生评比。妻子是做人事工作的，有些门路，不知从哪条秘密通道"搞"到一个名额，说可以直接"戴帽子"到学校给小卫，不过申报还是要通过班主任言老师那里。后者完全不赞同这样的途径：学生们可都睁眼睛看着呢……妻子去谈过一次，未果。她承认自己太强硬了，遂派周默去软化，并反复叮嘱：这个，将来提前招录有用。是，当然，明白。

那一次见面，周默刻意准备一番，动用各种世故手段，暗示"有情后补"，甚至还表现出惧内、自私等特征。也不算撒谎。周默深知自己的缺陷，只要是妻子的吩咐，只要事关女儿，他就会成为一个毫无骨气的不折不扣的小人。为了拦住言老师插话，他采取自问自答的方式，把对方那部分也从各个角度一并说出。绵绵不断的语流，绝对把言老师给淹没了。还记得说完之后，言老师一言不发，沉思般地看着他，退让中带着怜悯，直接挥手送周默出门了。回家的路上，周默收到言老师一条没头没脑的短信："要用美好的方式去祝福，美好的祝福才能抵达孩子。反之呢？？"

周默感到那两个问号很刺眼，立即把短信删了。一个月后，小卫如愿入选"省三好"。妻子照旧没表扬他："以为是你搞定的？我另外找人跟校长打了招呼。"次年招录政策有变，这战果没用上，小卫或别的哪个同学评上，都一样了。所以妻子一直觉得，此事，不仅是小事，也等于是没有的事。

走廊尽头就是515室，有个身影在廊尾抽烟。周默试探地招呼，那人忙扭身，掩饰住其实并无印象的辨认感，嘴里高声招呼周默入内，倒水让茶："周小卫同学，各方面都还好？"言老师热络但显得小心地开口，带着工作一天后的疲沓与莫名所以。是啊，这都毕业多少年了，家长何以会登门来，拜访这么一位早就翻篇儿的高中班主任呢？除非是出事了。

周默怕他多想，连忙点头，只点了一下就停住。女儿小卫，能算好吗？他可不就是，想来说说小卫的？

鼻腔里还充满着刚才在校园里一路走来的混杂气息，球鞋味、食堂味、书包味、厕所味、漂白粉味、塑胶跑道味。在教研室坐下，又添一层复印机、作业本、红墨水之类的味儿。并不是嗅觉的突然灵敏，而是对昔日的重现与投射。太久没有踏入学校了，仅仅是想象这些气味，就有种强烈的唤起，那些独属于家长对校园的经验，带着奔波、讨好与焦虑感的。大考之后，必有一场家长会，大家匆匆赶来，挤坐在自家孩子座位上，没有名字，只是谁谁谁的爸爸或妈妈。大概就是前几天，他在路上迎头碰见一个女人，双方都一愣，随即错肩而过。过后想了很久，哦，那是女儿初中同桌的妈妈，多少次的，他们一起挤坐在窄小的座位上，仰头听各科老师训话。看看她，现在都成什么样儿了，白发一大半，背部塌弯，完全是个老妇女。他们一个个的，都是这样老下去的，直至最后通往死亡之路。这就是做父母的命，都是甘愿的，也是享受的……养育之苦或天伦之乐，画面都是一样的。

当然，不是要跟言老师谈这些，他要说的是下半场，该着他和妻子收获的时候——小卫岔道了，从前那缠绕膝下的小欢豆、小心尖儿，那节节拔高的好孩子，怎么就成了现在这种横眉冷目、不通声气的样儿？是受她妈妈影响吗？妻子对他，向来就是看低。可妻子跟小卫也搭不上话呀。夫妻两个，到头来都一样，再怎么地热络趋前，到小卫那儿都一头撞着冰墙。不要讲眼勤手快、礼多人不怪、吃得苦中苦那些他们认为很重要的为人处世之道，哪怕就是好声好气叫她不要熬夜或是每天吃一个煮鸡蛋，她都会露出鄙夷不屑、忍无可忍的样子，好像只这一个细节，就暴露和代表着他们的老朽、令人讨厌的节俭、土得掉渣的规训。而她，在所有这些日常秩序、行为价值乃至个人生命观上，是与他们彻底敌对的——到底哪里出了问题，在哪一步踩错了？怎么想都不明白，他想说说这些个！

怎么会找这位八竿子也打不着的言老师呢？说来有点滑稽，每每身陷百思不解的泥淖之中，反复浮现于脑门的，居然是当年言老师发来的那条短信——被他当即删去但始终记得，并像红灯似的闪烁着，越来越刺目，似乎这一切就是被言老师一语成谶的。因为没有采用美好的方式，祝福无效了，女儿的生活没有到达本该有的美好。

周默给言老师和自己都打开啤酒。差不多跟那回一样，他还是自问自答，就好像言老师特别惦记这个多年前的学生似的：

后来读研了吗，选的什么方向，出国了没，在哪里高就，情感上有什么进展啊，下一步打算呢。他替言老师把所有方向都问到了，并详详细细、不避不让地一一作答。再不必掩饰、自欺或强颜，小卫而今就是处于一个趋向无名与失败的坠落轨迹。不如人意的妥协，勉强的左支右绌，不被告知的抛弃。深夜传来坏的消息，他和妻子坐拥着温暾的被子，愚蠢地假设与倒推。一切的一切，都在他心里头闷着，这小口子一拉，全都喷涌出来了。

言老师先眯着眼，后来睁大，不停地眨巴。

"从小到大，每样事情上，我们总希望她得到最好的不是吗？选学校、分班、植树小标兵、作文比赛、琴课考级、支教、做义工、实习、考编、年终评优……大部分是她妈，也有时是我，总归会托托人，找找关系，打打招呼，这是作为父母的本能和基本属性不是吗？想她好，想要帮她。每一样事都尽心尽力，巴望她能好一些。可你看看，她现在怎么这样，完全地不要好！言老师你那句话讲得对，都怪我们没有用美好的方式……"

这个逻辑真对吗？但周默情愿这么说，也一定要这么说，他想把担子压在自己身上，就是到现在，他也舍不得责怪和否定女儿。世上没有种不好的庄稼，只有不会种的农夫，他特别信这话。替女儿难过，更替自己难过。还从没对第二个人吐露过这么详细的痛苦。可终于说出来了，而且是对着言老师。这算什么，对当年那则短信迟到的回复、无用的觉悟？随便吧。他在言老师面前，反正都是出丑的，也只有回到这里，他才可以原形毕露，才可以承认他在小卫身上所体现出的庸俗、短视、无能，以及由此而来的巨大痛苦。

趁着他喘歇，言老师举起啤酒伸过来碰碰："那个短信，是句名人名言，我备了好多条不重样的，轮换着给家长们发，班主任的一种交流技巧嘛。没想到，你到现在都记着，还想了这么多。其实小卫这样挺好，年轻人放空一下也是必要的，不工作或不谈恋爱，都是暂时的，哪有您说的那么严重。再说，什么叫'好'，什么叫'要好'？又不是集体做操，哪能动作都齐整。何况一代人跟一代人，从来都是不一样的。"言老师挺会劝人的，也可能是泛泛而谈，像名人名言一样，肚子里装着好几套。他看过来的目光，像是把周默当一个棋牌室老人。停了片刻，言老师问了一句："我说，小卫爸爸，最近，你自己碰到什么事了吗？"

周默让自己的眼神移到啤酒罐上，未着答词。对言老师的误听与误判，他无所谓。至于"小卫挺好呀"这种话，更没搭腔的必要。大街上的人，不相干的人，不挂在心上的人，从来都"挺好"。这位言老师，大概到现在也没能记起来小卫到底是他哪一届的学生吧。

言老师捋捋头发，仍在尽力，把话题稍微岔开一点："带小卫那个班时，我还没结婚。现在，我儿子也四岁多了，有了小孩才知道什么是家长。要搁现在，像'省三好'那事，我绝对不会打坝的，倒要羡慕小卫妈妈的本事呢，直接'戴帽子'下来，多好！人哪，就是一边过日子，一边学着过日子。刚工作那些年，别看我做老师，其实你们这些家长，反而是我的老师——关于怎么做家长的老师。我呀，学得不错，现在可比你们这些家长还像家长呢。"听上去像是个绕口令，"我最近正盘算着，让儿子学个乐器，一方面是考个级，将来不论上学还是工作啥的，有活动也能上台露个脸。听说传统民乐考级容易点儿？架子鼓呢，是不是更有派头，也适合男孩？小家伙胳膊腿儿圆滚滚的，准有劲。"他露出为人父者那种沉溺于浮想的笑，啜一口啤酒。

　　到耳中听到言老师这句很亲昵的家常话，周默再次确认，言老师根本就没明白他前面说的那些。看看天色，教研室外面已是夜色浓重了，校园里全然寂静，从窗口看到的半边操场空空荡荡，却又人影晃动，嬉笑喧闹，跑动着无数半大不小的孩子。他看到了小卫。他再看不到小卫。都过去了，属于小卫和他的共同旅程。嗯，言老师人不错，他会跟周默一样，成为一个尽心尽力地通往平庸、奔向痛苦埋伏的父亲。这接力棒一般的联想似有种近乎幽默的宽慰。周默在手机上慢吞吞地编辑，把当年那条短信，又发给了坐在对面的言老师，包括两个问号。没啥特别含义或用处，纯粹只是一个动作，动作就是全部，跟他跑这一趟学校一样。

4

黄叔叔、言老师，一下两位了。他们都不算熟，反而是容易的。不像文秋。

差不多有小半年了，他跟文秋每天都会在微信聊几句，就在午睡之前那十分钟的样子，包括他开名单的那个中午。这俨然已成为他们二人间的一个习惯，而所聊的，哪怕就是被妻子或道德纠察员突然扒开手机来看，怎么说呢，与其说是干干净净，不如说是十分无趣。比如，文秋会聊到她初中时喜欢的翁美玲，嘲笑某位外国元首的发型，或者小区里有人跳楼了之类，有一搭没一搭。正是这种啥也没有、啥也不是的勾连，最经不得细想，似有风雨彩虹之暗动，常常叫周默挺烦躁，恨不得拉黑了事，可一到午休躺下，又忍不住地，无论如何要跟她说上几句狗屁废话。这算什么？他真讨厌自己这么没性子，很少有男人能无色无味地拉扯这么久吧。那文秋也怪，居然也就干陪着拉扯。

他们是在系统内的羽毛球比赛上认识的，极随意的搭配下，他和她组成一对混双。而只要是竞技性赛事，哪怕这种市民健身性质的，也能拉动起同一战壕般的战友气氛，统一集训之外，他们还十分要强地，到外头找了两个体校学生，加时训练。那期间，他们往来频繁且亲密，同进出、同饮食不说，难免还相互搭手蹭上汗水，红肿处帮着按摩，洗澡后出来都光着脚丫顶一头湿发。谁都不是个木头人，怎么可能不感到那种生理上的黏合与引力？可为着比赛，哪个都不可能作死，倒也罢了。有意思的是，运动会一结束，两人却都一个紧急大刹，分道而行，再没约着见面了。显然，他们都对接下来的走向缺乏把握，只把未尽的余味，乔装成无聊的聊天，像一小撮淡而无味的盐，撒向漫长的午间。

周默把文秋列进了名单，逼迫自己，得给这事一个交代或了结。当然，他心里有点僭越之想，并认为这是老天爷最后一次怜悯性的馈赠。他与妻子之间的状况，老天爷必也看得一清二楚。周默这辈子都逞不了强，作不了恶，但也不可能白璧无瑕。他不是玉，是人。这个"可以有瑕"的尺度，不仅对他本人，同样适用于妻子、文秋，以及随便谁。这是他到这个岁数上，在男女事上的理解。

昨天的微信里，周默没有回应文秋关于流浪猫的一长串絮语，直接相邀："明天中午十一点半，木森餐厅6号包间一起吃便饭。"

木森餐厅就在四季大酒店一楼，可进可退之处，含义一望而知。她果然愣了一会儿，随即似乎很高明地，发来两张流浪猫的照片。周默一咬牙，立即回复："我先删除你了，明天见面再加。"随即当真删了，以免她往来拉锯。时间早就不在他们这边了，要不做点什么，要不就拉倒。

包间挺小，窗户朝向酒店内庭的假山枯水。周默进去只望了一圈景色，文秋就到了，跟以前训练时一样准时。她的头发还是随意披挂着，脖颈间隐隐地，仍是青苹果似的香水味儿，长裙子晃荡着，胸臀隐现。她也四十多了，坦然的瓷实身形，正是与年纪相称的自在感。周默今天特意穿上训练期间那件防风外套，她踏进门就认出了，开了一句玩笑。能感到，两人间的那股吸引力仍然在，如同茁壮的火苗，一见面就复燃而起。这是诚实与深沉的感知啊。

"你，到底怎么想的？"菜上齐了，服务员把门带上，周默直接开口相问。这问询里有足够的空间表达尊重，但潜在意思也很清晰。

文秋眨眨眼睛，没做出不必要的扭捏："就知道，总会到这一步的。"周默低下头，仔细挑拣掉肉片上沾着的两片薄姜，等待。她目光平视，"我的想法，当然跟你一样。"言简意赅，意思是十分明白的。

"我已在网上订好了。"周默冲手机微抬下巴，右手略微指向楼上，没有说出"房间"两个字。

"我认识一个服装设计师，商业上很成功，一直做高端礼服定制。前几年因为家中有亲人生病，方向突然改了。"文秋没接话，倒讲起故事来。也好，一笔宕开，毕竟不是适合彰显的事情。"你猜改做什么？内衣，仍然是定制。"周默给她舀了一碗汤。说实话，他现在几乎都吃不下。没想到她也是这样简洁和敞亮，一锤子就落定了。他内心的激越并不是为着将要发生的幽媾，而是感慨于他与她，居然能达到这样同步的开诚布公。看看文秋，甚至比他更自然，更镇定，仍像以前午休时分一样，讲些冷不丁的无聊话题。女士定制内衣，这就跟流浪猫一样，叫他能说个啥呢？好在文秋擅长自说自话，"你一定不会想到，没有定制内衣之前，乳腺癌术后患者，那些切掉乳房的女人，都是怎么搞的，就在里头塞卷纸、棉花、布团、吊水袋。当然，植义乳的也有，可据说老会移位，而且皮下没有肌肉了，到底撑不住啊。"

周默热了，把外套脱下，里头是件速干球衫。他平常刷牙时喜欢看着镜子，看自己胳膊上的肌肉像小老鼠一样蹿动。"我倒是有呢。"他说笑道，想显得跟她一样放松。

"嗯。我知道。"文秋嘴里咀嚼着，扫视一圈他的上半身，"我最喜欢的艾玛·汤普森，那个英国演员，你知道吗？六十多了，最近演一个老寡妇，伤感地请求一个小哥：'可以摸摸你的胸肌吗？'"周默配合地伸屈双臂，把胸前撑得鼓起来。看看，还是有点儿气氛了。"男人也会得乳腺癌的你知道吗？好在就算切除，也用不着定制内衣。设计非常难的，尤其是单侧切除后，留下来的那一边，腺体会转移性地发达，胸形会变大……"文秋不紧不慢地，又把话题倒回前面，"此外，还要考虑到面料的透气吸汗、柔软度、手感与重量、便于反复清洗等，又因为各人手术切除程度不同，就得一人一模，定做成本就总也下不来。好多人最后想想舍不得，就还是塞棉花，塞袜子，塞卷纸，凑合着十几年、几十年的。"

"要不是听你说，真从来都没想到这些呢。"她聊天总是这样，不仅冷僻，还显得过分认真。周默试着多接几句："也许将来会有大病救助或女性方向的基金会，倒是可以做一点资助。"

"对我来说还好，买得起，两三只轮换着，够用了。"

周默耳朵里滚了一下，如雷，起初没能有反应。可她吐字清晰，也没有纠正或进一步解释。听到的什么，就是什么。哦。哦。他在心里惊呼，同时端起杯子。杯子里幸好还有一口水，他又加做了几次吞咽动作。随便什么，能挡一挡自己的视线便好。放下杯子的时候，他不得不开口："完全看不出，不可能吧，你在逗……"

"所以我就说这个设计师真的厉害，细节上完全贴合，视觉和体感都特别好。夏天穿单衣，包括做运动什么的，完全无碍。别说你看不出，我自己个儿都快忘了。只一样，游泳不行，我试过，吸水，太重了会往下挂。"

下面该说什么，他真的吃不准，甚至有点害怕，还有着实不应该的恶心感，接下来可怎么弄？她这就算打招呼？打预防针？可这，打麻药也来不及的呀，他根本来不及做心理建设，这完全不在他的任何经验或设想范围之内。待会儿他该怎么亲热，就是关掉灯也是一样的，他还有没有能力去拥抱她，抚慰她？周默紧张地克制住结巴，还是说出了："请不要生气，实在太意外了,我怕,我恐怕我做不好……"

"当然,当然。肯定会怕的。"文秋反过来安慰,替他添茶,"怎么会生气,谢谢还来不及呢。谢谢你主动邀我出来,谢谢你前面的想法,以及现在的想法。谢谢你这样坦诚。"她冲他的手机微抬下巴,右手也往上面酒店指指,"待会儿退了。"周默张张嘴,其实也不知要说点什么,她摆手,"没有人能做好的。尤其是我,主要是我。除了医生、当时的护工还有这位设计师朋友,我不给任何人看我的胸,何况你。你,是我有感觉的人。"她想了一下,笑着补充:"可能我丈夫偷偷看过,但没让我知道。我们,反正早就是一对老兄妹了。"

"都是,夫妻到头都是老兄妹。"听她提到丈夫,周默勉强呼应,并终于把视线放平,重新看她露在桌面上方的身形。就算有了新的认知,还是没有找到异样之态,他依然觉得她是健美和自然的。裙子与定制内衣的下面,真是那么残酷吗?他想到常见的手术创面、刀疤、缝线、挂皮、紫红斑。她本可以不告诉他的,她可以继续悠游,吊胃口,或者高傲,假道学,起码有一百种方式来处理这个拒绝。她多么慷慨,一下子给出最大的秘密。

"要不是你今天来这么一下子,也没这机会跟你摊牌。要让我平白地去跟你讲这个,哪里开得了口。就得逼,像这样,事到临头,图穷匕见。哎,我问你——我只是感到惊奇,都隔这么久了,是什么原因,让你突然地来约我?我知道你的性格,一直都是肉肉的，能迈出这一大步，是家里有事，外头有事？"她温和地看他，随即又加一句："不想说也没事，我不一定要知道。"

多好的女人哪。比起练球的时候，比起午休聊天的时候，比决定来这里之前，比刚刚知道真相的时候，他更加喜欢文秋了，或者说，自认识以来，这么久了，到此一刻，他才算真正认识到这是个怎样的女人。然而只能止于此，他超越不了自己的胆怯与能力。

文秋等了他一会儿，像在理解和陪伴他的沉默，最后停止了对谜底的期待："不管怎么说，挺好。这么长时间，我一直享受着自己对你的吸引，享受我还能喜欢着一个人，真高兴我多少还能这样，说明我还远远没死透呢。这就足够啦。哦，那个……"她见周默滑动手机，"别再添加好友，我们不适合再聊天了，不仅我，你也会不舒服的，就这样最好。"

文秋利落地站起："咱赶紧回吧，还能赶得上好好睡个午觉呢。"

5

当晚，周默熬了大半夜，连看两部剧情烂熟的老片子。中午的事，脑子里还是有点后劲儿。对于一场悬置太久、尚未命名的交往，这样收场，当然是稳妥的，甚至可以说是隽永和澄明的，可怎么也压不住心底的一阵阵凄惶。这还是老天爷的手笔吧，看准他就是干不了任何出格之事。借着电影里主人公的意外死亡，他擤了好几把鼻涕。妻子已睡了一程，起来小解，在走道上扭身看他几眼，打着哈欠又回卧室了。等周默看罢，收拾完电脑、茶水，正打算洗浴，妻子倒裹着睡衣出来了，直推着他往小书房走。

"才睡下，前面还听到打游戏呢。"妻子冲小卫的房间那边侧一下头，表示不要吵醒女儿。她拉张椅子，跟周默隔着书桌坐下。他发现她脖子里还裹了条厚围巾，这是要长谈吗？夫妻二人这样，还真有点怪异，已快凌晨一点了。

"你前几天，删除了一批人？"

哦，问这个。是，也是借着开会时有闲，把朋友圈系统地筛了一番，从严从重地，删掉若干。太爽快了，简直觉得手机都轻了几两，干净了几分。倒也没啥惊天动地的分野，主要是群太多，简直集天下之大俗，排队互夸，请人投票，粗鄙造作的视频，发红包抢红包，凌晨五点半倒鸡汤。早就烦透了，周默反正向来不大吭声，就此撤退走人。还有些偶然添加的，实则从无交际的各方贤良，留着本也无妨，可他们一至年节即群发祝福，红彤彤金灿灿，连个抬头都没有，大概也不知道周默是何许人也，删了也不会知道。再就是"非我同道"，这稍微复杂一些，他也当真地，通过关键词搜索，加上印象与判断，挨个儿处置，包括小学同学、多年球友、退休同事，还有年年寄山货的兄弟，帮过他忙的年轻人，相当部分，是多年交情，熟知彼此经历包括家人与家事，带着时日积淀下的老熟情谊，可正因为此，在一些问题上，看到他们在朋友圈说那样的话，转那样的东西，真太别扭了，比看到不相干的人更难受，好像突然间发现对方成了冷血动物，成了戏台上人，成了偏执狂，乃至成了刽子手。而料想对方看他，亦是如此。这千峦万嶂的遥不相及，真残酷。彼此不看已是最大的宽待与友善。当然也可以屏蔽，但既已至此，又有什么保全的意义，不如干脆点儿。好在就动动手指的事情，当面的话，他恐怕做不到这样决断。

"也就好玩，图个让自己舒心一点，谁会当真？"书房灯光太亮，他眼睛可能还红着。周默口中支吾着，心里颇感纳闷：妻子怎么发现的？

"好几个人来问我咋回事，还以为哪里得罪你了。你说现在熟人朋友之间，还能有什么，不就相互点点赞吗？"妻子怨怪，边皱着眉观察。他一直不喜欢她这样的神情，但多少年下来了，这就是她作为妻子的面孔。

是啊。赞、点赞、点赞之交，总有些大好人儿、大善人儿，不论任何人发任何玩意儿，都能看到他们在点赞，好像一直蹲在那里时刻准备着似的，周默真是瞧不上，可随后又愧羞，自己不也全天候蹲着，留意这些？比起点赞之人，他不是更加无聊吗？照这样说，连自己个儿也要删了，湮灭于茫茫友圈。

"你就随便扯句玩笑，或者说我最近断网，眼睛也老花……"周默咬住嘴唇,不,不要这样虚头巴脑,"你要肯讲,就跟他们直说,说我觉得没劲,三观不合,眼不见心不烦。其实人与人的感觉是相互投射的,他们看不到我,也一样清净,该高兴才是。"

妻子抱着胳膊,不相信地依然等着什么的姿势。

"可以去睡了?"周默试探着。现在真是熬不了这么久,前面眼泪淌出来,人就开始困了。

"哼,倒有空操心人家的三观。小卫,就由她这样?"妻子加深谴责的意味。又来了,随便讲到什么,总要落到小卫身上。小卫是他们永远绕不开的礁石,或者也是最安全的礁石。妻子不愿往下探究他删除好友的内心动机,宁可这样潦草、生硬地转移话题。虽说也习惯了如此,可这回似乎特别失望。

"说实在的,我唯一能做主的,也就这手机里的朋友圈。至于小卫,"他一下子决定认怂,忍受着心里的锉痛,嘴上却脱口而出,"你说我能操心得了吗,她而今还听我的吗?其实,工作不工作、恋爱不恋爱的,小卫她实在……要放空,由她去吧。出人头地、成家立业什么的,那是我们认为的'好',她有她认为的'好'。"他不自觉引用了言老师的一些说法,并不完全同意,但能怎么样?他不想再装得好像能有什么办法。

"这就是你,说的话?"妻子一把扯下围巾,拿在手上胡乱扇风。这大半年来,她经常这样,前一分钟还直喊手冷脚冷,突然地又会一身热汗,随便抓起什么就当扇子。她把围巾在手上团起，又散开，在使劲克制，也在使劲思考。周默羞惭不语，的确，他刚才的话听上去是挺差劲的，一年年的夫妻至今，如果说还能有什么共同的战斗堡垒，唯有小卫。可他，是要大撒把，单方面撤退了。

"你跑去找言老师，是抽的什么风？"妻子突地发问，原来这才是底儿，"今天下午接到电话，我都傻了，老半天才想出他是谁。你猜怎么着，说是听你说的，我有器乐考级上的朋友，都一个圈子嘛，问能不能给他推荐个教古琴或架子鼓的老师，他想带着孩子两样都试一试。"

"他怎么抓住这句？我就随便说到当年小卫考级的事。他也不想想，多少年前的事了。"周默故意抱怨，不知道言老师是否还跟妻子说了别的。

"父母心嘛，能理解，我会处理。"妻子打断，更为审慎地从眼底瞟向他，"我只是不明白，你怎么会找言老师，去跟他聊小卫。"她又把胳膊抱起来，带着她一贯的仿佛是智力上的俯视，"真不知你这脑子是怎么转的，能不能做点靠谱的事？哪怕就是找她以前的同事、好朋友、同学，包括前男友，都还说得通。言老师，高二班主任，亏你想得起来，这哪儿跟哪儿。真的，我只要一想到你这脑子，就气得睡不着！这么多年，你倒是讲讲，你什么时候脑子好使过，你这脑子办成过一桩事情吗？"她集中炮火指责他的脑子，好像那是不在场的第三方。

"别气了，伤身体。我去冲把澡。"周默关了灯，推着她往书房外走。妻子能专门爬起来跟他谈脑子，已是了不起的关切了。真替她哀伤，她从来不明白他是怎么回事儿，也绝不会承认她什么也不明白。

6

有人给妻子送来两箱蟹。每到夏秋招新季，总会有人向妻子请教备考或面试的特别技巧，随后家里就会有这样的"飞来之物"。正是霜降之时，公蟹的膏肥起来了，妻子说给弟弟家一箱。她一直有娘家人思路，双亲过世后，弟弟就成了娘家，跑腿自然是周默。

妻弟家在新区，得穿过整个城。既是要跑这一趟，周默心里便做了一个小调整：把名单上的大学辅导员——那是屈指可数的真正赏识并高看过他的人，甚至让周默感到自信，踌躇满志，长达两三年，也罢，路太远，也怕让辅导员在晚年还败一个兴——换为妻弟。这跟前天凌晨时分妻子身穿睡衣抱着胳膊看他的眼神有一点关系，相当于一个微弱的自卫反击。

妻弟在大学做行政，却也打扮得很学者——螺纹高领衫，毛麻外套，一步三摇地到小区大门来拿蟹，眼神跟妻子一个样，既亲切又高傲，握握手就算是谢过兼道别的意思。周默逼着自己开口："里头冰水有点化了，我这正好粗布烂衫的，替你抱上去吧。"妻弟也顺口转弯："那正好陪我喝杯岩茶，才刚泡上。

她们两个爬山去了。"

想到就要谈的话题，周默嗓子有点发干，真得喝杯茶。这个话题是不太友好的，尤其对他自己，再说，他还要克服在妻弟面前的某种心理劣势。这么多年，在他们一大家子面前，他总有种低微之感。世俗的那些因素都是有的，他跟母亲一直生活在厂区，工人堆里打滚，包括考上的二本，分配的工作，所在行业的收入，外头的社会关系，无论从哪个角度看，周默都是高攀了妻子及她一大家子的。好在妻子从一开始就很坚定，正像人们常说的那样，被爱情迷了眼。

是的，妻子不顾一切地要跟他结婚，话都讲得硬撅撅的，带着无论好歹、速战速决的勇猛。其实并没必要这样，她父母虽则不大中意周默，但并未反对，且相当之配合，她们一家人简直在一夜之间就端出了整场婚礼的全部准备。周默啥都不用操心，直接掉进好运气的蜜罐子，被甜齁齁地整个封住了脑子。他没有意见，只是对这种高效略感困惑，而他所能想到的最坏结果是：莫非妻子已珠胎暗结，来不及了，甚至胎儿都不是他的？可他也没蠢到这个程度呀，热恋时，她的月事他都知道的。而婚后不久也就证明，是他想多了。实际上妻子怀孕很困难，他们打一结婚就踏上了不孕与求孕的漫长征途，丈母娘冲在前面，张罗着带他们四方求医，妻子心绪恶劣地整天煎药喝药，他则是头无用而疲惫的种马，且还要随时安慰妻子歇斯底里的发作……正是在他完全绝望的阶段，都打算就此放弃了，妻子的子宫却突然有了动静。

表面上看多好，苦头吃完了，甜头该来了，可周默能清楚地感知到三年漫长求孕期中一直笼罩着的某种气氛，那说不清是怨尤是决绝还是傲慢的阴影，不仅覆盖，而且深深扎根于妻子与他的关系中。在妻子及她一大家子面前，他永远置身于积习般的洼地之势……但周默可以承受，可以抵挡的，因为有小卫。小卫给他带来了一切。他这个人原先等于是不存在的，一无所有，小卫使他成为子之亲、妻之夫，有了三口之家这个庸常稳定的命运共同体，有了作为一个男人的复合角色，有了劳碌奉献的义务与权利，拥有了作为一个人的完整性。

妻子不会明白，小卫现今的冷漠与远离，对他的打击是最大的，这些年好不容易建立起来的价值感，又给撕扯得碎碎拉拉，连带着，作为命运共同体源起的婚姻都摇晃起来，摇晃中甚至挑动起那久远的迷惑——他不能不想到，或者说，他早就想到，一直在想，都想了二十多年了，当年那过分耀眼的新婚之光下，为何总有种灯下黑之感，是否有什么东西把他蒙蔽了？那会是什么？与其说是惧怕不如说是厌恶，是的，他厌恶这样的怀疑与推测。妻子说得不错，他的脑子从来没有好使过。

妻弟懒洋洋地冲北阳台努个嘴儿，周默把蟹盒搁过去。新泡的茶水有点苦味，他瞥一眼妻弟，那是一张看上去永远不会慌张的脸。"有件事，我想听句实话。"周默跟妻弟没什么私下交流，最多是家里聚餐时彼此让菜，"你姐，在我之前，是有过啥事儿吧？"话一出口，即感到惯势下的一丝懦弱，他咽下后半句更鲁莽的猜测：她应当有一个男友，甚至不孕症也与之直接相关。

妻弟不紧不慢呷了两口茶："你这……最近碰到什么事儿了？"这话听来多耳熟，前面也有人问过。真是的，都看准他是个没骨头的，非得碰到什么事，才有资格或勇气探问实情吗？不必自艾，且回到问题上。显然，妻弟用一个问题来替代另一个问题，差不多就是答复了。

周默坚持，恳请的语气："我也半百之人了，替我想想，还总是不知道，是不是太那个了？你放心，我没想怎么样，也不可能怎么样，这么多年都下来了。起码我感到，你家二老从一开始就不太……"

妻弟眼皮没抬，表情严正，显出点维护的样子："都不在了，不说他们。"他伸伸腿，顺着沙发靠背滑坐下去，"我就说我。我绝对不是，对你这个人本身有任何意见，而是——谁跟我姐结婚，我都没法接受。"他稍许停顿，随后舌头上滚过一个人名，先快后慢，"山儿。黎山。黎，山。那可是我发小，净天儿泡我家，我们俩等于从小玩到大。"虽已做好准备，周默心里还是一沉。黎山，是这两个字吧，从没听说过。当然，他跟妻子根本不谈这些，彼此都默认一个极其拟真又虚伪的前提：之前，现在，或将来，他们两个之间，是没有故事或事故需要讨论的。难道这么些年，他们一直保持联系？那小卫会不会是……怎么弄，这？他想起自己约见文秋时的自辩词：都是人，不是玉，不可能无瑕。还这么想吗？不对，这可不是瑕，是大豁口子了，他感到心脏都快裂开了。

"要不是山儿突然出事，哪会是咱俩坐这儿喝茶。当时爸妈正计划给他们张罗婚事呢，姐发现她怀上了，这等于双喜同临，我们全家都欢喜得迷迷倒倒，手忙脚乱地加速操办。眼看准备差不多了，山儿突然出事。你，可能看不出。"妻弟略抬眼皮，看了周默一眼，"我姐可绝对是爱情至上主义，跟山儿两个又实在太要好，当时就往窗户口蹿，往厨房间跑，拦不住地寻死，要去追山儿，陪山儿。太狠劲儿了，我和爸妈不休不眠看着她，跟阎王爷抢命。隔日流产了。两天两命，总算，不是三条命。"妻弟脸上突然起了一层荒坡野马的践踏感，跟他那一贯懒散的模样全然不同。看得出，此事之于他，同样是个难以触及的丧失。周默发觉自己并没生气，连此种情形下本来该有的被欺辱感也是淡淡的，心下甚至略感松动：不是大豁口。

妻弟摊开右手，盯着手掌，显得有点斟字酌句："你不见得信，但，是真的。不是哪个人有意要瞒你，是我们家里根本没办法再提到黎山。你就是不在眼跟前，我们也从来不提。他就等于是我们家的人哪。"妻弟还在看手，这叫周默感到抱歉，主要是为妻子，为当时还不是他妻子的那个女人，正因为这样，那个女人成了他的妻子。从本质上来说，黎山的"出事儿"也好，早夭的婴孩也好，蒙在鼓里的婚事也好，吃尽千辛万苦的不孕症也好，都是孤立的存在，这里头没有因果关系，没有谁欠着谁，谁欺负了谁，都是可怜人。这样看待和理解，对吗？他总得给自己选择一个角度。毁坏的已然毁坏，无法修复，也不必追溯。他与小卫这边，仍是安全的，囫囵的，可延续的。起码，他可以不必做出什么显在的反应或动作。

妻弟喝了几口茶，收拾起他的恍然，回到前面的好奇："那你也说说，这么多年了，怎么突然想起回头找补这事？"周默心中暗叹，哪有什么突然，只能说是一种命运的基本原理和运转规则。就像悬空走钢丝索的人，不走到安全处，是绝不可能扭头回看的，而这回头，真的就是只看看而已，那钢丝索的细弱欲裂处，他毕竟已经走过去了呀，早知、迟知甚或始终未知，并无大的分别。

周默没吭声，只以一个庄严的线条抿紧嘴巴，头一次冲妻弟摇摇头。

7

从牌桌下来撤换到酒桌，大家的两只手空出来，五六条烟枪点起，白酒红酒，从耳边倾倒，放肆出咕咚咚的流泻声。包间里很快就烟火腾腾了，人脸在烟气中颤动，类似暑气骄阳下的那种重影错觉。

周默全无牌技，但乐于在边上坐着，看众人的投入情状，听他们骂骂咧咧、妙语连珠,觉得同事们都挺可爱,挺亲热。牌局结束,饭局开始,他的受难这才真正开始,主要是他不抽烟,且闻不得烟味儿,一会儿就会眼肿鼻塞,气短胸闷,这一两年还会勾带起偏头疼。此刻正是这样,得咬牙忍受从左太阳穴扩展到整个左脑门的一阵阵拽痛。对面墙上一左一右贴着两个禁止吸烟的标牌,大眼睛一样冲他扑闪。

借着上厕所,周默下楼去吸了几口新鲜空气,重新回来,反而更加难受。部门头头就坐在上首,带着凝聚力的笑容笼罩四野,像是一方封地之主。现在没有小金库了,都是大家找个由头轮流坐庄,久之也成了一桩约定俗成之事。不知别人怎么想,周默是不大喜欢。吃喝之事,最要紧的,就得是相遇、相知、相适,哪怕只一盘花生米、一碟小鱼干。而这种工作延长线般的情形,越是大鱼、大肉、大酒,越是让人感到一种并不和美的逼迫感。

头疼还有个原因,是今天他对自己十分之失望。

眼前的这位部门头头,正是他名单上的第五位,可他硬是一拖再拖,从上周拖到这周,从周二拖到周三,又拖到周五,这都拖到周末聚餐了。堪哀!自己真的是个不折不扣的软包蛋,他完全同意妻子、文秋、妻弟等所有人对他的看法。更可笑的是,他之所以要把天天打照面的部门头头放在名单上,就是想取一个战胜怯懦、刷新自我的象征意味。具体谈什么,反而是不重要的。为了多少像那么回事,他尽量地想,比如,跟头头友好地探讨一下，每一年、每一年、每一年，他的年度考核都是第三等次，他周默，是真有哪儿不如别人吗，能否指教一二。如果这个开不了口，那就虚一点，他想吁请头头取消班前会。为什么每天都要大家提前十分钟开会呢？还像幼儿园孩子那样，站成一圈，手背在后头，这多形式主义。无论如何都要开吗？那放上班时间，带薪开会——这两条当然都没有意义。意义不重要，他只是要自己做成这个。

可他为什么总是拖拖拖，单位这个场所难道有什么不一样吗？真是奇怪，某种被缚住手脚般的后拽感超出此前种种，就像蜗牛没办法爬出自己的壳。但无论如何，已到了名单中的最后一个，只要跟头头谈上一谈，就能对自己大声宣布完事儿了！然而，就是没有做到，他让整个白天都白白过去了，跟过去的每一天一样，乏味，缓慢，一无所成……不可纾解的挫败感使得他头痛加倍，胃口全无，连手机都不愿刷。时间是一百只蚂蚁，在左额头角上爬。

周默努力抬起肿胀的眼皮，环顾，瞥到桌子对过的庞姐。她也皱着眉，转着桌面儿没精打采地挑菜。看，好歹这里还有一位女士呢，一个个抽烟还这么凶，不晓得尊重女性吗？周默心中略一动，得了，就开口讲这个好了，听起来像是对着大家伙儿，可部门头头不正好在座吗，他可是老烟枪。平常绝不可能讲的，今天讲了，这就很可以了，顺坡下驴，对自己有个交代。

他等着当下话题结束，以寻找合适空隙。可同事们实在太热闹、太快活了，你争我抢、话赶话地哈哈大笑，根本没有气口，这等于是要在一面水泥墙上徒手敲入钉子，周默总也找不到插嘴处。关键的，是他有种真正的恐惧，越是熟悉的、和气的日常局面，越是难以打破。好像大家都穿戴得齐齐整整，他突然站起来扒光衣服，并抛掷出不合时宜的石子。是的，他不得不承认这种古怪的倒挂，怎么地，就比找黄叔叔、言老师这样外面的人要难得多，比给文秋订房间、跟妻弟谈那种事情也难得多。

难就对了，越难越是要上，越难才越是压轴。他一横心，只管盯着手机上的时间，等八点整一到，像电台报时一样，不管不顾地立即站起，放大声量："哎，哎，我偏头疼实在太难受了，能不能，这包间里头，大家就不要抽烟了？"他听到自己不自然的嗓音，手臂带着表演性地指指禁烟标。只见所有人，不管是否捏着烟，都遽然住口，掉转头盯向他，于是他又加了一句："我刚刚去看了下，厕所过去有个大露台，实在不行，那里可以抽。"话一出口，他意识到更不合适了，要让人家去厕所方向。

哦。哦。哈。哈。烟气腾绕、酒意蓬勃的座中响起高高低低、含意不明的喉音。他一向都是随大流的，冷不丁这样直通通地煞风景，他们当然是太惊讶了。有人替他补救："看不出周默这么绅士风度呢，是替庞姐出头的吧。"

庞姐咯咯两声欢笑，高声爽气地否认："我家强子一天两包呢,我这早刀枪不入了。"周默一怔,记得她儿子跟小卫是同学,那小子都抽这么凶了吗?"你听听啊周默,跟人家庞姐学学。再说你可是堂堂男子汉呀,还是说你情愿做 Lady,我们抽烟前先要征得你的同意?""要说,抽烟也是权利。既然都是权利,是不是应当少数服从多数啊。举起手来数一数好了,哪位数学好一点的?"大家一阵欢笑,听得出是善意的。可真的都是好同事啊,有着世故的弹性与人情味,是不是就此过去呢? 在他而言,只要说出口,此事就算达成了。

左首隔一个座位,机房的小轩,倒是当真掐掉烟头:"其实抽烟对谁都不好,这回体检,我老婆都查出四个肺结节呢,说是我害的。""那有什么,我七个,排兵布阵似的,最大的六毫米!""我八毫米呢,小问题,都没到手术指标。"大家一时相互攀比起来,好像结节都成了什么现代化标配似的。说话间也有人加紧吸了两口扔下烟蒂。讲实话,到这个程度,周默心里真是满意了。

没料到部门头头还要总结,还要承上启下,可能是领袖气质人士的习惯。他动静很大地给自己的杯子满上,左手夹着大半根烟,冲席上挥一圈手,听凭其落灰,最终指到周默这里:"那你好歹得走一个呀,敬大家一个满杯,我这杯也全下。然后所有人全掐,整晚禁烟。今夜我们都是周默! 今夜我们都偏头疼!"真太幽默了,大家都快活地笑起来,等待着周默举杯同欢。

一种很糟糕的感觉恰恰在此时降临。周默酒量极差，一喝即倒，这是他公认的一个弱项，所以他从来只碰饮料，完了正好挨个儿开车送一圈人回家。不过，真要他喝半杯一杯，也不会死，甚至超不过满屋子烟雾的痛苦。只是……只是，为什么要用他这个不情愿换那个不情愿。同样的场合、同样的情形，忍着、憋着这么多年，今天只是说出口而已……而已呀。这么一想，感到不只是糟糕，乃至陈年累月的隐郁都一起发作了，心里别扭得不行。而如果还要掩饰这一点的话，倒是在给他们长气焰，反过来更加地孤立和抛弃自己了。这完全不对了，跟他这一程的念想背道而驰，也是对前面几次拜访的自我践踏。

周默站起来，后膝盖把椅子顶开，椅脚磨擦过地面："何苦坏了大家的兴致，你们都不要是周默，只要我还是周默就行啦。诸位继续，该喝喝，该抽抽。我先撤。顺便讲一下，以后的饭局，我也要一概失陪了。请多包涵。"他一手拿起手机，一手抡起背包，也就出了包间。

他知道这一步小题大做，有点跑远了，对不住同事们的打岔嬉笑，也对不住部门头头，他已经算是好心好意。周默离开后的包间会是什么情况，下周上班会是什么情况，对他所谓工作层面、社交层面又会有如何的影响，根本不用理会，因为一定不会怎么样，蝴蝶翅膀，杯水飓风。人们并不在乎他，人们不会跟他当真，这是确定的，也是合适的。他和大部分的人，都是如此这般。

8

时间还早,得在街上晃几圈,免得回去妻子盘问。夜色清冷,如帷幕垂挂,行道树枝枝杈杈,似写意布景。往来车灯远了又近了地投射,舞台追光一般,打照着来来往往的路人和他们身后的故事。有点累了,便坐到广场边的路牙子上,位置很低,近距离地看着人们的腿和鞋。他们走得凌乱,也走得急促,看不到上面的脸,看不到他们的心肝、胸、屁股。只两条腿,一前一后,一步接一步地走着。走着,就是活着。周默真是看得呆了,入了迷。

到九点多才回家,冲洗一把,靠在沙发上,腿上搁本书,手上拿着手机,这个翻几页,那个刷两眼。妻子占据房间床头,也是差不多的情形。没有交谈,谈不上孤独,也不显得在等待。

今晚倒是早了一些,小卫进来时,手里拿了两杯奶茶,在他面前搁下一杯:"买一赠一。"

虽则没头没脑,是罕有的"亲善"了。周默跟妻子让了一下,她在内里回说:"刷过牙了。"那声音听起来颇愉悦。周默也刷过了,接过来发现是冰的,牙齿马上预警起来。老实讲,他很讨厌奶茶,甚至可以说,与二手烟和酒的排名不相上下,高糖加反式脂肪酸,害着多少人哪。稍一愣神,聚餐时的那个心态复燃起来,说吧,只是要说出来。他冲小卫正在关起的房门拒绝:"赠的也别给我,不喝这垃圾玩意儿。"

小卫显然太惊讶了,周默什么时候拿话冲过她呀。房门重新拉开,她跑出来,直通通戳到沙发前:"怎么就垃圾了,讲不讲道理?我这可是在哈着你。强子传那话,我还不信呢。你果然不对头。"

强子?哦,庞姐可真是大嘴巴。"对了,强子抽烟吗?"他还是疑心庞姐在酒席上是瞎扯,怎么可能呢,还一天两包。

"管人抽不抽烟!我们只是游戏搭子。"小卫马上就呛起来。她跟妻子就是这样闹翻的,两个人都太敏感,谈话中不能涉及任何一个适婚异性。

"那孩子我见过一回,个头倒是可以,但死胖,250斤打不住。"妻子果然按捺不住,在里间评点起来。

"有完没完!真是一天都待不下去了!"小卫跺脚,拿走奶茶欲扔,却又停下,冲里屋,"可真有不收房租的呢,这回可得放我出去了吧。"她又扭脸对周默,虎着脸,"下这么大招,居然去找黄爷爷,都跟他说我啥了?可怜可厌的老姑娘贫困交加?"

妻子踢里踏拉从里间出来,推一张小圆软凳给小卫,她则坐到沙发另一边,惊中带喜:"黄爷爷,是那个住二卫村的吧?嗨,打你妈过来带小卫我就知道。你也真够鬼的,还一直瞒得我死死的。"她冲小卫使了一个周默不太明白的眼色,转头向他,"你最近到底咋了,怎么净搞些莫名其妙的事?见言老师也就算了，"她瞟一眼小卫，打住，"还找我弟弟，你说你跟他能说上啥？他还死不肯讲，只说你不对头。"

不止，还有个文秋呢，周默心里小幅度得意了一下。想到妻弟所说的"爱情至上主义"，又替妻子与他的这一结合感到残缺与荒谬。随即又想着，今夕何夕呀，居然一家三口挤挨着坐在这里相互说话。他心里软塌下去，一下子十分伤感。

"也就打游戏的时候，强子跟我捎了一句话。"小卫是在跟妻子说，当周默不在场似的，"后来庞阿姨在边上高声插话，啰里啰唆地说部门聚餐，又讲什么肺结节啊，喝酒啊，抽烟啊什么的。强子嫌吵，把门拍上了。"小卫难得一口气讲这么些话，想是尽可能提供了她那边的信息。

周默能感到妻子明显坐直了，口气换成轻拿轻放："上次的体检报告出来了？是不是有情况？报告呢？"她马上就要去翻包。周默摆摆手，很不习惯这突兀的关切。妻子大概也感到了，又坐回原处，重新提高嗓门，带点申辩的意思："我也体检的，一到这个时候，各单位都搞体检嘛。你也没关心我对不对？有啥事就直说，不要作怪吓人。我就说呢，平白地干吗要删朋友圈好友。"她还是嘴硬，但听得出来声音有点干巴，"对噢，你体检那天，上午就直接回家的是吧？我到家时你连灯都没开，脚头还堆着外卖盒。"真惊讶，她向来都没正眼看过他，居然还记得这些细枝末节。女人多奇怪，是作为妻子的一种特异能力吗？

小卫把冰奶茶往妻子那边推推，后者这回没有顾忌她已刷牙，咕咚咚连喝几大口。她们之间的气氛，突然间亲昵和同甘共苦起来，为着一个被她们敏锐探测出来的，可能要发生，也许已经发生，但详情未知的不幸。看看，还是这种讨厌的推理，他就不可能是一个勇敢的、自觉更新的人？非得碰上大沟大坎，才能做出一些其实也算不上什么的事情吗？

　　很遗憾她们这样。更遗憾的是，他确实不是。

　　体检时在 CT 室，医生对刚刚出来的他嘟囔了一句："不要等报告出来了，马上去内科开个加强核磁共振，提前预约。"未及询问，医生已扭头冲门外高叫"下一位，进来"。另一位应声而入。医生无暇再顾，也可能是不愿多话。他只好离开，并开始了应对性的思考。不排除医生会有粗糙的误判，或从严的职业性谨慎，这已然是一个足够显著的推力 —— 他发现自己有意识地接收并放大了这个信号，不知是出于什么古怪的心理，他愿意，或者说，倾向于选择这一无声的耳边惊雷，以震动浩茫的心事。即便只是一种可能性，他也想让自己处于致命的悬剑之下。此生已至大半程，他需要这把虚而未实的剑。

　　当然，体检结束后他没去挂号，没约核磁共振，只不急不慢地随着大家一起等报告，而报告来了之后，就一直搁在包里，两三天了，封口都还没撕开。稍早时坐在路牙子边上的时候，他也起过意，要不要拿出来睃上一眼。毕竟，算上聚餐饭桌上那一场微小但艰难的抗烟之争，他的行动都完成了。

可是很不愿意看,他不想用这个报告,来收尾和解释他最近这些天的变化。看不看无所谓,哪怕死不死的也无所谓。真正的问题不在报告上。

问题可能在他对偶然性的一种怨恨。倘若没有 CT 室医生所嘟囔的那么一句,哪来后面这一串的念想、胆气与行动。当然,他感激这个偶然,就这么小小一下子,他得到的可真太多了,以为只是掀开生活的一层膜,实际上,连带起了多少血肉筋骨。过往的劳苦与欢乐,念念追索的溢出或消亡,人们相互间恒温恒距的冷淡,冷淡中突然闪动的光亮。这么缥缈,也这么醇厚。他感激这一切,太感激了,以致更为憾恨。他只是偶然性提线之下的小小人偶。这说明他作为自我的那部分,是多么次要,多么被动,多么微弱。而这个渺小的人偶,才刚刚开始意识到自己,开始做自己,爱这样的自己,并企图踏上一个趋近自我和自由的进程……

周默愣在那里,他知道妻子在问他,小卫也显出等他回应的样子。他为她们的关心,以及这种关心中所流露出来的世俗情感,感到一阵甜丝丝的痛苦。生活还是这样,会时不时对他有所爱护,哪怕这种爱护仍旧是一种偏差或错觉。他觉得妻子多少是在意他的,只是他一直没有觉察,妻子也没有觉察。他们一家三口,是迷雾中瞎目同行的亲人。瞧,他得大病临头才对,她们会很顺利地理解他的性情有变,并继续用从前的"老一套"来对待和看待他。他打一开始就不在意报告结果,只这会儿，他强烈希望体检指标全是好的，他愿意用隐在的未被发现的恶疾去换此刻一个虚妄的安好。

他扭头避开背包所在的方向，可能的话，就让体检报告还搁在那里头，搁一个晚上，或半小时，哪怕只一小会儿。在这个延宕的短暂时间里，他希望她们，也希望他自己，能忘了这码事，只把他近期的所为当作一种自然而然的变化与进化。还没完呢，或者说，这才刚刚开始。当然了，生活和生命本身并不会有任何不同，他脚下所踩的，仍是悬空的钢丝索，有细弱有粗壮，有随时会坠落的裂处⋯⋯只管一步一步走着好了，老人一样，新人一样。

夜色中涌进桂花气味，这个季节最后一波迟桂花之香，占领似的笼罩着他们几个。他把脸冲向妻子和小卫，用他能做到的方式皱皱眉，像以往一样，恼怒中带着无力的反驳："什么体检，都想到哪里去了，我就不能有点小脾气吗？"